台灣の讀者の皆さんへのコメント

海を越えて旅したことのない私の書いた小說が、
海を越えて多くの讀者の皆様のもとに屆いていることを、
心から嬉しく思っています。
この作品も、どうぞお樂しみいただけますように！

致親愛的台灣讀者

從未出國旅行的我，
這次很高興自己寫的小說能跨海與許多讀者見面，
希望這部作品能帶給您無上的閱讀樂趣。

宮部みゆき

高詹燦——譯
宮部美幸

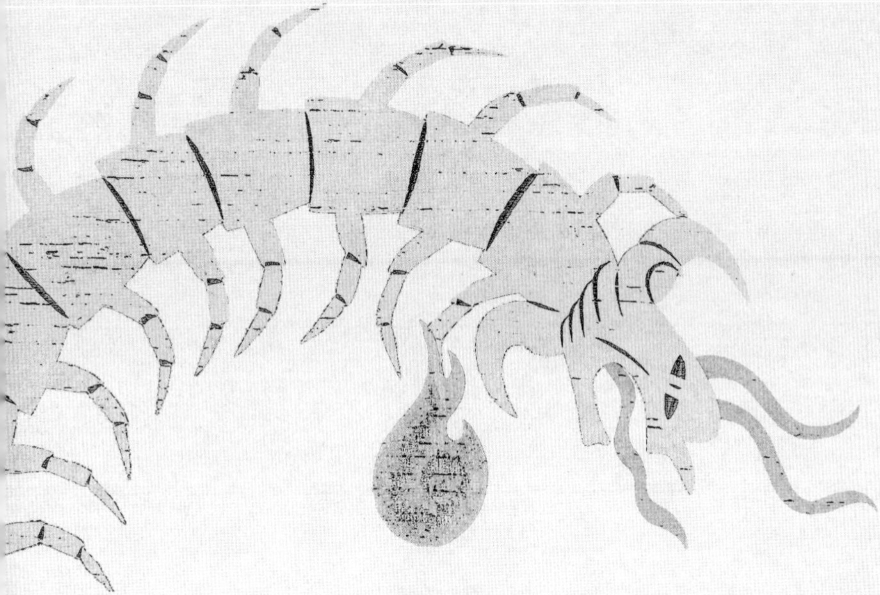

青瓜不動　三島屋變調百物語九之続

青瓜不動

三島屋奇異百物語九

宮部美幸

作品集/80
MIYABE MIYUKI

青瓜不動——三島屋奇異百物語九

Contents

導讀——張亦絢

進入「宮部美幸館」，就是進入最具原創力與當下性的新新羅浮宮

宮部美幸並不是不容錯過的推理作家——她是不容錯過的作家。

她不只值得我們在休閒時光中，一飽推理之福，也爲眾人締造了具有共同語言的交流平台，讓我們得以探討當代的倫理與社會課題。

在這篇導讀中，我派給自己的任務，是在高達六十餘部作品中，挑出若干作品，介紹給兩類讀者，一是還未開始閱讀宮部美幸者；一是面對她龐大的創作體系，雖曾閱讀一二，但對進一步涉獵，感到難有頭緒的讀者。

入門：名不虛傳的基本款

在入門作品上，我推薦《無止境的殺人》、《魔術的耳語》與《理由》。

《無止境的殺人》：對於必須在課業或工作忙碌時間中，抽空閱讀的讀者，短篇集使我們可以自行調配閱讀的節奏——小說其實具備我們在小學時代都曾拿到過的作文題目旨趣：假如我是

×××——本作可看成「假如我是某某的錢包」的十種變奏。擬人化的錢包是敘述者。如何在看似同一主題下，變化出不同的內容，本作也有「趣味作文與閱讀」的色彩，是青春期讀者就適讀的想像力之作。短篇進階則推《希望莊》。從短篇銜接至較易讀的長篇，《逝去的王國之城》則是特別溫馨的誠摯之作。

《魔術的耳語》：這雖不是作者的首作，但卻是作者在初試啼聲階段，一鳴驚人的代表作。北上次郎以〈閱讀小說的最高幸福〉讚譽，我隔了二十年後重讀，依然認爲如此盛讚，並非過譽。媚工、心智控制、影像——分別代表了古老非正式的「兩性常識」、傳統學科心理學或醫學、以至商業新科技三大面向的操縱現象及後遺症——這三個基本關懷，會在宮部往後的作品，比如《聖彼得的送葬隊伍》中，不斷深入。雖是作者的原點之作，也已大破大立。

《理由》：與《火車》同享大量愛好者的名作；雖然沒有明顯資料顯示，是枝裕和的《小偷家族》受到《理由》一書的影響，但兩者除了有所相通，寫於一九九九年的《理由》更是充分顯露宮部美幸高度預見性天才的作品。住宅、金融與土地——社會派有興趣的主題，偶爾會得到若干作家略嫌枯燥的處理——《理由》則以「無論如何都猜不到」的懸疑與驚悚，令人連一分鐘也不乏味地，就看完了批判經濟體系的上乘戲劇。說它是「推理大師爲你／妳解說經濟學」，還是稍微窄化了這部小說。除了推理經典的地位之外，也建議讀者在過癮的解謎外，注意本作中，無論本格或社會派中，都較少使用的荒謬諷刺手法。

冷門？尺度特別的奇特收穫

接著我想推三部有可能「被猶豫」的作品，分別是：《所羅門的僞證》、《落櫻繽紛》、與《蒲生邸事件》。

《所羅門的僞證》：傳統的宮部美幸迷，都未必排斥她的大長篇，比如若干《模仿犯》的讀者非但不抱怨長度，反而倍受感動。分成三部、九十萬字的《所羅門的僞證》可能令人遲疑，節奏太慢？眞有必要？事實上，後兩部完全不是拖拉前作的兩度作續，三部都是堅實縝密的推理。最後一部的模擬法庭，更是將推理擴充至校園成長小說與法庭小說的漂亮出擊：宮部美幸最厲害的「對腦也對心說話」，更是發揮得淋漓盡致。此作還可視爲新世紀的「青春冒險小說」。說到冒險，過去的未成年人會漂到荒島或異鄉，然而現代社會的面貌已大爲改變：最危險的地方，就在「哪都不能去」的學校家庭中。誰會比宮部美幸更適合寫青春版的「環遊人性八十天」？少年少女之於宮部美幸，恰如黑猩猩之於珍．古德，或工人之於馬克斯，三部曲可說是「最長也最社會派的宮部美幸」。

《落櫻繽紛》：「療癒的時代劇」，本作的若干讀者會說。但我有另個大力推薦的理由，我認爲，這是通往小說家從何而來的祕境之書。除了書前引言與偶一爲之的書名，宮部美幸鮮少掉書袋。然而，若非讀過本書，不會知道，她對被遺忘的古書與其中知識的領悟與珍視。如果想知道，小說家讀什麼書與怎麼讀，本書絕對會使你／妳驚豔之餘，深受啓發。

《蒲生邸事件》：儘管「蒲生邸」三字略令人感到有距離，然而，融合奇幻、科幻、歷史、愛情元素的本作，卻可說是一舉得到推理圈內外矚目，極可能是擁護者背景最爲多元的名盤。如果對

「二二六事件」等歷史名詞卻步，可以完全放下不必要的擔憂。跳脫了「你非關心不可」與「你知道也沒用」兩大陣營的簡化教條，這本小說才會那麼引人入勝。我會形容本書是「最特殊也最親民的宮部美幸」。

以上三部，代表了宮部美幸最恢宏、最不畏冷門與最勇於嘗試的三種特質，它們有那麼一點點專門的味道，但絕對值得挑戰。

中間門：看似一般的重量級

最後，不是只想入門、也還不想太過專門——介於兩者之間的讀者，我想推薦《誰？》、《獵捕史奈克》與《三鬼》三本。

《誰？》：小編輯與大企業的千金成婚，隨時被叫「小白臉」的杉村三郎成爲系列作中，業餘到專業的偵探。看似完全沒有犯罪氣氛的日常中，案中案、案外案——至少有三案會互相交織連鎖——其中還包括一向被認爲不易處理的陳年舊案。喜歡生活況味與懸疑犯罪的兩種讀者，都容易進入；宮部美幸還同時展現了在《樂園》中，她非常擅長的親子或手足家庭悲劇。動機遠比行爲更值得了解——這不但是推理小說的法則，也是討論道德發展的基本認識：不是故意的犯罪、不得已的犯罪與不爲人知的犯罪，爲何發生？又如何影響周邊的人？除了層次井然，小說還帶出了「少女勞動者會被誰剝削？」等記憶死角。儘管案案相連，殘酷中卻非無情，是典型「不犯罪外，也要學會自我保護與生活」的「宮部伴你成長」書。

《獵捕史奈克》：主線包括了《悲嘆之門》或《龍眠》都著墨過的「復仇可不可？」問題。節奏快、結局奇，曾在《魔術的耳語》中出現的「媚工經濟」，會以相反性別的結構出現。本作是在各種宮部之長上，再加上槍隻知識的亮眼佳構。光是讀宮部美幸揭露的「槍有什麼」，就已值回票價——何況還有離奇又合理的布局，使得有如公路電影般的追逐，兼有動作片與心理劇的力道。雖然不同年齡層的男人互助，也還是宮部美幸筆下的風景，但此作中宮部美幸對女性的關愛，已非零星或一閃而過，而有更加溢於言表的顯現。

《三鬼》：《本所深川不可思議草紙》的細緻已非常可觀，《三鬼》驚世駭俗的好，並不只是深刻運用恐怖與妖怪的元素。它牽涉到透過各式各樣的細節，探討舊日本的社會組織與內部殖民。以兼作書名的〈三鬼〉一篇爲例，從窮藩栗山藩到窮村洞森村，令人戰慄的不只是「悲慘世界」，而是形成如此局面背後「不知不動也不思」的權力系統。這是在森鷗外〈高瀨舟〉與〈山椒大夫〉譜系上，更冷峻、更尖銳也可說更投入的揭露——看似「過去事」，但弱勢者被放逐、遺棄、隔離並產生互殘自噬的課題，可一點都不「過去式」。雖然此作最令我想出聲驚呼「萬萬不可錯過」，不代表其他宮部的時代推理，未有其他不及詳述的優點。

透過這種爆發力與續航性，宮部美幸一方面示範了文學的敬業；在另方面，由於她的思考結構具有高度的獨立性與社會批判力，也令人發覺，她已大大改寫了向來只強調「服從與辦事」的「敬業」二字的含意。在不知不覺中，宮部美幸已將「敬業」轉化爲一系列包含自發、游擊、守望相助精神的傳世好故事。

進入「宮部美幸館」，就是進入最具原創力與當下性的新新羅浮宮。

本文作者簡介

張亦絢

巴黎第三大學電影及視聽研究所碩士。早期作品，曾入選同志文學選與台灣文學選。另著有《我們沿河冒險》（國片優良劇本佳作）、《晚間娛樂：推理不必入門書》、《小道消息》、《看電影的慾望》，長篇小說《愛的不久時：南特／巴黎回憶錄》（台北國際書展大賞入圍）、《永別書：在我不在的時代》（台北國際書展大賞入圍）。二〇一九年起，在 BIOS Monthly 撰寫影評專欄「麻煩電影一下」。

序

在江戶神田的提袋店三島屋，持續邀請客人到「黑白之間」的客房，舉行奇異百物語。

一次只請一位說故事者。接待的聆聽者同樣只有一人，只說一個故事。不執著一定要夜裡舉行，也沒有點亮或吹熄燭火的偏好。

「說過就忘，聽過就忘。」

說故事者說完後，放下回憶的重擔，而聆聽者將收下的重擔存放在黑白之間，絕口不再提。

由店主伊兵衛展開的奇異百物語，現在由家中的次男富次郎擔任聆聽者。起初的聆聽者是伊兵衛的姪女阿近，她嫁入附近的租書店，與丈夫過著琴瑟和鳴的生活，並有了身孕，再過不久即將臨月。

如今三島屋的眾人都祈求阿近能順利生產，略感緊張不安，迎接新年的到來。在看到期盼已久的嬰兒出生之前，奇異百物語也暫時停辦，富次郎無事可做，百無聊賴。

有繪畫才能的富次郎，在聽完說故事者的故事後，總會將它畫成水墨畫。這是富次郎獨創的「聽過就忘」的做法。他有身為次男的悠哉個性，性情直爽開朗，好吃美食。富次郎這樣的身分，現在也因為家中的繼承人——長男伊一郎即將結束在其他店家學做生意的生活，重返三島屋，富次郎即將邁入人生的另一個階段。

在聆聽者背後支持他的，是守護三島屋不受怪談引來的邪祟侵害，擁有消災解厄之力的女侍阿勝。她因爲與阿近的緣分而留在三島屋，一直陪在聆聽者身邊擔任這個角色，如今她也暫時歇口氣，以溫柔的眼神守護著三島屋以及奇異百物語今後的發展。

每個人活在世上，都編織著一生僅只一個的故事。有時會想道出自己的故事。例如幸福的無常、愛情的美、失去的靈魂擁有的尊貴、即使燒盡一切仍持續悶燒的頑強憎恨、相互包容的內心豐足。

正爲了聆聽這些故事，三島屋奇異百物語將持續下去。

第一話　青瓜不動

細雪紛飛。

月曆上顯示已是初春，但並非寒意就此俐落地離去。面對那乍暖還寒，賴著不走的頑強寒氣，在一早剛醒來的三島屋裡，店主伊兵衛和掌櫃八十助兩人呻吟著喊腰疼，童工新太則是頻頻擤鼻涕。

這天氣可眞是冷到骨子裡了，才剛這麼想，上午便開始飄雪，雪花時下時停，一再反覆。儘管滿天浮雲盡是灰溜溜一片，但飄落的細雪卻無比雪白。感覺彷彿目睹了不屈不撓的堅毅之物。緊挨向帳房裡的烤火盆，悠哉想著此事的富次郎，一旁有人對他說——

「嘩，多適合的天氣啊。富次郎，快站起來。換衣服吧。」

去年底從學做生意的店家返回家中的兄長伊一郎，是個像滿月一樣完美無瑕的美男子。就連跟家人說話時，也一樣聲音響亮，口齒清晰。

「換衣服？哥，這種天氣要去哪兒啊？」

富次郎如此反問，其實他原本也打算外出。因爲難得有這雪景，他想帶著本子和筆墨壺到神田一帶散步，畫上幾張畫。因爲是自己練習作畫，所以不打算給人看，他想悄悄溜出店外，之後再買點烤地瓜回來當作賠罪。

「既然這樣，你就和阮一起出去一趟吧。」

富次郎比伊一郎早一步先回到三島屋老家，原本都以「我」自稱，大家叫他「小少爺」，他也很習慣這樣，但自從什麼都比他強的大哥回來後，便馬上變得跟小時候一樣，忍不住改口說成了「阮」。

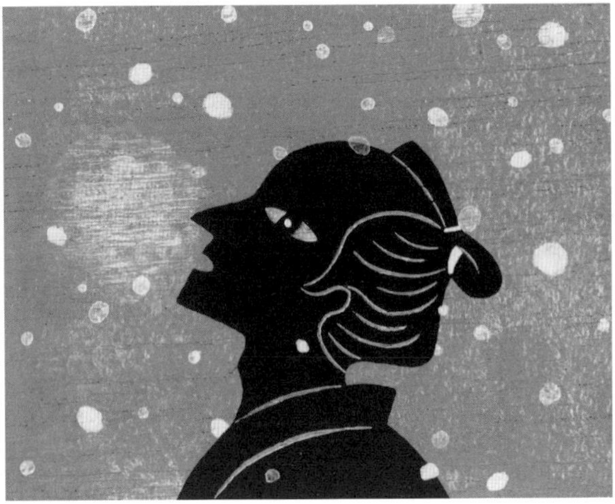

「你打算去哪兒啊。」伊一郎一把揪住富次郎的衣袖。「接下來正打算做樣板展示，你怎麼能這樣溜了呢。」

樣板展示是什麼？

「我要拿你當服裝人偶（模特兒），穿上衣服、鞋，以及我們店裡的商品，打造出一個穿著講究的樣板，一邊在店頭展示，一邊販售。」

「咦，要我當服裝人偶？」

這對富次郎來說，實在太意外了。

「這麼說來，我要站在店頭嗎？」

「如果只是呆站著，未免太沒意思了。你得四處走動，轉圈圈，擺出像演員般的動作，這樣才是個好服裝人偶。」

在降雪的戶外嗎？這樣根本不是服裝人偶，是人柱好不好。但伊一郎毫不猶豫，不斷催促富次郎照他老早就決定好的事去做，就像是富次郎自己忘了這件事似的。

「衣服和腰帶，我已事先向爹借來了幾套。我那唯一一套好衣服也拿出來吧。阿勝會幫你穿戴，你只要擺出風雅人士的姿態，多多留意帥氣的笑容以及端正的儀態就行了。」

阿勝也沒出言勸阻伊一郎，反而還露出美豔的笑容，彎起她那纖細的蔥指。

「該怎麼來打扮小少爺好呢？」

誰來救救我啊！

當富次郎站向店門口時，雪已經停了，眞是不幸中的大幸。不過，不時會有冷徹肌骨的寒風吹過。

「像這種時候，正是圍巾登場的時候。」

伊一郎就像隻愉悅的貓，發出喉嚨的咕嚕聲，開始向店門口的客人叫賣。

「由我們三島屋編製，最適合這初春時節的圍巾，織有梅花和桃花的花樣。刺繡太占空間，染布不適合冬末初春的氣候。麻布太薄，棉布太重，所以我們採麻和棉各半，是以麻的縱線和棉的橫線織成的布料……對，當然是本店特製。」

他的腦袋和舌頭都很靈光。富次郎面露親切的笑容，按照伊一郎的指示，走走停停，並不時地轉圈，微微偏頭，十足服裝人偶的架勢。

——眞難爲情。

不過，雖然不太高興，但這種推銷手法似乎奏效了。人們在路過腳下不方便行走的地方時，確實被吸引了注意，從剛才開始，圍巾和披肩不知賣出了多少。

「伊一郎先生，您回來啦。」

一對像是母女的女子，才剛走近店門口，便向坐在展示臺旁的伊一郎打招呼。連同隨行的女侍在內，三人都臉泛紅暈，眼中閃著光輝，直盯著伊一郎瞧。

「謝謝。我終於回來了。」

伊一郎刻意用誇張的口吻展現詼諧的一面，但還是不忘端正坐好，深深一鞠躬。

「今後爲了能讓各位對三島屋的生意更加滿意，我每天都會不忘精進。今後也請繼續惠顧。今天想看哪項商品呢？」

他從夥計手中接過商品，親自招待那對母女。其他女客看得目眩神迷。

——他還是一樣溫柔又文雅。

我也趁這個機會休息一會兒吧。只要偷偷繞到後門去，哥哥想必也不會發現。想找個溫熱的東西暖暖我凍僵的身子，而且尿意也快憋不住了。

一度稍歇的雪，就像要趕走準備撤退的富次郎般，突然下起了大雪。夥計急忙將客人請進店內，拿來手巾供他們拂去頭髮和肩上的積雪。

看這副情況，就連服裝人偶也需要斗笠和簑衣。噢，好冷。全新的圍巾不能拿來罩頭，富次郎抬起單手擋住落向臉上的飄雪，往後轉身。

這時，穿過三島屋這棟房子西側的巷弄，亦即富次郎正準備跑過去的前方天水桶（註）後方，他發現有個高大的人影緩緩擋在前頭。

爲了防火而設置的天水桶，底下擺兩個大小適合拿的小水桶，上頭疊一個，並加上用來防塵和防雨的簡單屋頂。那個人影的頭完全從屋頂上方冒出。他的身軀也相當寬闊，因此，就位置來說，他是人在天水桶「後方」，但完全隱藏不了他的身軀。

註：貯存雨水用來防火用的大木桶。

男子一副僧人外形。碩大的光頭，搭上粗壯的脖子，肌肉隆起的肩膀。一身袈裟，手裡拎著一串念珠。

正當富次郎感到驚訝時，那高大僧人外形的人影也發現了富次郎。對方迅速後退轉身，大步朝巷弄深處離去。邊走邊將掛在背後的斗笠取下，戴向頭上。他的袈裟長度偏短，腳下穿著草鞋和布質綁腿。

因事出突然，沒能看見對方長相。這名高大的和尚無聲地朝大雪形成的帳幕後方飛奔而去，俐落的動作給人這種感覺。

富次郎倒抽一口氣，呆立原地。雪和尚，有這樣的妖怪嗎？

寒風捲起的細雪鑽進鼻孔裡，富次郎打了個噴嚏，回過神來，急忙衝進巷弄，但那名高大的和尚已不見蹤影，就連腳印也被降雪覆蓋消失。

巷弄的盡頭處右轉，可通往三島屋後院，左轉則是會通過兩棟房子後方，可前往大路。那一帶是神田最熱鬧的地方，面向大路的房子和商家櫛比鱗次。

儘管如此，那高大的身軀應該還是很顯眼。只要追上前，應該會發現，但現在他沒空為此猶豫。沒錯，因為富次郎一直在憋尿。

他因另一個和剛才不同的原因而吃了一驚，穿過巷弄，從後院衝進廚房後門。阿勝纏著束衣帶，站在廚房的大灶前，一手握勺，正在攪動散發味噌迷人香氣的大鍋。

「服裝人偶的工作結束了嗎？」

「嗯，那工作我不幹了。」

上完廁所，通體舒暢後，富次郎坐向廚房的入門臺階。阿勝正用大鍋煮蕪菁味噌湯。

「這是大家今天的下午點心。小少爺，請嘗嘗味道。」

碗裡盛了熱騰騰一碗湯，富次郎品嘗味道。熱氣直滲脾胃，從靈魂深處暖了出來。

「好喝……。」

啊，眼中噙著淚。

「這圓滾滾的蕪菁眞是好啊。而且這噌味顏色好濃，口味和我家煮湯用的味噌好像不一樣呢。」

阿勝在熱氣後方嫣然一笑。

「不愧是小少爺。對，這和平時的味噌不一樣。是一位在大雪中前來的客人所贈，聽說是從京都一帶帶回的伴手禮。」

「客人？有人不是從店頭過來，而是從後門來嗎？」

「是的，是一位很久不見的人，他沒久待，一下就回去了。」

「是何方人士，什麼模樣？」

富次郎嘴裡塞了一塊熱呼呼的蕪菁，邊吹邊嚼，品嘗它的滋味，這時突然想到一件事，向阿勝詢問。

「該不會是一位像相撲力士般高大的和尙吧？」

他是眞的心想「怎麼可能」「不至於吧」，才這樣詢問，但阿勝卻瞪大她細長的眼睛，一臉驚訝。

「哎呀，小少爺，您怎麼知道？」
富次郎也嚇一跳，蕪菁卡在喉嚨，嗆了起來。
「呃，這麼說來，那個人就是到這裡來的客人嗎？」
富次郎撫胸調勻呼吸，說出剛才在巷弄裡發生的事，阿勝聽了之後覺得好笑，笑彎了腰。
「對了，小少爺您沒見過他呢。也難怪您會覺得他古怪，因爲他也確實古怪。」
行然坊先生這個人就是這樣——阿勝說。
「行然坊？」
感覺這個名字似乎不是全然陌生。
「是阿近認識的人嗎？」
「是的。小少爺您應該不認識他吧。」
「記得好像是先前家中遭遇搶匪時，此人幫了我們很大的忙。」
阿勝的笑臉，浮現既像開心，又像驕傲的神色。「您說中了。行然坊先生原本是本所習字所的青野老師的朋友，他們兩人聯手，從搶匪手中拯救了三島屋。」
當富次郎聞風趕到時，那兩位救星已揚長而去。還記得當時聽父親伊兵衛、母親阿民，以及掌管那一帶的捕快半吉老大談到這件事，他心想，好在大家都平安無事，撫胸深感慶幸。
「原來是當時幫忙的和尚啊。」
「不過，他是位假和尚。」阿勝若無其事地說道。
「假和尚？騙人的嗎？」

「是的。他不是走正道累積修行的出家僧人。而是隨心之所向，雲遊四海，依樣畫葫蘆，學人誦經念佛。儘管如此，還是從這樣的生活中找到了意義，而他也以說故事者的身分，在黑白之間說出促成這一切的契機。」

他與阿近也同時是說故事者與聆聽者的關係。

「那他今天到家裡來拜訪是……。」

「因爲很久沒回到江戶，特地前來跟阿近小姐問候一聲。」

出面接待的阿勝，說出阿近去年嫁人，現在懷了身孕，已即將臨月的事，行然坊聽了之後大喜，對她說道。

——這屋子的屋頂上，雖然處在這片雪雲之中，但仍籠罩一片模樣清晰的粉紅色笠雲，原來是喜事之兆啊。

明明是假和尚，卻有像天眼般的能力嗎？富次郎忍不住爲之處蹙眉。雖說他是三島屋的恩人，但還是很可疑。

「那麼，行然坊先生是繞到葫蘆古堂去見阿近了嗎？」

「不，他說，只是爲了問候一聲，就到小姐的夫家登門拜訪，反而失禮，請阿勝小姐代爲向她問聲好。」

阿勝請他至少跟伊兵衛或阿民見個面也好，但他一樣婉拒，將這罐味噌伴手禮交到阿勝手上後，便從廚房後門離去。

嗯……富次郎噘起了嘴。

阿勝有疱瘡神（註）這位厲害的瘟神加持，具有消災解厄的能力，擔任三島屋奇異百物語的守護者。這位可疑的假和尚所說的話，她全盤相信，不疑有他，這樣對嗎？甚至還一臉喜孜孜的模樣呢。

「阿勝，見到行然坊先生，妳很高興，對吧？」

對於奇異百物語，阿勝的經驗比富次郎更豐富。富次郎尊重她這點，平時都稱呼她「阿勝姊」。但現在捨去「姊」的尊稱，是不悅的一種展現。

「是的。能看到懷念的老面孔，我很開心。」

阿勝不可能沒發現富次郎的不悅，但她還是坦然承認。富次郎更加覺得沒意思。

「那位假和尚躲在巷弄裡的天水桶後面，一看到我，便像小偷一樣逃走。妳不覺得這樣很沒禮貌嗎？」

阿勝微微瞪大眼睛。雖然瘟神在她臉上留下痘疤，作為加持的印記，但她原本是一位擁有豐沛黑髮，膚色白淨的美女，儘管露出這樣的表情，還是一樣美。

「小少爺，用不著那麼生氣吧。」

「因為阿勝妳太大意了。」

不像話！富次郎故意噘起嘴。

「對不起。」

阿勝瞇起圓睜的眼睛，臉上的神情就像在哄一位鬧彆扭的小孩。

「不過，行然坊先生是因為深知自己的模樣怪異，才會對小少爺有所顧忌吧。」

是這樣嗎？這樣反而才可疑。

「他說會暫時留在江戶，想在市內找個角落，祈求阿近小姐平安生產，既然小少爺您這麼不高興，他一定會再現身的。」

「阿勝，妳會寫信給他，是嗎？」

「不不不。」阿勝再度開心地笑了，揮動她白皙的手指。「不用這麼麻煩，行然坊先生一樣會知道的。他就是這樣的人。」

有神通，是吧。眞沒意思。

雖然板著臉，但還是又喝了一碗蕪菁湯，這時伊一郎帶著八十助和新太走進廚房。

「什麼嘛，富次郎。原來你自己一個人在這裡悠哉快活。」

「因爲我屁股都快凍僵了。」

「阿勝，也給我們一碗好喝的熱湯吧。新太，如果沒草紙的話，用這個。」

啊，腰好痛，哈啾！

在這熱鬧的地方，阿勝給每個人一碗蕪菁湯。這處木板地的空間頓時熱氣瀰漫。

「噢，這眞好吃。」

「賣出很多商品嗎？」

「才一個半時辰（三小時），便賣出七件披肩、五條圍巾。天鵝絨的襯領也賣出三條。」新太

註：天花之神。

漲紅著臉，語帶興奮地說道。

「都是拜天氣之賜。」

「啊，喝了這熱湯，連腰都暖了起來。」

人們在吃美食時，總會和顏悅色。富次郎重新細看這幾張熟悉的臉孔。

儘管伊一郎回來了，但伊兵衛並未特別舉辦熱鬧的慶祝。就只有在過年向人拜年或是宴席上，直接告訴眾人，我家長男回來了，今後將正式以三島屋繼承人的身分努力從商。

至於先前伊一郎去當夥計的那家位於通油町的雜貨店「菱屋」，曾主動介紹婚事，但出了點問題，搞得氣氛尷尬，所以伊一郎比原本預定的時間提早回到三島屋。因爲有這樣的緣由，對對方有所顧忌，這是理由之一。至於另一個理由，則是伊兵衛與阿民心中認爲，雖然三島屋算是嫁女兒的女方娘家，但在阿近重要的首次生產圓滿結束前，不希望爲了別的事而感到「可喜可賀」，歡欣鼓舞。

——因爲一年之中能感受到「可喜可賀」的機會有限。希望能爲阿近保留這個機會。

如果是開始擔任奇異百物語聆聽者之前的富次郎，聽了這番話應該會左耳進右耳出，或是笑著說一句「怎麼說這種迷信的話」。但現在不同了。不能隨便看待別人的想法。

新的一年來到，伊一郎已二十五歲，富次郎二十三歲。往後的春夏秋冬，不能再渾噩度日了。

——我也得振作一點才行。

阿近都爲人母了。我也得長大成人才行。

但心裡像開了個大洞般的空虛感是怎麼回事？

眞想早日看到阿近的寶寶。這是現在最大的期待。這份心情沒一絲雜念，但富次郎心裡某個角落仍感到一絲寂寥。

想再次擔任聆聽者。

「富次郎，吃完點心後，要再繼續加把勁。衣服全部換掉，接下來要賣頭巾和短雨衣。」伊一郎站起身。

「我們店裡也賣短雨衣嗎？」

「今後會賣。」

從小富次郎便樣樣比不過哥哥。現在又變得跟小時候一樣，他沒有異議。

「是是是，明白了。」

覺得忙碌時便會分神，富次郎心中的寂寥也得已排解，方才與阿勝之間（微微帶刺）的對話也一併忘了，然而……。

阿勝說的話就此成眞。

這天，原本降雪的天氣突然轉爲風和日麗的晴天。豔陽高照，輕撫後頸的和風徐來。

在這樣的初春暖陽下，那位自稱行然坊的假和尚，看起來宛如一座堵住小溪的巨石。因爲他是位身形偉岸的大漢，又高又壯。寬闊的身軀就連富次郎也無法雙手環抱。

如此巨大的身軀就擋在廚房後門外，阻擋了陽光，廚房就此變得昏暗。平常光是這樣，應該就會覺得奇怪又可怕，但前往應對的童工新太卻像小狗似的，與這位假和尚（這是阿勝說的）很親暱，對久違的重逢開心不已。

新太郎想請行然坊進客房，但他始終婉拒，只請新太跟富次郎通報一聲。新太到店門前叫富次郎時，他正好奉哥哥的命令，扮演服裝人偶。一會兒圍上輕薄的麻質圍巾，一會兒採取像在保護月代（註一）和眼睛般的新纏法（而且示範了三遍！），不時地走步、轉圈、微笑、瞇眼。所以富次郎才會在脖子上圍著今天販售中的圍巾，直接前往廚房，而那位高大到足以遮住陽光的大漢就在那裡等他。

「我叫行然坊。是個居無定所的和尚，不過，與三島屋的諸位有過一段緣分，就此結爲好友。」

在廚房的土間（註二）昂然而立的行然坊，躬身向富次郎行了一禮。

「這次仗著這個緣分，冒昧前來叨擾，是因爲有事想請接替阿近小姐擔任奇異百物語聆聽者的富次郎先生幫忙。」

行然坊的「好嗓音」，與哥哥伊一郎不同。伊一郎的聲音是在耳中迴蕩，而這位高頭大馬的和尚的聲音則是透過耳朵傳進胸中。

還有他的長相。眉毛粗大，眼口鼻也都比一般人來得大，與他那高大的身軀很搭配。耳朵不光是大，還形狀怪異。雖然長得不可怕，卻是奇特的面相。

——不過，看起來不討人厭。

阿勝和新太都和這個假和尚很親暱，是因爲他曾經從搶匪手中救下三島屋，算是救命恩人，所以這也難怪。不過，富次郎別說受過他救命之恩了，第一次遇見時，他還轉身就跑，令富次郎很不是滋味，但與他實際見面後，就連富次郎也不自主地解除了戒心。

——雖然很不甘心，不過，他不像是壞人。

「我家阿勝說大師您是一位假和尚，還說您深知自己模樣怪異。」

行然坊抬起臉來，以一雙牛鈴般的圓眼注視著富次郎。眼角的深邃皺紋，不全然是因爲年紀，想必是雲遊生活的風雪與日曬造成。

「您說的沒錯。」

他坦然承認，一點都不以爲意，眼角的皺紋變得更深邃了，以粗獷的嗓音大笑。原本拘謹地守在富次郎身後的新太也跟著笑了。那是一直隱忍不發，緊繃的情緒完全釋放的笑聲。

「看您好像很高興，眞不錯。不過，我的心情可沒辦法像您一樣笑得這麼開懷。」

行然坊和新太臉上的笑容就此僵住。

「之前躲在巷弄的天水桶後面的人，是大師您吧。您在那裡做什麼呢？爲什麼一看到我就逃

註一：日本中世末期起，成年男性都會將前面頭髮剃光，這種髮型稱之爲月代。

註二：日式房屋進門處沒鋪木板的黃土地面。

走？」

見富次郎如此嚴厲地逼問，新太嚇了一跳，緊盯著他瞧。

「對此，我要先鄭重向您道歉。」

行然坊一本正經地躬身行禮。「您說的沒錯，如您所見，我是個可疑的和尚。我害怕讓富次郎先生瞧見，這才急忙逃離。」

他還說當時以爲自己沒被發現，這句話感覺是違心之言。

「您爲什麼知道我的身分？」

「您當時不是在店門外當服裝人偶嗎？負責叫賣的，是您的兄長伊一郎先生吧。」

原來全被他瞧見了，富次郎臉頰爲之一熱。

「像您這麼大的人，我怎麼可能沒看見。請您別開玩笑。」

面對富次郎的惱容，魁梧的和尚與童工新太全都身子蜷縮，一個模樣。這點他們兩人同樣莫名地契合。

「我、我絕無開玩笑的意思。」

新太像小老鼠一樣爬向廚房的土間，在行然坊腳邊雙手撐地，朝富次郎磕頭拜倒。

「小少爺，眞的很對不住。我給您磕頭道歉了。行叔……行然坊先生雖然個頭高大，但其實膽子很小。」

行叔？

「沒錯，我是個膽小鬼。說來慚愧。」

這位假和尙也晃動他巨大的身軀，雙膝跪地，在新太身旁準備雙手撐地磕頭。新太替行然坊說情，行然坊想保護新太。

眞拿他們沒辦法。

富次郎淤積胸中的疙瘩隨之瓦解。

這名高大又古怪的和尙，與三島屋是因善緣而結識的人物。沒機會與他產生關聯的富次郎，現在才擠進來抱怨，非但沒半點用處，最後也只是顯得自己很壞心眼。

「請起身吧。」

富次郎出聲說道，接著鬆了口氣。他已恢復自己平時的口吻。

「新太也快起來。否則肚子會受涼。你趕快去爲你的行叔沖杯熱茶吧。」

現場緊張的氣氛就此化解。行然坊始終不肯走進室內，富次郎只好請他坐在入門臺階處，自己坐向他身旁。新太勤奮地在一旁張羅，燒開水沏茶。

「你打開那個櫥櫃。裡頭有個用竹皮包著的東西吧，那是豆餅。」

這是富次郎原本打算給眾人當今天點心而事先買回來的。誰動作快，誰就先吃。明明知道我百般不願，卻還一再叫我當服裝人偶，這麼狠心的哥哥，才不給他吃呢。

富次郎沒再擺出強硬的態度，改爲率直地詢問，新太便自己主動說出他與行然坊的關係。這才知道，原來新太是透過習字所的小師傅這層關係，會比任何人都更早與行然坊熟識，一點都不奇怪。

「新太和我之間還有調皮三人組，他們可沒像新太這麼勤奮。」

「不過，他們三人和阿近小姐也很熟哦。」

聽說現在他們都找到各自的謀生之路，認眞地投入學習。聽他們兩人共話過往，富次郎也聽得津津有味。要是我也早點回來的話，就能加入他們的圈子了。

「行然坊先生和阿島見過面了嗎？」

阿島是三島屋的資深女侍。去年秋天自己跑到阿近的夫家葫蘆古堂服侍阿近去了，現在就像是他們店裡的元老般，忠心又勤奮。託她的福，三島屋這邊才得以清楚得知阿近的情況，阿近也因爲她而安心不少。

「我從阿勝小姐那裡聽聞此事後，便跑了葫蘆古堂一趟，向她問候。不過，我帶回來的紅味噌，鹹味較重，也許對臨月的阿近小姐不太合適。」

「這麼說來，您也見過阿近嘍？」

行然坊縮起脖子，抬起他厚實的手掌在面前揮動著。

「怎麼可能。我這樣的怪人要是露面，想必會

讓阿近小姐的夫君覺得不舒服。所以我託阿島小姐代爲傳話，就悄悄回來了。」

眞是個行事低調的怪人。對了，阿勝不是也說過嗎？行然坊在市內的某個角落祈求阿近能順利生產。在看過他這巨大的身軀和怪異的長相後，會覺得他這份顧慮令人感動。

「聽產婆說，肚子裡的孩子一切平安，阿近現在隨時都有可能出現產兆。」

如果今明兩天就生，算有點早產。如果這個月沒生，就略嫌晚產。目前就處在種情況。

大腹便便的阿近，似乎已漸漸具備爲人母的穩重感。而另一方面，阿近周遭只能乾等的眾人，尤其是伊一郎以外的三島屋眾男丁，無不替阿近的頭胎生產感到擔心，一顆心七上八下。最後惹來阿島一頓訓斥。

——你們全都振作一點。

對此，阿民也苦笑道。

——包括阿近的丈夫在內，身邊的男人能做的事也就只有慌亂了。你們就祈求你們的焦急不安，能讓阿近生產時減輕點痛苦吧。

富次郎談到這件事，行然坊聽了之後用力點頭說道：

「坦白說，我曾經在府上的奇異百物語對阿近小姐說過我的故事。」

「嗯，此事我聽阿勝提過。」

不清楚故事的內容。那是阿近聽過就忘的故事，不會對外洩露。

「原來您知道啊。也就是說，阿近小姐算是我的恩人。我這個冒牌和尚，因爲奇異百物語而覺醒。」

可以感受到他深深的感謝之情，但因爲不知道行然坊說了什麼故事，阿近當時又是如何聆聽，覺得有點不甘心。

「您說覺醒，是有什麼體悟嗎？」

經這麼一提才想到，行然坊不是擁有什麼神通嗎？

「聽說您看到我家的屋頂覆蓋吉祥的粉紅色笠雲。」

面對富次郎的詢問，行然坊伸手搔抓著他那顆大光頭。

「這可能又令富次郎先生您覺得很可疑吧。」

「還好，幸好您看到的不是顯露凶兆的烏雲。」

「坦白說，在我對阿近小姐說故事之前，我眼中只看得到凶兆。」

而在奇異百物語說故事，徹底洗去心中的沉澱後，在這樣的契機下，他現在已能看出吉兆。

「是阿近小姐賜給我這個契機，淨化我的內心。爲了報這個恩情，我打算在小姐平安生產之前，盡我所能爲他祈福，不過……。」

除此之外，還有另一件事。

「今天我就是爲了這件事來見富次郎先生。聽說目前暫停舉辦奇異百物語，這是眞的嗎？」

「對。因爲是阿近臨盆在即的重要時候。」

伊兵衛說，沒必要刻意找人來說怪談。

「這道理我當然也懂，不過坦白說，最近有點悶得發慌……。」

富次郎終於說出口了。不該說、不該說。

「我不該這麼說的。不過說實在的，阿近比任何人都知道我們奇異百物語的分量，所以也許她心裡眞正的想法，是希望我們別太多心，而就此暫停舉辦奇異百物語。」

富次郎就像在給自己找藉口似地說個不停，行然坊那顆大腦袋靠了過來，趨身向前。

「那麼，富次郎先生，您的想法是，如果這時候有說故事者出現，您願意接見嘍？」

「咦？」

「對方不會說什麼可怕或不吉利的故事。這點我可以保證。」

行然坊想介紹奇異百物語新的說故事者。

「記得是三島屋內一間叫黑白之間的房間，對吧？正因爲是這樣的重要時候，請那位說故事者在那裡說故事才有意義。您可以擔任聆聽者嗎？」

在他那張大臉的氣勢下，富次郎爲之震懾。

「正、正因爲是阿近重要的時候？」

那高大的和尚就像在晃動全身般，用力點頭。「沒錯。」

這樣啊，富次郎完全被推著走。

「好。既然這樣，就請對方來吧。身爲聆聽者的我已決定要接待，就不會讓任何人阻攔。」

雖然表現得很帥氣，但富次郎急忙在心裡盤算起來。沒事的。如果是別人介紹，伊兵衛和阿民一定不會給好臉色看。但行然坊是三島屋的恩人，沒人會生氣的，我也不會挨罵。

然而伊一郎翻白眼的神情從他腦中掠過。你也太得意忘形了吧，說什麼奇異百物語的聆聽者，明明就只是古怪的嗜好。

沒嘗試過的人，不會懂得箇中妙趣。

✦

「本想決定日期，但聽說這次說故事者無法決定什麼時候能來。」
當然了，連行然坊也不知道。他只說不會等太久，就預估是在這個月內，耐心等候吧。
聽完富次郎的說明，阿勝不顯一絲訝異，微笑說道：
「那麼，我們就期待那天的到來吧。」
既然守護者這麼說了，富次郎也只能不慌不急，靜靜等候了。
現在早晚氣溫依舊冷冽，寒氣中夾雜著淡淡的梅香。一旦旭日升起，在太陽底下就不需要頭巾和圍巾了。每過一天，白天的時間就多一分。
三島屋的人們爲這悠閒的春日吉兆感到開心，靜靜等候阿近臨盆的時候到來。葫蘆古堂與三島屋近在咫尺，但夫家與娘家之間，有個不是靠步行距離就能量測的空間存在。三島屋不能一直叨絮不休地詢問狀況。娘家要是表現得坐立不安，有失體面。
但還是忍不住會擔心。有人說，生產可輕於鴻毛，可重若泰山。就期待阿近順利生產，能抱到一個白白胖胖的嬰兒吧。可是萬一不是這樣呢？要是難產怎麼辦？要是阿近有性命之危呢？如果嬰兒不健康怎麼辦？
富次郎一邊等候阿近臨盆，一邊等候那位不知何時會來的說故事者。其實也沒什麼，就只是引領期盼的事由一個增加爲兩個罷了，但富次郎卻失去耐性。

——行然坊那傢伙，果然是個不值得信賴的假和尚。

富次郎漸感怒火中燒，他自言自語道「話說回來，我已經算是很有耐性了，因爲從那天到現在，已經是第九天了」，他在起居室裡望著自己偷偷在月曆上畫的叉叉，重重呼出鼻息。這時，他聽到有個腳步聲從隔門外的走廊上快步跑來，緊接著，對方在轉角處重重跌了一跤。咚、叩！

「啊，好痛。」

此人是新太，痛得都快哭了。

「小、小少爺——」

「喂，別在走廊上奔跑。」

「呃，可是，來、來、來了。」

富次郎心臟差點從嘴巴跳了出來。他急忙做好心理準備。

「阿近她開始陣、陣、陣痛了嗎？」

「咦！不是，是黑白之間的客、客人來了。」

什麼嘛。

富次郎將來到喉嚨停住的心跳又嚥了回去，理好衣服的衣襟和下擺，走向走廊。新太剛才那一撞似乎力道不小，一副都快哭了的模樣。

「撞痛的地方先去降溫。客人由我來帶路。」

「是，對不起。客人在廚房後門。」

富次郎清咳一聲，走向廚房。黑白之間的說故事者，不論身分尊卑，一律都由後門走進三島屋。這是從什麼時候開始，身爲第二位聆聽者的富次郎也不清楚。不過，應該是隨著奇異百物語在江戶市內打響了名號，有必要多一層顧慮，保護說故事者不受周遭打探的目光侵擾。

富次郎穿著白色足袋，快步踩過長長的走廊。

「抱歉，讓您久等……。」

當他走進廚房時，不禁倒抽一口氣，說到一半的話卡在半空。

後門的門檻外，站著一名圓臉、個頭嬌小的女子。

今天一樣天氣好，更能強烈感受到梅花的香氣。但從女子的站姿卻聞到一股土味。

雖然已不年輕，但也還不到老太太的年紀，長度及膝的條紋圖案衣服外，穿著一件厚實的鋪棉背心，再搭上小碎花圖案的護手、布質綁腿，以及草鞋。一個小包袱纏在肚子上。這應該是她的隨身行李吧。

一般都背在背後的隨身行李，爲什麼纏在肚子上呢？因爲她背後背著一個更大的行李。

那個行李用一塊骯髒的白棉布包纏，外面再縱橫交錯地綁上麻繩。女子就這樣手握麻繩，背著那個行李。

沒錯。應該使用「背著」這個語詞來形容。但總覺得用「行李」來稱呼她背後的東西，好像會遭天譴。

整體呈現人的形體，彎起的右手手肘處，從白棉布的縫隙處露出。左手則是自手肘以下完全露在外頭，就像要由下往上舉起般緊握的拳頭，握著某個東西。頭頂纏的白棉布鬆脫，可以看出一個像圓髻的東西。

——是某種雕像。

可能是佛像，也可能是神將或童子像。

女子身長未達五尺（註），背後的雕像應該是三尺左右吧。雕像身形纖細，看起來沒多重，而且女子全身皮堅肉厚，似乎頗有力氣。

不過話說回來，這模樣當眞怪異。這樣就能了解新太爲什麼會那麼驚訝，從走廊上飛奔而來了。

——她到底是以這副模樣從哪裡走來的？

「請、請進。」

富次郎就此走音，那名圓臉的女子滿面笑容地應道：

「眞是不好意思。我是東谷高月村洞泉庵的阿稻，我請行然坊先生介紹，今日特來叨擾。」

註：日本的五尺約一五一公分，臺灣的五尺約一六六公分。

該怎麼說好呢——不論長相還是聲音，都像雨蛙的一個人。

不，這絕不是在說她壞話。雨蛙不是有張傻愣愣的可愛臉蛋嗎？

「謝謝您的問候。前來參加我們奇異百物語的客人，都會馬上請進屋內的客房，這是我們的規矩，所以請不用顧慮，快快請進。」

阿稻再次咧嘴一笑。

「那我就打擾了。」

走進廚房的土間後，在走上木板地之前，她先卸下背後的雕像，將它立在入門臺階處。

「瓜坊大人，我們到了。這棟房子可以嗎？」

她不是在對富次郎說話，而是對那尊雕像。就近一看，可以看出雕像頭頂的圓髻，呈蓮花的形狀。

不過，稱呼佛像「瓜坊大人」，這同樣很奇怪。

「您很滿意吧。這樣啊，那就好。」

阿稻將富次郎晾在一旁，自顧自地說。

「請問……您說的『滿意』、『這棟房子可以嗎』，是什麼意思？」

在黑白之間坐定前就出言打探，這有違向來的步驟，但聽她說了那樣的話，會感到在意，也是沒辦法的事。

阿稻一點都不難爲情地說道，「您府上有臨月的產婦，對吧？」

「咦。啊，對。應該說不是我家，是從我家嫁出的女兒，她夫家就在附近。」

「這幾天或許也有許多同樣即將產子的產婦，不過瓜坊大人會助這裡的產婦一臂之力。眞是太好了。」

她又在自言自語。不過，這次她似乎發現了富次郎的困惑。

「咦，少爺，行然坊先生什麼都沒跟您說嗎？」

「他什麼也沒說。甚至連妳什麼時候會來也不確定。」

「對您眞是抱歉。」

阿稻那宛如雨蛙般傻愣愣的臉，躬身行了一禮。

「雖然感覺很像是在找藉口，不過，就連我們也一樣，在瓜坊大人起身前，我們也不確定要什麼時候帶祂去哪裡……。」

嗯。原來是這麼回事。

「那麼，今天是按瓜坊大人的意思駕臨我們三島屋嗎？」

「是的。」

富次郎端正坐姿，轉身面向纏滿白棉布的「瓜坊大人」。

「歡迎您蒞臨寒舍。在下是家中的次男，名喚富次郎。瓜坊大人……阿稻小姐，我也跟著這樣稱呼，會不會失禮？」

「啊，沒關係。」

沒想到這麼隨便。

「那麼，瓜坊大人。請移駕到裡頭的房間吧。」

阿稻握緊瓜坊大人的麻繩，將祂抬起，像在抱孩子似地走進黑白之間。當她坐向說故事者的座位後，便馬上開始解開纏在瓜坊大人身上的白棉布。

富次郎安分地坐好細看。

解開後益發覺得這塊白棉被可真髒。當瓜坊大人的身體露出後，漸漸明白箇中原因。

「這黑色的身軀是……。」

富次郎嚴肅地壓低聲音詢問，但阿稻卻若無其事地應道：

「是黑灰。」

「哦，原來是塗上了黑灰。這麼做有什麼緣由嗎？」

「倒也不是，就只是全身沾滿了黑灰。瓜坊大人喜歡廚房。」

富次郎暗自在心裡直眨眼。

「哦，喜歡廚房。」

「我們也都會想讓瓜坊大人看人們認眞工作的地方。天氣好的時候，也會帶祂去田裡。」

白棉布全解開後，瓜坊大人就立在阿稻與富次郎中間。

先前爲了娛樂而學畫時，都沒畫過佛像畫，所以富次郎對佛像沒有深入的知識。就只是聽人提過一些大家都知道的內容。

儘管如此，瓜坊大人還是有個明顯的特徵。那就是背後的火焰光背和右手持的劍。祂伸出的左手握的是用來解救眾生，模樣像拋繩的武具。具備了這些特徵，那表示……

「瓜坊大人是不動尊吧。」

大日如來化身的不動明王。

「是的」，阿稻笑道，那張圓臉更顯福態。

「雖然光背小，不太看得見火焰，但眞虧三島屋看得出來。」

光背確實很小，而且緊貼著背部，所以只隱約看得出瓜坊大人背後有雕刻。此外還有一件事。

「臉部沒雕刻，對吧？」

瓜坊大人的臉部沒有眉、眼、口、鼻。連這樣的痕跡也沒有，所以應該也不是以前曾經雕好的臉部因爲磨損而消失。

「這不是憤怒之相，所以我原本有點猶豫，覺得祂可能不是不動尊。」

阿稻莞爾一笑，「瓜坊大人生起氣來可是很可怕的。」

「這樣啊。頭的形狀像瓜，對吧？頭髮是直接綁成一束在腦後，相當於瓜蒂的位置，上面有一朵蓮花……。」

「祂的臉上不是有像瓜一樣的縱向條紋嗎？」

的確有縱向條紋，很像瓜或是小野豬身上特有的條紋。

「所以才簡稱爲瓜坊大人嗎？」

「條紋很漂亮吧。」阿稻像在炫耀般說道，「聽說瓜坊大人原本是混在青瓜裡頭，埋在瓜田裡。挖掘之後，才冒出身體，所以就連庵主大人看了，也是又驚又喜。」

這位庵主大人應該是阿稻說的「洞泉庵」主人吧。

打自從阿近手中接過聆聽者一角後，富次郎已聽過十個故事。當中也聽過從南蠻渡海而來的禁教之神與其信徒的故事，而且不知爲何，土地神和產土神登場的故事接連出現。富次郎便以自己的想法，針對人們與八百萬眾神之間的關聯，以及信仰的尊貴與危險，深思起來。

但聆聽佛像登場的軼聞，這還是第一次。而且在瓜田裡採收的佛像更是奇事一樁，與奇異百物語再合適不過了。

行然坊保證過，這不是可怕或不吉利的故事。而且與富次郎迎面而坐的說故事者阿稻，也有一張悠哉又逍遙的圓臉。

富次郎內心平靜下來。

「在開始說故事前，我爲您奉上番茶吧。請先潤潤喉。東谷離這裡很遠嗎？」

「在保土谷驛站附近。」

那是東海道的驛站町，比川崎更遠。

「這麼說來，您是昨天就出發，一路走到這裡吧。就您一個人嗎？」

「不是我一個人，瓜坊大人也和我一起。」

話雖如此，瓜坊大人又不會走路。阿稻想必很疲憊吧，富次郎俐落地為她沏茶。

不知道說故事者什麼時候會來，無法事先備妥帶餡的點心，所以今天的茶點是豆菓子。炒黑豆裹上黑砂糖，作成一口大小的「黑丸」，以及用多福豆煮成的甜納豆，裹上白砂糖作成的「白丸」。新太急急忙忙連同茶具一起準備。當掀起塗漆的小碗碗蓋呈上時，阿稻發出一聲歡呼。

「嘩，好美啊。」

「您回去時可以充當伴手禮，也請庵主大人嘗嘗。」

「大家都很愛甜食，不知道庵主大人是否吃得到。」

阿稻將富次郎準備的茶點，擺在瓜坊大人面前，雙手合十，恭敬地一拜。

「瓜坊大人，請用。」

接著她以鳥看了都會受驚飛走的速度，拿起一顆白丸送入口中後，頻頻眨眼。

「好好吃哦！」

富次郎噗哧笑了起來。不知沒有臉的瓜坊大人是否也笑了。

接著阿稻聊起一路上的事，富次郎也聽得津津有味。當黑丸和白丸都吃得差不多時，他開口道：

「您是從行然坊先生那裡聽聞我們的奇異百物語嗎？」

不管三島屋在江戶市內的名氣如何響亮，也不可能一路傳過東海道，傳向保土谷驛站。

「是的。約莫一年前，行然坊先生到洞泉庵寄宿時，和庵主大人談到這件事。」

「行然坊先生當時是經東海道前往某處的途中嗎？」

「他向來是隨心之所向，雲遊四方，所以沒有目的地。」阿稻笑道。這不是輕視的口吻，而是對行然坊帶有一份親近感。

「他在洞泉庵住了三晚，劈了許多材，堆得像山一樣高，還幫我們修補屋頂的漏水處。」

——請讓我幫忙，向還不知道這裡的人們廣爲宣傳。

「他說完這句話就離開了。而就在前不久，庵主大人才和大家聊到，不知道他現在在什麼地方旅行，結果說曹操，曹操到。」

行然坊突然現身與庵主見面，向瓜坊大人膜拜說道。

——我有位恩人初次懷孕，生產在即。是一位不曾做過壞事，但因爲背負複雜糾葛的因果，心中暗藏悲苦的女性。這方面令人感到一絲不安，因此今日誠心向瓜坊大人祈願。

「行然坊先生拜託我們，說瓜坊大人要是聽見他的祈願，願意助那位女性一臂之力，請務必要帶瓜坊大人前來。」

所以我才來到這裡——阿稻說。

富次郎再次望向立在說故事者和聆聽者之間的那尊沾滿黑灰的不動明王像。

「行然坊先生說的女性，是我的堂妹，名叫阿近。嫁入附近的一家租書店，現已臨月。」

聽阿島說，目前阿近的身心都沒任何異狀。儘管如此，行然坊還是感到「一絲」不安，對此，富次郎也心裡有底。

「的確，阿近因爲過去的經歷，而背負著悲苦。爲了克服那些，她擔任三島屋奇異百物語的聆聽者。」

她因此得以大幅成長，獲得開創自己人生的勇氣和開朗，但另一方面，也因此接觸了百物語引來的眾多「人們造下的業」。

「也不知道是否該說是人們造下的業……雖然不清楚那究竟是什麼，不過，確實有可疑的人物在阿近身邊徘徊……最近，就連身爲阿近的親人，同時也是第二位聆聽者的我，也親眼目睹那個人出現。」

那名打著赤腳，一副商人模樣的男人，這事富次郎只跟阿勝提過。因爲不想讓阿近操心，所以沒告訴她。雖說是順勢說出此事，但若無其事地說出口之後，富次郎漸漸慌了起來。

阿稻那張像雨蛙的臉，一雙圓眼眨了眨，應了聲「嗯……」。

「如果對象是人們造下的業，那可就有點棘手了。正因爲這樣，瓜坊大人才會願意動身，想助其一臂之力。眞是太好了。」

「咦？哦。」

「瓜坊大人神通廣大，一切都不用擔心。不過少爺，得請您流不少汗，請您要先做好心理準備。」

富次郎得流汗？

「行然坊先生也很仰仗您哦。他說，奇異百物語現在擔任聆聽者的少爺，是位很有膽識的人。」

他到底是看了富次郎的哪一點，而做出這樣的判斷？因爲在店門口當服裝人偶嗎？

「我從五年前就開始受洞泉庵關照，一直都擔任瓜坊大人的侍者。」阿稻說。

侍者並沒有多了不起。

「好像是因爲瓜坊大人來自土中，所以服侍祂的人，也以帶有土味者爲佳。我父母是相模的貧農，像我整年都餓著肚子，靠啃瓜皮長大，也許就是這樣才合適。」

原來如此。阿稻從剛才就一直採用「庵主大人」和「大家」這樣的說法。

「洞泉庵有多少人一起生活呢？」

阿稻骨碌碌地轉動她的圓眼，思索了片刻，「……如果連小孩子也算在內的話，大約有二十個人吧。」

眞是大家庭。

「也有人是從草庵出外當夥計，在藪入（註）時會回來。因爲草庵就像老家一樣。」

「哦。那麼，妳們的謀生管道是什麼？」

「在庵主大人的水田和旱田耕種，夠我們自給自足。另外也會養蠶，還有人會捐獻。」

「你們那裡是草庵，不是寺院。應該沒有信眾吧？」

「對。因爲洞泉庵就像收容小屋一樣。」

從它的成立來看，似乎有其背後的緣由。

「可以告訴我詳情嗎？」

「既然這樣，那我就把之前告訴行然坊先生的事，說給少爺您聽吧。」

「這間客房就是爲此而設。還有，我不是少爺。我的身分比較低，請叫我小少爺。」

阿稻應了聲是，莞爾一笑。

「要是再這樣下去，您那位堂妹也許就要臨盆了，所以不能再拖了。我就趕緊說了吧。」

「有勞您了。」

富次郎重新坐正。

那已是很久以前的事。在相模東谷的高月村，有位十五歲的姑娘，名叫奈津，懷了個沒有爹的孩子。

當然了，是某個男人讓她懷了身孕。但那傢伙早就跑了。他是一家蔬果批發店的掌櫃，前來採買高月村採收的豆子和蔬菜，今年三十二歲。他騙了奈津的身子，見事跡敗露，便辭去店裡的工作，逃得無影無蹤。

他原本就愛四處拈花惹草，店裡的人也都知道，但因爲工作認眞，還是一路提拔他當上掌櫃。沒想到這份恩情被他這樣踐踏，所以這家蔬果批發店也大爲光火，就像拿奈津出氣般，對她極爲冷淡。

「委身給一個光會耍嘴皮的男人有了身孕，可見女方也不是好東西。我們沒義務給慰問金。看她是要生，還是要打掉，都隨她去吧。」

奈津的父親竹松自己有一小塊地，生活過得比一般的佃農強些。奈津是家中的長女，各有一個與她年紀相差甚遠的弟弟和妹妹。母親生妹妹時難產，就此喪命。從那之後，母親的妹妹阿彌便與

註：住在商家工作的夥計和女侍，能在一月十六日及七月十六日兩天回家探親。這兩天稱之爲藪入。

他們一起同住，一家人勉強還能過日子。

自奈津懂事起，便都會幫忙家務和農活。幸好她和阿姨阿萬感情融洽，兩人合力打點家中的一切，養育年幼的弟妹長大。春天到秋天這段時間，竹松都在水田裡勤奮工作，冬天則是到保土谷驛站或神奈川驛站工作。

個性勤奮的奈津，之所以會委身給這種玩弄女人的傢伙，是因爲對方是她在這種成天爲了糊口而忙碌的生活下遇到的初戀情人，她對此抱持美麗的夢想。可以說正因爲她爲人勤奮，才會被美夢給絆了一跤。

此事說來可憐，所以竹松和阿萬也都沒責罵奈津。他們告訴她，肚裡的孩子是老天所賜，只要想作是有了個么弟或么妹，這樣就行了。但奈津心知肚明。父親已不年輕，爲了生活已疲憊得不成人形，且阿萬也常爲劇烈腹痛所苦。

如果要生下孩子，當然在即將生產時自己便無法再工作，這會對父親和阿姨造成更多的負擔。也會影響到弟妹。

——對不起。

當時是初冬的季節，遠望相模海上的三角波，看起來就像短短的尖牙。

某天夜裡，奈津等到家裡眾人都熟睡後，悄悄走出屋外。也沒多披件衣服，就只穿著一件將老舊的浴衣下擺裁短作成的睡衣，打著赤腳。

她前往一家人平時耕種的那塊小旱田。在冬季蔬菜播種前，目前暫時先休耕。所以田裡沒有田壟，一片平坦，殘留的稻草和雜草散落一地。

北邊有一條窄細的水渠流經。這是從附近的河流引水進主渠，再進一步分出的支渠末端，但拜此之賜，可以不用大老遠地前往汲水。

用水渠來做這種事，覺得很抱歉。奈津雙手合十，朝水渠行了一禮。接著她以赤腳的腳尖浸入冷水中。

水渠的流速快，但水很淺。就算雙腳站在上頭，頂多也只能淹至奈津的膝下。

由於此時不是隆冬，水還不至於冷得令人感到刺痛。感覺腳趾漸漸發麻，眞正覺得冷的，反而是身體。

——對不起。

她手抵向腹部，當場緩緩蹲下。水渠寬度頗窄，所以她是抱膝躬著身子。流過來的水在奈津的側腹激起水花。

她就這樣一直坐到天亮。

她似乎不知不覺間睡著，等到醒來後，才發現自己人在自家的破小屋，躺在自己的薄棉被裡。

肚裡的孩子已經流掉。

奈津穿的睡衣滿是鮮血，竹松直接丟進篝火裡燒了。阿萬替她煮了地瓜稀飯，但奈津賞給羨慕得直流口水的弟妹吃，自己只喝白開水。

竹松和阿萬都沒罵奈津，但她自己先開口道歉。阿萬聽了之後流下淚來。

接著等了三天，才有辦法進食，起身走動。躺在床上的這段時間，聽阿萬提到過往。全是奈津過去不知道的事，以及隱約有點印象的事。

首先是關於父親竹松。他老家以養蠶爲生，位於離這裡四里（註一）遠的隔壁村，由竹松的哥哥繼承家業。由於雙方完全沒往來，奈津本以爲是關係不睦，但其實是竹松與老家的家人沒有血緣關係。

竹松是個棄嬰。當初他臍帶都還沒斷，便被人以一條骯髒的手巾裹著，丟在老家村子的鎮守神神社（註二）裡。

他老家是這一帶的大財主，之前也都會收養走失孩童或棄嬰加以養育，或是幫忙找人收養。竹松也是這樣被收養，當家中的孩子養大。照排行算是四男。

高月村的這塊旱田，土地貧瘠，就算耕種也收成不佳，前一位地主正不知拿它如何是好時，竹松的老家花錢將它買下。當家原本是想將它闢成桑田，供三男養蠶，但那位三男是個愛玩樂的人，比起鋤頭和鐵鍬，他更愛三弦琴和鼓，他撂下一句「說我愛玩樂，我沒辦法接受。我這是追求技藝」，就此離家出走，自此音訊全無。聽說很久以前，在小田原城下，有人看到一位長得很像他的人，向人彈奏三弦琴乞討，不過老家這邊似乎沒特地找尋他的下落。

因爲這個緣故，高月村的那塊農地便轉爲納入四男竹松名下。不過，桑樹在這裡種不好，買桑葉養蠶也沒賺不了錢，最後只能種些葉菜、瓜類、地瓜、根莖類植物，賺點小錢，過著吃不起白米飯的生活，所以那塊地還不如說是「硬塞給他」還比較對。

「姊夫不是會因爲這樣就抱怨的人。」

說這話的阿萬，臉龐消瘦，臉色蒼白。

而嫁給竹松爲妻的，是高月村一位佃農的女兒，名叫阿村。竹松對她一見鍾情，娶她爲妻，同年的兩人很快就有了孩子。那便是奈津。

竹松在老家成長的過程中，曾上過私塾。老家的當家是位懂得情趣，受過教育的人，所以竹松也大致受過教育，連漢字都識得。但阿村的父親，也就是竹松的丈人，對此卻感到嫉妒，竹松這對年輕夫婦受到百般刁難。雖然田地不大，但好歹也是自己持有的農地，一個佃農的女兒能嫁他爲妻，一般應該都會很高興才對，但阿村的父親想必原本就個性乖僻吧。

因爲是這樣的情況，這對年輕夫妻不管怎樣都會同心協力，克服難關。之前阿村懷了一個小奈津兩歲的寶寶，後來胎死腹中的時候，以及竹松在外地工作時身受重傷，花了一整個冬天調養的時候，都是如此。

小阿村五歲的妹妹阿萬逃離夫家，前來投靠竹松和阿村時，他們夫妻倆的生活已比較穩定，而

註一：約八公里。

註二：鎮守神是日本神道中特定建築或地區的守護神。

且阿村腹中已懷有身孕，是奈津日後的弟弟。兩人共組家庭已邁入第七年。

阿萬原本嫁給村裡一家道具店的獨生子。像高月村這種規模的村莊，提到道具店，從鍋灶農具，乃至於牛馬的韁繩，以及大拖車，無所不賣。但也因爲這樣，相當賺錢。店裡財力雄厚，有餘力另外雇人。

那麼，阿萬是否就此飛上枝頭當鳳凰呢？很遺憾，不是這麼回事。因爲這位道具店的獨生子已即將四十，阿萬是他第四任妻子。之前一共換了三任妻子，卻始終得不到孩子，道具店老闆娘一心想抱孫，四處求神問卜的結果，神明告訴她，要娶住在高月村該年的吉位上，與「土」有緣的女人爲妻，她對此深信不疑，選中每天都在田裡耕種的阿萬。

打從一開始，阿萬就被當作生孩子的工具，而實際上也眞的就像買賣道具一樣，付了她娘家一大筆錢。

但嫁去三年多，阿萬始終沒能有身孕。肚皮一點動靜也沒有。

這位道具店的婆婆一心只想著要抱孫，她的健康長壽反而帶來了不良影響，令她化爲一個虎姑婆。她毫不客氣地辱罵始終沒能懷孕的媳婦，甚至還拳打腳踢。阿萬的丈夫完全不出面護她，過沒多久，還把錢都花在保土谷驛站權太坂的一家茶室裡的女人身上，幾乎都不回家。他已受夠了這個虎姑婆硬逼他接受的婚事，根本就不想要孩子。

阿萬沒飯吃，家事全丟給她一個人做，婆婆以燒得火紅的火筷追著她跑，連要睡一頓安穩覺都沒辦法。左鄰右舍同情她，給她剩飯吃，她才得以果腹。

儘管如此，她還是沒逃離，因爲她知道，她已經被賣了換錢，再也無法回娘家去了。

這一忍就是半年多，來到一個冷到會立起霜柱的冬日清晨。當她驅策連站都站不穩的身軀工作時，婆婆突然從後方用力一撞，她差點跌落井裡。她抓著吊桶，近身看到的婆婆，那模樣已不是虎姑婆，根本完全沒有人樣。

婆婆化為一隻大蜈蚣。頭部還保有人臉，勉強還看得出婆婆的五官。口中呼出臭氣，一面發出厲聲尖叫，一面朝阿萬撲來，想一把抓住她。那無數隻腳互相摩擦，發出陣陣沙沙聲，步步近逼。她到底在叫什麼？阿萬聽出她說的是「妳這個石女」、「為什麼生不出來」。

——啊，這是怎麼回事？

阿萬因絕望和恐懼而頭暈目眩，當場癱軟。但好在她做出這個反應。由於阿萬突然蹲下，婆婆一時衝勢過猛，跌落井裡。那是一口深邃的水井。婆婆在跌落前大叫一聲，隔了一會兒發出嘩啦水聲，接著便靜了下來。

阿萬就這樣什麼也沒拿，直接逃往姊姊家。途中鞋子還脫落，抵達時打著赤腳，可能一路上多次跌倒，全身滿是泥濘。

——我害死了婆婆。

阿萬像在說夢話般，不斷如此喃喃低語，但竹松和阿村未對她見死不救。他們悉心照料，餵她喝米湯，很有耐心地問出發生何事。了解情況後，竹松馬上跑了一趟道具店，請在毫不知情的情況下開店的夥計以及左鄰右舍幫忙，一同淘井。婆婆溺死的屍體浮了出來，只是一般老太婆的模樣。

竹松維持肅穆的神情，一再低頭道歉，極力想保護小姨子。道具店的婆婆和她兒子的素行，向來都令高月村的村長直搖頭，阿萬那瘦得只剩皮包骨，一臉茫然的模樣，令他看了備感心痛，寄予同情。

——希望這件事能巧妙地掩飾過去。

兩人絞盡腦汁，決定編個故事。他們以阿萬那宛如做噩夢般的說法當材料，說道具店的婆婆被一隻從山上來的大蜈蚣吃了，化爲大蜈蚣，襲向阿萬，而阿萬發揮機智，讓牠掉入井中，加以降伏——他們想出這樣的劇情。這麼一來，阿萬就成了替婆婆報仇的好媳婦。

高月村一帶自古就流傳著會吃人的大蜈蚣傳說。眼下剛好可加以利用，而阿萬說她眞的親眼看到大蜈蚣，嚇得魂不附體，也讓他們編出的故事更具眞實性。

阿萬最後沒被問罪，在姊姊家調養了數月，接著便在村長的安排下，到藤澤驛站的旅館當女侍去了。儘管她身體已恢復健康，但是被恐懼和絕望刨去一個大洞的內心卻無法癒合，她成了一個沉默寡言，沒什麼存在感的女人，但旅館的女侍就需要這樣的人。阿萬在那裡勤奮地工作。

三年後，阿村因難產而喪命。幸好孩子平安保住一命，是長得很像竹松的女孩。

阿萬聽聞通報，馬上向旅館請辭，返回高月村。因爲她認爲自己報答姊姊和姊夫恩情的時候到來，沒半點猶豫。

「阿姨妳從道具店逃來我們家中時，我那時候大概是六歲吧？但我幾乎沒半點印象。」

聽奈津這麼說，阿萬微微一笑，「爲了不讓妳知道，姊夫和姊姊很小心處理這件事。因爲這不是能說給孩子聽的事。」

是這樣嗎……

「不過，我娘過世，阿姨妳趕來的時候，我記得很清楚。」

阿萬緊摟哭泣的奈津和弟弟，百般安慰，還煮熱呼呼的地瓜稀飯給他們吃。

「是這樣嗎？我這女人可眞愛地瓜稀飯。」

「阿姨的地瓜稀飯怎樣都好吃。」

聊著聊著，肚子餓了起來，奈津拿起剩下的地瓜稀飯送入口中。就算涼了還是好吃。

「阿姨，我問妳一件事，妳別生氣哦。妳沒想過要當我爹的後妻嗎？」

村民都認爲竹松和阿萬早就有夫妻之實。其實不是。奈津一直和他們住在一起，而且有了身孕，是個眞正的女人，就連她看了，也知道他們沒有夫妻之實。兩人從以前到現在一直都是姊夫和小姨子的關係，而阿萬就像是忠心服侍竹松一家的女侍般。

「怎麼可能，姊夫現在仍是我姊姊的丈夫。」

說完後，阿萬突然蹙起眉頭，緊按胸口。

「妳又腹痛了嗎？」

「妳發現了？」

「看過一次就知道了。」

阿萬按著胸口，什麼也沒說。以前的事說到這裡已告一段落，而且奈津已覺得睏了。

「……石女，是吧？」

正快要打盹時，耳朵傳來阿萬的低語聲。

「漢字寫作石女。」

奈津抬起沉重的眼皮，望向阿萬。這屋子雖然常滲風，但日照不佳，阿姨臉上籠罩暗影。看不

見她的表情。

「姊夫讀過書，知道漢字。當時她對我姊姊說的話，我聽了之後也學到了。」

指的是生不出孩子的女人——

「多虧村長和姊夫，我才免於被問罪，但道具店的婆婆所下的詛咒，跑進我肚子裡。」

阿萬低著頭，做出奈津自從知道自己有了孩子，一直到昨晚蹲向水渠的冷水中之前，不知做過幾次的動作。以手輕撫腹部的動作。

「我這裡有個像石頭般的硬塊。」

當時大蜈蚣那動個不停的腳碰觸到她的部位。

「起初很小，但現在已有我半顆拳頭大。」

奈津頓時睡意全消，「這可不是小事啊。妳跟我爹說了嗎？」

抬眼一看，阿萬正注視著奈津。眼眶泛淚。

「我生不出孩子，而妳卻是懷了孩子，但不能生。」

眞是可憐——阿萬說。

「不過，妳以後還有機會。只要好好調養，恢復健康，日後會有好事發生的。」

「阿姨……。」

「抱歉，吵醒妳。妳再睡一會兒吧。我去田裡巡視。」

阿萬站起身，踩向發出嘎吱聲的木板地離去。她的腳步聲顯得零亂，所以一聽就知道她的腹痛還沒好，手扔緊按著胸口。

眞希望能爲阿姨做點什麼。村裡沒有大夫，但有熟悉藥材的耆老，以及有經驗的產婆。如果是女人腹痛的問題，大可找他們商量吧。

——可是，要是我現在去見產婆的話，我讓自己肚子裡的孩子流掉的事，可能會被看穿吧。她可能會百般嫌棄我，責罵我是女人中的敗類。我無從辯解。就算生下這個小生命，也沒能力扶養，只會增加爹、阿姨、弟弟妹妹的負擔。更何況現在還知道了阿姨暗自爲病痛所苦的事。雖然心裡難過，雖然自己也知道這麼做很殘酷，但奈津也只能放棄嬰兒，告訴自己這麼做是對的。

最後，這件事沒讓周遭人知道，就此落幕。那名四處拈花惹草的蔬果店掌櫃，似乎口風甚緊，對他染指奈津一事一直沒讓人知道。而遭到這名掌櫃恩將仇報的蔬果店，也因爲此事有損名譽，對外守口如瓶。

奈津對外聲稱是因爲感染了風寒而臥床調養了幾天，就此重回原本的生活。

冬天播完蔬菜的種子後，竹松一直到過年結束前，都會去外地工作，不在家。奈津本想在那之前，跟他說阿萬腹部腫塊的事；但阿萬一直從中阻撓，且從那之後一直都沒顯露出強忍腹痛的模樣，一副若無其事的樣子，所以奈津一直沒機會把話說清楚。

時序來到臘月，高月村下了幾場雪。這一帶臨海，就算降雪也不至於深積。不過，下雪的日子，就連吊桶汲出的水，也冷得都快結凍了。

再過幾天就是新年了，而在如此天寒地凍的某個早晨，阿萬倒臥在廁所裡。這次換阿萬的睡衣滿是鮮血，敞開她的前襟一看，她的上腹處高高隆起。

奈津一摸發現那腫塊像石頭一樣硬，將奈津按壓的手指彈了回來。而且……

——噗通。

摸起來就像有東西在呼吸一樣。

「阿姨。」

出聲叫喚後，阿萬的眼皮抽動。她沒半點血色，臉和手腳都很蒼白。

阿萬開口想說些什麼。但突然從唇間湧出鮮血來。鮮血在地板上擴散開來，阿萬就此嚥了氣。

竹松人在外地，奈津無法通知他阿萬的死訊。就算通知他，大概也不能回來。

喪禮由村長夫人一手張羅。雖然像在火災善後一樣，氣氛沉悶，但是對不知該如何是好的奈津他們來說，實在很感謝。不過，請來和尚爲死者誦經固然不錯，但這位和尚實在很可疑，那荒腔走板的誦經，奈津怎麼聽都覺得很假。但她沒辦法抱怨，只能神情肅穆地鞠躬致意。

奈津的弟妹態度，與其說是肅穆，不如說是冷淡。雖然兩人過去看起來和阿姨沒特別親密，不過家人不都是這樣嗎？感情好到形影不離，這樣反而才奇怪。不過，奈津看了之後這才知道，弟妹兩人對阿姨的態度會這麼冷淡，有其原因。

「像她這種害死自己婆婆，嫁人又跑回來的女人，很不吉利，我其實不想和她一起同住。」弟弟說。

「阿姨看起死氣沉沉，怪可怕的。」妹妹說，「阿榮和多喜姊都叫她瘟神。姊，妳知道嗎？」

妹妹提到這兩個名字，是住附近的婦人，確實平時就很嫌棄阿萬。尤其討厭阿萬接近她們的孩子。就像覺得會被傳染天花或是痲疹這類的可怕疾病一樣。

阿萬被葬在村郊墓地裡的亂葬墓裡。那是以繩索圍成一個方形，在裡頭挖出深坑，直接將屍體埋進裡頭。沒照字面稱呼一樣亂扔亂葬，就已經很不錯了，不過在這一帶，沒丈夫也沒孩子的女人，只准用這種方式下葬。就算在村裡土生土長，持續爲家人認眞工作，但只要沒能嫁人，沒有孩子，就和餓死路旁的人沒兩樣。

當阿萬下葬處隆起的黃土變得平坦時，竹松返回了村內。果不其然，態度很冷淡。

「得跟村長說聲謝謝才行。」

他只關心這方面。在爹眼裡，阿萬別說是小姨子了，他根本就把阿萬當女侍看待。眞虧阿姨能忍受。

——因爲她也無處可去。

一想到這裡，便覺得胸口好像被刨去一大塊。

奈津每天都會去墓前。早上沒去就傍晚去，傍晚沒去就早上去。不論颳風下雨，就算因爲不在家而沒能吃飯，她也無所謂，她都會造訪亂葬墓，叫喚阿萬的名字，雙手合十。

奈津沒錢可花用，所以她買不起香。現在春日尚淺，山中連朵小花也看不到。

以村莊爲中心來看的話，墓地位於鬼門的方位。位於四周雜樹林環繞的平緩山丘腳下，以前在山腰處有一座名爲「洞泉寺」的法華寺。沒有山門，也沒佛塔，是一座只有正殿和小僧房的貧窮寺院。因爲也沒撞鐘堂，所以吊在正殿屋簷下的吊鐘，每當時刻到來，住持都得親自敲鐘。那就是高月村的時鐘。

奈津七歲時，寺院的住持病故，高月村村長趁這個機會，成爲這一帶規模最大的馬懸村法華寺的檀家（註一）。正確來說，不是「成爲」，而是「回歸」。其實馬懸村的寺院才是總寺，洞泉寺則是因二十多年前的一場紛爭而建立的分寺，換句話說，高月村是受那起紛爭拖累，才不得不成爲洞泉寺的檀家——就是這樣的緣由。

高月村的村民跟隨村長，全成了總寺的信徒。檀家制度是支持幕府政令的重要支柱，原本不合宜的做法沒被公諸於世，就此平安落幕，眾人都感到慶幸。

明白這背後的情況，也就知道洞泉寺如此貧困的原因了。寺內的主佛，也是以前發生那場紛爭時，擅自從總寺搬出的佛像。是一尊以紙黏土和膠水作成的普賢菩薩像，似乎因維護不周，已經發霉，破破爛爛。

洞泉寺變得空空蕩蕩。正殿與僧房被雜草覆蓋，成了各種山中生物的棲所。

只有墓地，因爲村民常會經過，各自維護自家的墳墓，所以至今仍保有潔淨的模樣；但亂葬墓則是放任不管。奈津對此感到生氣，她總是自己一個人盡可能用心清理。等到春日爛漫的時節，就從山裡摘取花草前來，將這一帶的土耕過一遍，多種點花吧，也種點阿姨喜歡的五葉木通吧。

不過，今天可眞是單調。高月村這一帶，一過初春便常會飄雪，但不至於會積雪，形成雪白一片的雪景。亂葬墓邊立著一個徒具形式的墓碑，在風吹雨淋下，上面的文字早已消失。

被人棄之不顧。一想到這點，奈津感到的不是悲傷，而是憤怒。

「阿姨，從明天起，我沒辦法每天來，請妳見諒。」

來掃墓的次數減少，改到外頭工作吧。看是村裡的地主家、店家，還是批發商，什麼都好，到有錢人家找工作，賺點工錢。只要能賺到足夠的錢買香就好了。

——要是沒人肯理我，那就趁盂蘭盆節或彼岸（註二）時，到他們每戶人家的墓前去偷供品和香。

奈津下定決心，將憤怒嚥回腹中，四處造訪住家和店家。也去了那個可恨的蔬果批發店掌櫃常出入的地方。雖然不知道對方是怎麼想，但她覺得這店家欠她一份情。至於那個男人，她現在已完全不當一回事了。

「請給我一些打零工的機會。工資不用給錢沒關係，只要能給我香或蠟燭，我就會好好工作。」

汲水、撿拾柴火、打掃廁所。就算是別人不想做的工作，奈津也完全不以爲苦，不過幫嬰兒洗尿布，她覺得很難受。

奈津就這樣賺取工錢，固定到村裡的亂葬墓掃墓，這事很快便傳開。也有人同情她，但大部分人都是爲之蹙眉。

註一：隸屬於固定的寺院，向寺院捐獻的人家。

註二：春分、秋分的前後三天，合起來七天的時間，稱作彼岸。人們會在這段時間舉辦法會。

「奈津應該是被亡靈附身了吧。」

也有人如此竊竊私語，感到害怕。

對阿萬很冷漠的父親竹松，對固定替阿萬掃墓的奈津也同樣冷漠。弟妹這次因爲奈津的古怪行徑，又引來附近婦人的鄙視，開始向奈津抱怨。

「妳是不是把孩子流掉後，腦袋就出問題啦？」

某天早上，當奈津手裡握著工錢返家時，剛好被逮著，父親挑明著這樣問道，奈津已好沒久沒像這樣與父親面對面了。總是一臉疲憊的竹松，這天早上同樣都快被消磨殆盡了。

「抱歉，爹。」

奈津雖然出言道歉，但聲音仍舊帶有一分堅持。她自己也知道。

「梅花和山桃就快開花了。到時候就算沒有香，墓地也會變得很熱鬧，在那之前，請你再忍忍。」

山裡遲遲不開花，不過，一旦開花，便是遍地開滿花。

「我們家自己有地，爲什麼要到別人家去賺錢？不覺得這樣很丟臉嗎？」

「我自從把孩子流掉後，就再也感覺不出什麼是丟臉了。」

奈津已經做出人生中最可怕、最該受罰的事，再也不會有更丟臉的事了。

「重要的是，我希望不會讓阿姨感到寂寞。丟她一個人在那樣的墳墓裡，我覺得很歉疚。」

「那是因爲……阿萬沒有家，所以也沒墳墓。這是規矩。」

「這個家就不是阿姨的家嗎？」

「這裡是我家。我是一家之主，我的妻子是妳娘。阿萬就只是不請自來的寄住者。」
這句話令奈津就像被小石頭打中般，又驚又痛。
「爹，阿姨不是幫了你很多忙嗎！」
竹松聞言，換他露出驚訝的表情。那雙小眼眨個不停。
「她是寄住的，做自己能做的事，也是理所當然。當初爲了護著她這個殺害婆婆的女人，我和妳娘也是費了好大一番工夫。一度甚至還在村子裡抬不起頭來。她不知恩圖報怎麼行？」
竹松似乎也發現自己說得太過火，像打嗝般，變得呼吸急促。
殺害婆婆的女人，奈津倒抽一口冷氣。
「不談這件事了。」
「我知道。阿姨的婆婆是被蜈蚣怪吃了，對吧。」
「那是編出來的蠢話。」
竹松不屑地說道，瞇起他的小眼睛。
「是阿萬跟妳說的嗎？妳該不會眞的相信吧？」
「可是，你和娘不是爲了保護阿姨，才編出那個故事嗎？」
「那是因爲阿萬要是被送去官府，我們也會受波及。」
這才是他的眞心話嗎？不是因爲出於憐憫阿萬的善良？
「我當然也覺得她可憐。但更重要的是，要是放著她不管，裝作什麼都不知道，事後遭到牽連是很可怕的。一個沒處理好，還會給我老家添麻煩，到時候可就嚴重了。我和妳娘都拚了命呢。」

爹原來是這麼想？是阿萬自己當他是好心，而對他心存感謝？

「眞過分。」奈津如此低吼。有種撕心裂肺的感覺。

「哪裡過分。」竹松說。他就像覺得受傷般，以大感意外的口吻說道：

「是阿萬自己不懂得忍。虐待媳婦這種事到處都有。女人要是生不出孩子，就有可能被趕出家門。要是不懂得忍耐，連家都保不住。然後死後也沒一處可以安葬的墓。這就是世間的道理，妳也要牢記在心。」

「這太過分了！」

奈津放聲大喊。她緊咬著嘴脣，轉身背對竹松。與暗地裡窺望她的弟弟四目交接。妹妹也在一旁。兩人都在。

——那眼神就像在看蜈蚣怪一樣。

他們全都縮著脖子，表情僵硬。

刹那間，奈津對一切都感到厭惡。厭惡爹、弟弟、妹妹，以及和他們三人同住一個屋簷下。還有一起耕田、汲水、煮飯、一同生活。

「……我要離開家，到別的地方去。」

竹松雖然聽得半信半疑，但他似乎沒有瞧不起奈津的意思。他心想，奈津該不會是固定去掃墓，被什麼邪魔給迷住了吧？他似乎和那些竊竊私語，說奈津被亡靈附身的村民一樣，對此感到畏怯。

「我會找一處可以遮風蔽雨的地方。」

這個家和農地，只要有三個人力就夠了。日後弟弟應該會娶妻，妹妹也會嫁人生子吧。

那樣才是正常的生活方式，但奈津已經無法再走上這條路。想到因爲她的愚蠢而害死的嬰兒，以及明明沒做過什麼壞事，卻只因爲運氣不好，連去了陰間卻還是被視爲一個見不得光的人，被人瞧不起的阿萬，奈津暗自在心中做出決定。

「爲了供養他們兩人，我想過不同的生活。就請當我和阿姨一起離開了這個人世吧。」

已成爲空屋的洞泉寺正殿和僧房，只要還留有屋頂和木板地，要住哪兒都行。

爲了糊口，就找一些零工賺取工錢吧。今後的生活範圍不光只限於這個村子，也到附近的村莊去吧。只要認眞找，就會意外發現到處都需要人手幫忙。只是大家不習慣花錢雇人而已。

她將衣物包進一件棉袍裡，綁在背後，爬上山丘，一路來到洞泉寺的所在處，抵達後一看，原本的正殿有多處屋瓦崩塌，土牆也剝落破洞，木板地缺損，到處都有漏水的痕跡，實在無法住人。

而另一方面，僧房雖已完全化爲荒屋，但狀況好多了，可能是因爲它的建造方式比正殿簡單許多，眞是慶幸。

另一件慶幸的事，是位於僧房後方的水井沒乾涸。由於沒看到汲水用的滑輪，所以奈津用水桶和麻繩汲水上來一看，發現是冰涼清澈的好水。

「坐鎮此地的主佛啊。」

奈津雙手合十，朝昔日曾是正殿的方向膜拜。

「謝謝您守護這口井。我會加以善用，一滴水都不浪費。」

雖說已是春天，但依舊嚴寒。既然水的問題解決了，接下來就得升火取暖，晚上要睡得安穩，

不挨冷受凍，就得想想辦法。當務之急是先解決滲風的問題，打掃可以留待之後再說。

先前賺來的工錢，奈津都馬上變換成香或供品，所以她身上沒半點積蓄。這麼一來，白天得多找幾項零工來做，索取目前需要的物資來替代工錢。

高月村的村民眾多，人多嘴雜，消息傳得特別快，因此奈津不論是要找工作，還是要索取物資，都不需要一一解釋，這點倒是幫了個大忙。

當然了，大部分村民都會向她說教。

「妳沒嫁人，卻搬離自己的家，別做這種傻事。」

「妳打算住哪兒呢？洞泉寺後面？妳當眞是瘋了。那是一間窮寺院，現在已成了妖怪和野獸的住處。妳一個女人家，連要平安度過一晚都辦法的。」

「我之前就覺得妳是個固執的丫頭，但沒想到妳這麼不孝。」

奈津早已做好心理準備，所以不管別人怎麼說，她都不當一回事。她連回嘴或是冷笑都嫌麻煩，所以總是不發一語，低頭鞠躬來回應。有時露出空洞的眼神，擺出一副像是被什麼附身般的神情，也很有效。

但也有人願意幫奈津的忙。

第一位肯站在她這邊的，是村裡唯一一家廉價旅館的老老闆娘，阿富婆婆。這是一家沒店名的旅館，就連亮整晚的掛燈也只了一個「宿」字，但因爲是村裡唯一一家旅館，所以有事造訪村裡的人，都在這裡過夜。讓奈津懷孕的那名蔬果批發店的掌櫃，也是這裡的熟客之一。

那個男人與奈津的關係，可說是保密到家（他們自認是這樣），但阿富婆婆身爲旅館業者，對這種男女看得可多了，根本瞞不過他的眼睛。這天早上，奈津前往拜訪，承接工作，阿富婆婆突然叫身邊的童工退下，對她說道：

「那個掌櫃是個壞男人，對吧？我本想叫妳別和他來往，但人在熱戀時潑冷水，只會惹來怨恨。」

奈津今天並非是第一次到這裡來找工作。阿富婆婆平時都擺出一副不知情的模樣，但今天早上不知道是吹了什麼風。

「婆婆，妳爲什麼現在才對我說這些話？」

阿富婆婆以鼻音冷笑。

「瞧妳那好勝的模樣，是被妳爹趕出家門嗎？還是妳自己要離家？我看妳是個固執的女孩，所以應該是自己要搬出來住吧。」

那好吧，阿富婆婆再次以鼻音發出笑聲。

「今後每天早上洗東西的工作就交給妳吧。我家媳婦身子骨弱，水溫稍微冷一點，她就沒辦法用井水。家中雇用女侍又太花錢，所以找妳正合適。」

阿富婆婆順便給了她一個小烤火盆。

「接著妳去俵屋問問看。他們的老闆娘長期感染風寒，一直臥病在床，一定有工作給妳。妳可以向他們要一些碎木炭當工資。」

奈津一時說不出話來。

「怎麼啦，幹麼像稻草人一樣呆站著。」

「謝謝……您的恩情。」

阿富婆婆本想三度用鼻音冷笑，但最後還是作罷。她以一本正經的神情說道，「妳娘是個勤奮的人。竹松這個可疑的外地人之所以能在我們村裡生活，都是因為討了阿村這個老婆。」

奈津妳是阿村的女兒，所以我才幫妳。但就只幫一次。為什麼只幫一次呢？

「因為我討厭被男人花言巧語所騙的傻丫頭。不過，我更討厭竹松，既然妳是和竹松吵架才離家，那我可以再多幫妳一次。」

奈津一邊整理旅館裡堆積如山，準備要洗的東西，一邊在井邊強忍苦笑。娘也是受阿富婆婆認可過的女人。爹雖然老家是財主，但因為是外地人，所以不受信任。不，他是收養的孩子，這是更主要的原因。

——爹也不是想被人收養。

想到這點，便覺得今後應該再也不可能同住一個屋簷下的父親有點令人同情，奈津暗自搖了搖頭。

來到俵屋一看，老闆娘確實受風寒所苦，一直忙著照顧她的女侍早已分身乏術，所以奈津獲得許多工作機會。之前前來討工作機會時，吃了閉門羹，但這次則受到重用。

老闆娘的身子因熱汗而髒汙，奈津幫她淨身、更換睡衣、幫她煮米湯，餵她吃。可能是整個人變清爽後，稍微恢復了一點元氣，老闆娘在奈津即將離去時對她說道：

「阿萬的遭遇，眞教人同情。」

村裡的人——像這家店的老闆娘這樣的在地村民，爲阿萬感到惋惜，這還是第一次。

「因爲道具店老闆仍舊健在。不過，他終於放棄續弦，以及想要孩子的念頭……。」

那位令阿萬吃盡苦頭的道具店老闆，幾年前領養遠親的孩子當自己的養子，由他繼承家業，自己則是退休養老，但還是一樣狂妄傲慢。

「只要他還在世，阿萬回到這村子，肯定抬不起頭來。但阿村一死，她馬上便飛奔回來，全是因爲她擔心你們。眞是位好阿姨。」

老闆娘是這麼看的嗎？如果是這樣，阿萬還在世時，爲什麼不對她好一點呢？

那個活像怪物的婆婆，一直令阿萬深感罪過，覺得是自己害死了她。阿萬背負著這個沉重負荷，低調地過日子，但她還是回到高月村留了下來，全力撐起奈津他們一家。

「……我想離開我爹他們，自己獨立生活。」

猛然回神，奈津發現自己喃喃說出此事。

「就像老闆娘您說的，她明明是位好阿姨，但我爹和弟妹們卻那麼無情，令人生氣。」

聽了奈津的說法，俵屋老闆娘突然以手指按住奈津擺在她額頭上的溼手巾，問道：

「妳自己一個人，有地方住嗎？」

「我想住在荒廢的洞泉寺。因爲我看過那裡的情況，覺得還可以。」

老闆娘聞言後抬起頭，瞪大眼睛喊了聲「啥！」

「您爲什麼這般驚訝？」

奈津急忙攙扶老闆娘的肩膀，向她詢問。老闆娘坐起身，仔細端詳她說道：

「原來妳不知道啊。」

「不知道什麼？」

「洞泉寺所在的那座山丘，是傳說的大蜈蚣巢穴。」

吃人的大蜈蚣。攻擊道具店的婆婆，後來被媳婦阿萬降伏——被竹松拿來編故事的那隻妖怪。

「不論是竹松先生，還是阿村夫人，都不會自己提到大蜈蚣的事，所以也難怪妳不知道。」

就連老闆娘也沒跟自己的孩子或孫子提過大蜈蚣的傳說。

「這是個漸漸被人們遺忘的傳聞，現在又拿出來重提，也有點奇怪。」

「沒關係，請您告訴我吧。」

「大蜈蚣在那座山丘的地下挖了個很深的洞，躲在裡頭。只有在牠想抓獵物時，才會出洞。所以那座山丘到處都有和大蜈蚣的身軀一樣粗的洞穴。」

還有一塊被大蜈蚣的尾巴打中，裂成兩半的大岩石。

「我小時候，那塊岩石還在。我爹還帶我去參觀呢。」

當時老闆娘的父親對她說。危害這附近鄉里的大蜈蚣消失，人們開始敢走上這座山丘，是大約一百年前的事。當時有位四處雲遊的修行僧，以法力與這隻妖怪對戰，將蜈蚣的頭擰下，加以收伏。人們很感謝那位修行僧，捐款在馬懸村建寺院，請他留下來擔任住持。這就是那座寺院令人感恩的由來——。

「不過，儘管大蜈蚣死了，但妖怪的毒氣依舊滲入山丘的土中，無法散去，作物無法生長。一直就這麼放著不管。」

二十年前左右，總寺發生紛爭時，有一派人士出走，在那裡蓋了一座洞泉寺。

原來如此，這樣奈津就明白了，她詢問自己突然想到的某個問題。

「既然這樣，那座山丘是歸馬懸村的寺院所有嘍？」

老闆娘頭偏向一旁。

「不，他們應該不是地主。那座山丘曾是妖怪的巢穴，不能當水田，也不能當旱田，沒人想要。應該是不知如何是好，才託給寺院管理吧。」

既然這樣，就算擅自住在那裡，似乎也不會有人抱怨。奈津就此放心不少。

「當初道具店的婆婆發生那件事情時，我擔心那隻理應已被收拾的大蜈蚣又復活了，害怕得夜不能眠。阿萬替我們殺了牠，眞是幫了我們很大的忙。」

俵屋的老闆娘深有所感地說道。奈津伸手按住老闆娘擺在額頭上的溼手巾，偷偷窺望她的眼睛。心想，她腦袋沒問題吧？

阿萬遭遇的不幸，以及爲了掩飾阿萬犯下的罪，而扯出的那個傳說中的大蜈蚣。這種話眞有人信？還是說，老闆娘爲了體貼奈津，以及告慰阿萬在天之靈，才這樣一臉認眞地假裝相信？

老闆娘沒理會奈津心中的想法，仍以眞摯的眼神繼續說道：

「雖然我們都快忘了，但牠可是妖怪啊。也許對那座山丘還留有一份執著。身爲阿萬親人的妳，自己一個住在那兒……要是牠向妳報復，那多危險啊。」

看來，老闆娘似乎眞的很擔心她。奈津感覺卡在自己心窩的一塊固執的岩石微微鬆動。

「不，老闆娘。剛好相反。正因爲我是阿萬的外甥女，才能住在那裡。如果大蜈蚣復活的話，我會掌握這第三次的機會，好好收拾牠。一切包在我身上。」

這麼說並非只是在逞強。雖然當初只因爲洞泉寺有沒人肯靠近的荒廢建築，奈津才以那裡當住處，但現在有了更深一層的意義。奈津將此事牢記心中。

「這位奈津小姐眞是潑辣啊。」

阿稻的聲音在黑白之間裡響起。在富次郎過去聽過的說故事者當中，阿稻是聲音最開朗的一位。

「她那是膽量過人。」富次郎說，「一個人在山裡的荒寺生活。要是我，就算是做夢……老天保佑，我一樣不敢。」

「那是因爲小少爺您是在這種熱鬧的市街長大的人。和鄉下人不一樣。」

「這麼說來，阿稻小姐也能夠像奈津小姐一樣嘍？」

「我？」阿稻指著自己鼻頭。「怎麼可能！我才不要呢。」

阿稻的手指可能是沾了撒在白丸上的白砂糖。現在沾向她鼻頭，這一幕著實有趣。

富次郎愉快地笑了。「身爲聆聽者，實在不敢搶快，但爲了讓膽小的我能夠安心，請向我透露一下。這位奈津小姐，日後成了現今的洞泉庵庵主大人，對吧？」

阿稻用力點頭。「正是。現在的庵主大人已年過古稀，所以這是她年輕時發生的事。」

什麼！阿稻說的這個故事，竟然也是很久以前發生的事。

「洞泉庵的由來，以及庵主大人的遭遇，我們聽了之後全都牢記在心，也能侃侃而談。因爲那同時也是瓜坊大人的起源。」

阿稻很自然地在胸前雙手合十，做出膜拜的動作。

「也託高月村這位潑辣、頑固，又不顧後果的奈津小姐之福，我們才有今日的生活。」

阿稻以自豪的口吻說道，眼中閃著漂亮的光輝。

「聽說貞的試著住下後，發生了許多意外的幸運之事，以及意想不到的辛苦。」

奈津在僧房住下，四處打零工，認眞地過著賺一天過一天的生活，轉眼已來到梅花、櫻花、杏花開滿山野的春天。當時對於奈津獨居一事，村裡的大人分成兩派，一派人馬怒罵道「怎麼能容許她這麼胡來」，另一派人馬則認爲「就隨她去吧」。而父親竹松和弟妹一家三口，不管在哪一派人馬面前都抬不起頭來。

其實馬懸寺的總寺裡似乎也有一種傾向，對荒廢的洞泉寺一直擱置不管感到內疚。而這樣的傾向，造就他們以寬宏的態度看待，（暫時）容許奈津住在寺院遺址裡打掃整理。拜此之賜，高月村怒氣沖沖的那派人馬，也就不能粗暴地將奈津趕出寺外。

當群樹開始冒出嫩葉時，奈津弄來鋤頭和鐵鍬，開始慢慢翻土。就試著在正殿旁的平地種豆子吧。豆子的韌性比其他作物來得強，不用花太多時間照料。

大蜈蚣的毒氣？才沒那回事呢。就算眞的有，現在也早散盡了吧。這昔日傳說都快被人遺忘了。因爲有洞泉寺的那段緣由，才會變成現在這樣，沒人想在這裡種田，只是大家不清楚罷了。

她心想，一定沒問題的。這泥土的觸感不差。也能取得用水。有沒有害蟲，得等天氣更熱後才會知道，但至少沒出現在村裡的農田裡沒看過的蟲子。

然而，寺院的土地卻不接受她種的豆子。明明水和陽光都很充足，但就是種不活。

面對梅雨季的長雨，荒廢的寺院和僧房四周都變成像泥巴田一樣，奈津一直獨自奮戰，望著豆芽和葉子逐漸腐爛枯萎。

眞不甘心。心裡無比焦急。到底是哪裡不對？用辛苦賺來的工錢買下的豆子，就這樣白白浪費，令她心疼不已。

如果種豆不行，就改種地瓜吧。夏天葉菜長得快，肯定有賺頭。可以試試。之前是向人要種子和菜苗當工資，今後就試著向他們要智慧吧。只要仔細說明豆苗是怎樣個枯法，應該有人可以告訴我原因出在哪兒吧。

也許是肥料不夠。爲了改善排水而掘出的排水溝，也許多此一舉。也可能是井水太冷，或西曬不好。

——另外可能是這裡的土質。

也許土中含有不利於草木和作物的東西。應該是人們從以前就不清楚箇中原因，也無技可施，所以才會「解釋」成是大蜈蚣的毒氣造成。

仔細觀察後發現，這裡連雜樹林也長得不茂密，看不到大樹和老樹。在其他地方由各種雜草交混而成的草叢，在這裡也只看得到兩、三種。

有趣的是，這裡有許多鳥獸棲息。鳥類的種類繁多，光聽一次根本分辨不出牠們的叫聲差異。最常看到的野獸是山鹿，再來是山豬。狐狸常在寺院四周晃蕩，甚至還會靠近過來，想搶奈津的食物。她也曾朝躲在草叢裡緊盯她瞧的狸貓揮手驅趕，並笑著道：

「這只勉強夠我一個人吃。不會有剩的。你回去吧。」

如果只有奈津一個人吃的話，確實令人有點擔心，但勉強還是能糊口，所以她還有餘力這樣笑著說。她向來都是向雇主要食材，或是請他們直接賞東西給她吃，以代替工資，這樣也許還比貧窮的佃農吃得飽。

奈津自己沒發現，而請奈津打零工的人們也沒具備這樣的常識，不過，這種謀生方式也算是一門勞力零售的生意。在大型的城下町，一生都以這種方式謀生的善男善女相當多。

不過，要是一直都用這種方法，在山村這種封閉的場所，看不到未來。早晚都得想出不用這樣出賣勞力也能賺錢的方法才行。

如果作物怎樣都種不活的話，種桑樹養蠶也是個辦法，但這需要資金。一開始得先種植桑樹，賣桑葉賺錢，接下來開闢桑田，得靠自己的力量攢下有辦法養蠶的財力才行。這不是一朝一夕就能辦到的事。

「那座山丘的泥土，應該是含鐵量很高。」

一位從比馬懸村更遠的村莊到這裡行商賣種子和菜苗的老翁，告訴奈津這件事。

「這一帶又沒有礦山，不知道爲何會變成這樣。我年輕時，一位奉前任主君之命前來巡查的城內官員說過，這應該是遠古時火山噴發造成的影響吧。」
行商的老翁在高月村是很常見的熟面孔，不過以前都是竹松和他交涉，所以奈津沒和他說過話。他牙齒幾乎都已掉光，說話漏風，不太聽得懂他說些什麼，但他是位很博學的老先生。
奈津說：
「不論是蜈蚣的毒氣，還是火山灰，造成這土地無法種植的理由是什麼都無所謂。我只想知道，該怎麼處理才好。」
行商的老翁張開滿是缺牙的大嘴哈哈大笑。
「妳想在山丘的哪一帶耕種？讓我瞧瞧吧。」
「瞧瞧是無妨……不過老爺子，你要是幫我的忙，在村裡可就不容易做生意哦。」
「眞是那樣的話，就只好請你爹多買一些了。沒關係的。對了，我的名字叫六助。」
六助和奈津一起爬上山丘，查看她獨自耕種的寺院土地。
「什麼嘛，面積未免也太小了吧。」他突然這樣說道，「要是不執著於寺院的占地，往上再走一段路，應該會有更大片的土地。那裡的日曬和排水也更好。」
「那樣就太厚臉皮了。」
「爲什麼？日後這裡耕種有了收入，再付地租給地主不就行了嗎？要是有人要趕妳走，就要對方先支付妳先前耕種的工資，以及種子和菜苗的費用，緊咬這點不放。」
這就是處世之道——六助老爺爺口齒不清地說道。
「是這樣嗎？」

六助背著做生意的商品四處巡視，一會兒摸土壤，一會兒嗅聞氣味，含了口井水嚐味道。

「果然是含鐵。」

「那該怎麼辦才好？」

六助長得乾癟又矮小，而且駝背，所以眼睛高度比奈津還低。他抬頭注視著奈津。

「暫時得在這塊旱田上投注金錢和工夫，而且一毛錢都掙不到。這樣妳還是有辦法糊口嗎？」

六助口齒不清地問了這麼嚇人的問題，令奈津爲之怯縮。

「如、如果非這麼做不可，也只好硬著頭皮做了。」

「既然這樣，就買我的瓜苗吧。」

六助卸下背簍，從中取出一把可愛的瓜苗。

「這叫青瓜。成熟後外皮一樣是青色，又澀又硬，沒辦法吃。」

雖然無法食用，但能讓像這座山丘這樣的貧瘠土地變得肥沃，是很好用的作物。

「現在種下這種瓜，等到夏天就會結果。長成的青瓜，會吸收土中的鐵氣。青瓜吸收愈多，土中所含的鐵氣就愈少，就是這樣的一套計畫。」

所以長成的青瓜，非但不能吃，也不能當肥料。因爲一旦放回田裡，好不容易吸收的鐵氣又會回到土裡。

「只要妳跟我說一聲，我就會來收。把它放進大河裡，是最好的處理方法。」

當然了，這得另外收工錢——六助說。奈津覺得好笑，這位老爺子可眞會做生意。

「我明白了，就照你說的辦吧。」

六助露出滿意的笑容。「我那裡育有肥沃的土壤。等妳順利栽種出青瓜，我再告訴妳土壤的價錢。這裡的土壤，與其施肥，還不如用其他地方的肥沃土壤摻混，會更有效果。」

就這樣，奈津一邊栽種青瓜，一邊更努力地四處打零工。

一開始她買了十株青瓜的瓜苗。她按照六助的建議，離開寺院占地，爬到更高處，在日照充足的斜坡地上種了兩排，一排各種五株。因爲就只種青瓜，所以就算只能利用其他工作間的空檔，一樣可以充分照料。

可能是因爲她以這樣的心態看顧，瓜苗看起來長得很健壯。雙葉渾圓，邊緣呈鋸齒狀。瓜藤在田地上四處攀爬。

種植十天後，鋸齒狀的圓葉愈長愈多，當每一片葉子長得跟孩子的手掌差不多大時，六助再度前來。他看了青瓜的模樣後，很滿意地點頭道：

「妳照顧得很好。」

他又賣給奈津十株瓜苗。

奈津手頭上的錢不夠支付這筆費用。

「我只付得起一半，五株的費用……。」

「既然這樣，剩下五株的費用，妳就從今天起，連著五天都向我妹妹合掌膜拜吧。」

「六助先生的妹妹？」

「她就葬在這座村子裡的亂葬墓裡。和妳阿姨一樣。」

奈津驚訝得說不出話來。

「她名叫阿勢。雖然嫁入這村子裡的一位地主家，但嫁來不到兩年就過世了。」

據說是因爲難產。好不容易生下的嬰兒，最後也沒能活命。

「是個男孩，因爲阿勢讓家中的繼承人跟著死了，所以夫家不讓她葬在家中的墓地裡。」

這次奈津說不出話，不是因爲驚訝，而是憤怒。

「我不光會合掌膜拜，還會幫她上香。說什麼只膜拜五天，多小氣啊。我會像每天去看我阿姨一樣，一起拜阿勢女士。」

「那就謝謝妳了。」

六助取下他平時都纏在脖子上的一條髒手巾，向奈津鞠躬。

「這樣的話，視妳去掃墓的天數而定，天數愈多，我就幫妳帶愈多肥沃的土壤來。」

「不需要。掃墓純粹是我個人的心意。」

爲了替今天和明天賺錢糊口，爲了開創明天之後的未來，奈津忙得很希望能有分身來幫忙，但唯獨到亂葬墓掃墓一事，她仍舊每天持續。以前她都是叫喚阿萬的名字，但從這天起，她連同阿勢的名字也一起叫喚。

當盛夏已過，暮蟬開始鳴叫時，最早種植的十株瓜苗

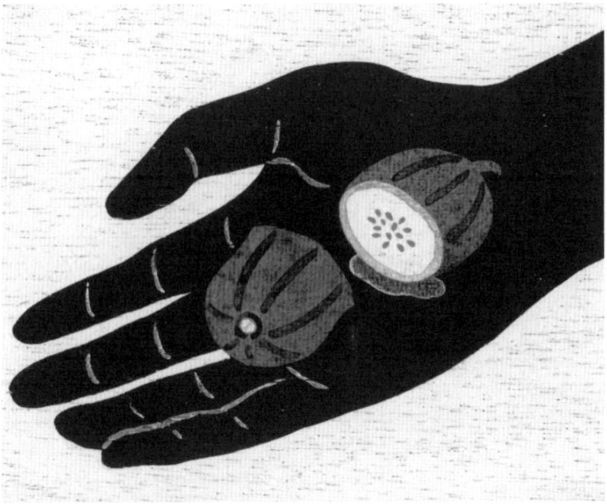

已結出十顆青瓜。起初只有樹果般大小，接著長成核桃般大小，然後變得跟小孩的拳頭一般大。形狀不是圓形，而是中間微微凹陷。

「這青瓜長得眞不錯。」

六助摘下一顆，在奈津面前用小刀剖成兩半。

不用湊向前聞，奈津便已聞到那滿含鐵氣的怪味。瓜液像雨滴般從青瓜的切面滴落。

「這臭味，應該是銅吧。」

「妳試吃看看。」

奈津將一塊用小刀切下的白色瓜肉含入口中，馬上嗆了起來。

「呸、呸，這味道就像在舔鍋邊一樣。」

「就說吧。這十顆我收下了。」

「這樣的大小可以嗎？不用再等它大一點嗎？」

「土中的鐵氣很濃的時候，長成這個大小已是極限。接下來的十顆，也以長成這樣的大小爲參考目標。」

採收青瓜後，樹根和葉子可以維持原狀無妨。青瓜的瓜苗可以接連採收三次。

不過，青瓜不能吃。也不能以青瓜當種瓜，種在土裡等它發芽。這樣只會讓吸取的鐵氣又回到土裡。

「第三次收成時，將會是冬季，要將青瓜的樹根掘起，把土翻過一遍。之後將田土抹平，把我帶來的肥沃土壤摻進裡頭，讓它休耕整個冬天。」

意思是，儘管一切順利，在明年春天之前一樣不能耕種。

在奈津默默栽種青瓜的這段時間，竹松多次來到附近查看。每次奈津都會發現父親的身影，但父親似乎覺得尷尬，總是保持距離，所以她也沒主動出聲。

來到暢月（十一月）初，一開始種的十株瓜苗已三度結果，採收了十顆青瓜，長得像嬰兒的頭那麼大，而且剖開來也幾乎聞不到鐵味，奈津見了大喜。心想，等六助先生來了，得好好答謝他才行。

——也跟阿姨和阿勢女士說一聲吧。

這天她還沒去亂葬墓掃墓，所以她背對順著山丘往下吹的北風，一路趕往村裡的墓地。這時看到山腳的道路上，有名身穿棉襖，弓著背的男人，邁著沉重的步伐朝山上走來。

這人不是六助先生。那位老爺爺的步伐穩健多了。這人會是誰呢——她心裡納悶，定睛細看，才發現原來是弟弟。

「姊，今天一早，爹倒臥在田裡死了。」

奈津急忙衝下山丘，趕回家中。竹松的屍體擺在門板上，剛送回家中。

「妳來做什麼，妳這個不孝女！」

當著村民的面，對奈津破口大罵，揮拳朝她打來的，是妹妹。

「爹的墳墓，妳不准靠近一步也不需要妳去上香。再也不准妳跨進我們家門檻一步！」

妹妹放聲哭喊，弟弟狠狠瞪視著奈津。奈津低著頭，望著躺在門板上的父親。他神情安詳地閉著眼睛，就像看開了什麼一樣。

奈津在昔日的洞泉寺僧房——愈住愈舒適的那間荒屋，獨自過年。

她聽從六助的建議，將採收過三次的青瓜全部連根刨起，重新翻土，並將肥沃的土壤摻混進田裡，然後休耕。至於只採過一次或兩次的青瓜田，則是架起低矮的柵欄，上面鋪上防霜的草蓆加以保護。草蓆底下的陰暗處，一整排中央微微凹陷，形狀可愛的青瓜，看起來就像一整排沉睡的小嬰兒般。

歲末年終，每個村裡的商家和批發店都亟需人手，奈津賺了不少錢。對她這種賺一天過一天的人來說，沒有過年的感覺，但她拿到了麻糬，而且大年初二這天，在馬懸村的大夫家中只擔任一天廚房女侍的她，也跟著一起享用豬肉火鍋。

在這一帶，豬肉火鍋是過年的大菜。奈津吃的，當然是請客後的剩菜，但湯裡還浮著豬肉屑，湯汁入味的車麩和蘿蔔無比可口。

聚在大夫家拜年的眾人，大吃大喝，開懷暢談。而一直在廚房裡忙的奈津，不時能聽到他們在客房熱絡的談話。

其中一個話題聊到洞泉寺。二十多年前，洞泉寺與馬懸村的總寺之間發生的紛爭，其原因似乎是有權勢的檀家之間起了衝突。爲迷惘的眾生闡述佛法的寺院，非但沒能平息檀家之間的爭執，還反過來被捲入其中，連自己內部都鬧失和。奈津邊將醋漬蘿蔔絲裝進客人用的器皿裡，邊暗自偷笑。這算是新年的福氣微笑。

偷聽到這件事後，她終於得知總寺的正式名稱。叫作福祿山光泉寺。「〇〇山」就像寺院的姓氏一樣，所以本是同源的洞泉寺，正式名稱應該也是「福祿山洞泉寺」吧。要是它能不負此名，日後眞能賜人福祿就好了。

奈津以打零工的工錢，吃到了七草粥（註），六助則是裝了一鍋麻糬紅豆湯拎來給她。是六助的大媳婦煮的。

——就算是個性固執的奈津小姐，偶爾也會想吃點甜食吧。

她這樣說道，託六助帶來。

「我搬來這裡之後，很多人都對我很好。」

「大家是心裡指望著，要是大蜈蚣出現，妳能搏命奮戰。」六助一本正經地說道，「到時候我也不會幫妳哦。」

奈津比先前在大夫家廚房裡發笑的時候，笑得更愉快了。

「我一個人就行了。包在我身上。」

她認眞打零工賺錢，守護田地，到亂葬墓掃墓，與阿萬和阿勢說話，持續過著這樣的日子。入春後，在休耕的田地種豆苗的日子即將到來。

「鐵氣散去後，土壤會散發好聞的氣味。眞希望阿姨和阿勢夫人也能聞聞。」

在正月即將結束的這天，奈津打掃完亂葬墓四周，將落葉和枯枝集中焚燒，摩擦雙手取暖時，發現有人從村子的方向朝這裡走來。

註：農曆一月七日，人們會在這天早上吃加入七種野草或蔬菜的粥。分別是薺菜、繁縷、蕪菁、蘿蔔、芹菜、稻槎菜、鼠麴草。

不是六助。也不是弟弟。此人戴著斗笠，身穿簑衣，甚至腳下還穿著高筒草鞋。雖然不知道來者何人，但似乎個頭矮小。

這天一早便冷冽無比，藍天飄過的浮雲，不時會像突然想起似地飄落雪花。這天氣沒必要戴斗笠和簑衣。對方這身打扮……

——難道是大白天見鬼了？

奈津踩熄篝火。先將代替圍巾纏在脖子上的舊手巾鬆開，重新緊緊地纏好。這段時間，她一直緊盯著那沿著山丘小徑走上來，穿戴斗笠簑衣和草鞋的人物，不曾移開視線。雜樹林的樹葉有一半都已凋零，樹下的草叢也都乾枯，體積縮小許多，所以視線不受阻礙。

對方走進村子的墓地後，就此停步。從簑衣底下伸出手臂，托起斗笠外緣。露出一張小臉。不是孩童，而是位年輕姑娘。

奈津深吸一口氣，朝姑娘叫喚。

「妳找我有事嗎？」

奈津的呼吸化爲白霧，隨北風散去。這時剛好雪花飄落。

身穿斗笠簑衣，腳踩草鞋的姑娘，從斗笠外緣鬆開手，當場躬身行了一禮。接著她低著頭，像遮掩容貌般，快步順著小徑走來。奈津離開篝火旁，朝姑娘走近。

拉近距離後，這才聽到這位姑娘正發出聲音。呻吟一般地暗自啜泣。

「妳怎麼了？」

奈津一面叫喚，一面朝她奔去。姑娘停下腳步，像是再也按捺不住地大聲哭了起來，並當場癱坐地上，全身顫抖。

「我是，馬懸村的人，名叫，小夜。」女子哭哭啼啼，上氣不接下氣地說道。年約十四、五歲。長得很可愛。

「是做絲線和，布匹生意的，三釜屋的，女兒。」

奈津朝這位名叫小夜的姑娘身旁蹲下。

「三釜屋我知道，是規模很大的店家。妳爲什麼自己一個人跑來這種地方？」

小夜斗笠底下的那張臉，眼淚撲簌而下。奈津望向她的臉，猛然一驚。

「妳眼睛周圍的瘀青是怎麼回事？」

姑娘的左眼周遭就像以淡墨畫圓圈般，有個圓形的瘀青。她左頰腫脹，嘴角破裂，鮮血已凝固。

「爲什麼會受這麼嚴重的傷？身體其他部位有傷嗎？讓我看妳的手臂。」

她掀開小夜的簑衣一看，大吃一驚。她上身穿的薄襯衣以及腰卷（註）也滿是鮮血，而且全身

註：「湯文字」的別稱。日本女性當內衣用，纏住下半身的長布。

滿是瘀青和傷口。

「眞虧妳還能以這樣的身子走來，眞可憐。妳就待我這兒吧。」

小夜已再也走不動了。奈津背起這位嬌小的姑娘，走上僧房。她背後的小夜體重很輕，但如果是以前的奈津，應該不會想到要背起她吧。是這裡的生活令她變得強健。

走進僧房，在一處不受冷冽北風吹拂的地方，她仔細檢視小夜的身體。小夜的背部、臀部、大腿、雙腳的小腿也都有瘀青，嚴重腫脹。甚至還有淺淺的割傷。小夜呼吸急促，全身微微發顫，料想是發燒的緣故。

「妳不用說話，好好躺著吧。」

奈津讓她躺在自己床上，開始將鐵鍋擺在灶上燒水，備妥溫水，取出手邊現有的破布，先幫她把身體擦乾淨。要是不先擦乾淨，無法知道她傷得怎樣。奈津自認已盡可能動作輕細地擦拭，但有些傷口在動作的刺激下又開始滲血。

奈津手上沒有像樣的藥物。不過，正月初二擔任廚房女侍時，大夫的妻子很欣賞奈津的工作表現，給了她專治皮膚乾裂的軟膏。軟膏裝在蛤蜊殼裡，散發一股獨特的氣味。

瘀青只能靠冷敷，但滲血的傷口，用這個軟膏似乎也管用。僧房裡沒有地爐，光靠烤火盆的暖氣，跟不上小夜身體變冷的速度，所以她拿定主意，朝土間疊了三片門板，改讓小夜睡在上頭。這麼一來，灶火就在一旁。鐵鍋升起的熱氣能幫助身體驅寒。

「這裡別的沒有，就柴火最多。我會不計成本地替妳燒柴。」

即將腐朽崩塌的正殿，裡頭的東西幾乎全都能燒。就算沒出外撿柴火，一樣能輕鬆過冬。

奈津以自己平時當睡衣穿的舊浴衣，借給光著身子的小夜穿，並讓她外面再穿上鋪棉厚背心。這是六助給她的。雖然六助說是從某個水田裡的稻草人身上脫下來的，但不可能有這種事。

「我想這一定是他媳婦替我準備的。不過，要是直說的話，我會覺得欠他一份恩情，所以他才那樣騙我。」

對才剛見面的小夜說六助的事，她不可能聽得懂，但奈津還是說了。之所以會像油紙著火一樣，一發不可收拾地說個沒完，是因爲她心裡慌亂，同時一心想讓小夜安心。

「眞、眞是抱歉。」

待身體稍微暖和，顫抖也平息後，小夜又哭了起來。

「奈津姊，妳不認識我，對吧？」

奈津輕撫小夜的背。

「我不是說了嗎，如果是三釜屋的話，我知道。我曾去幫忙大掃除。」

雖然老闆娘很囉嗦，給的工資又低，但提供的伙食很豐盛。他們吃的是五分米（註），當中沒摻混一粒雜穀。

「如果您是三釜屋的小姐，很謝謝當時給我那份工作。」

小夜發不出聲音，持續哭泣。奈津默默摩擦她的身體，幫她暖身子，這時她突然發現異狀。

剛才脫下小夜穿的腰卷，在一旁揉成一團。因爲大腿和小腿的傷口出血，多處髒汙——原本是

註：這裡的分指的是碾米程度，五分介於糙米與白米中間。

這麼想。但現在仔細一看，當中有一處特別大塊的圓形血漬，位於臀部後方。

「妳月事剛來嗎？」

奈津問。如果是這樣，這方面得幫她張羅才行。但小夜沒回答，她的臉緊緊抵向薄棉被，都快把臉壓扁了，清瘦的身軀發顫，又激烈地哭了起來。

「不是嗎？這麼說來……。」

奈津也曾經歷過這麼大量的出血。可是，這姑娘怎麼可能？她可是馬懸村規模數一數二大的店家的千金小姐啊。

「妳該不會是懷孕了吧？」

小夜手指緊抓著棉被，像在刨抓似地，痛苦地扭動身軀。從她喉嚨迸發出再也無法抑制的悲鳴。

「孩子已經……沒了。昨、昨天被流掉了！」

仔細詢問後，是富裕店家的小姐常會發生的事。小夜與父母不允許的對象熱戀。在半年的暗通款曲下，小夜懷了男人的孩子，兩人原本打算私奔，但在行動前事跡敗露，兩人的戀情就此告終。至於爲什麼會事跡敗露呢？原來是她對奶媽，同時也是三釜屋的女侍總管說出一切，並叮囑她「這是我這輩子最大的請求，請一定要替我保密」。這也很像是千金小姐會做的傻事。

小夜被迫與男子分開，她父母與她促膝長談，說服她放棄肚裡的胎兒。那位女侍總管奉老闆娘之命四處奔走，取得打胎用的藥。

——哦，藥啊。

奈津想起自己以前做過的事，如此暗忖。我當時完全沒想到打胎藥，因爲泡在水渠裡，又快又有效。

母親向她哭求，女侍總管罵她，連已嫁入好人家的姊姊也趕回來哭著要說服她，但小夜還是堅持要生下肚裡的孩子，不讓任何人阻攔。如果要殺了這孩子，就先殺了我。你們沒辦法殺我吧，因爲我是你們的寶貝女兒。

一聽她說這話，三釜屋的店主突然變出一張像夜叉般的臉。

「我爹平時個性溫順，從來不會大聲說話。我以前從沒看過爹生氣。」

她父親像閻羅王般大發雷霆，爆打小夜，猛踢她腹部。

——我才不要這種嬰兒！

小夜覺得不光她肚裡的孩子，連她也會被殺了。甚至懷疑這不是她爹，而是某個妖怪化身成爹的模樣。她聽過某個傳說，記得好像是高月村的一家雜貨店還是道具店，就曾發生過這種事。

「那是我阿姨的故事。」奈津告訴她這件事。「大蜈蚣吃了道具店的婆婆，並化身成婆婆的模樣，想連媳婦也一併吃了，結果反而被收拾。這故事也傳到了馬懸村嗎？」

小夜坦率地露出驚訝之色。「妳阿姨就是那位媳婦？她是位很強悍的人吧。」

沒錯。阿萬是位強悍又溫柔的人。

「她現在沉睡在這裡的亂葬墓裡。我想陪在阿姨身旁，所以才住在這裡。」

不過話說回來……奈津重新查看小夜全身的瘀青和傷口。

「妳好像沒好好接受治療呢。」

小夜朝乾裂的嘴脣舔了一下，顫抖著吁了口氣，點了點頭。「後來我昏了過去，等醒來後，已被關在倉庫裡的房間。」

肚裡的孩子當然已經流掉。

「我沒東西吃，也沒水喝。沒衣服替換，甚至連塊白棉布或破布也沒給，我連要擦拭身上的血都沒辦法。我開始發燒，渾身難受，本以為會就這麼死了。」

那是只有一扇採光窗的倉庫房間，我一整晚都迷迷糊糊，像根圓木似地躺在地上。

「今天早上，我娘打開門露面。」

三釜屋的老闆娘哭腫了眼。

——小夜，打算跟妳爹道歉了嗎？妳要是說一句「我由衷感到抱歉」，向他道歉的話，就能放妳離開這裡了。

「接著我娘又哭哭啼啼說道，娘也不是那麼狠心，妳爹其實也不想這麼做。」

這時小夜已覺得一切都無所謂了，便對她說，我很抱歉，我會道歉的。她只是嘴巴上這麼說，但心裡卻很空虛。

「接著我被搬往廚房附近的小房間，因為四下無人，所以我光著腳跳下土間，逃了出來。」

斗笠、簑衣、高筒草鞋，就吊在後門上，她腦筋轉得快，直接拿了就走。聰明的姑娘。要是她還執著要換件像樣的衣服，繼續拖拖拉拉下去，大概就逃不成了。這樣肯定沒命。

「我從後院的木門來到外頭，但得要手裡抓著東西才有辦法行走。」

她沿著樹籬，好不容易逃進鄰家後院。

「我家隔壁是名叫春田屋的一家棉麻布莊。」

是主要賣棉布的店家。

「我知道，我也曾在那裡打過零工。」

後院停著與春田屋有生意往來的織布行貨車。當時剛好在裝載今天的貨品。

「我很想躺下來休息一會兒，所以極力擠出最後僅剩的力量，爬上了貨車。」

蓋上防塵的草蓆，躲進裡頭。這時從三釜屋的方向傳來某人大聲叫喊的聲音，以及匆忙開關門的聲響。

「我馬上眼前爲之一黑，就這麼昏了過去……。」

待下次醒來時，貨車已經在行進中，車輪發出陣陣擠壓聲。

「沒被人發現，是吧。」

「對。可能是因爲我完全睡死，才沒發現我的氣息吧。」

小夜沒自己一個人離開過馬懸村，所以她完全猜不出這輛貨車會經過什麼地方。眼下只能繼續躲著，所以她一直屏氣斂息，結果發現……

「車子通過這村莊的木門，朝有個大茅草屋頂的人家而去。」

就奈津所知，高月村只有一家織布行。就位在村子西側的木門旁。

「拖貨車的人是一位已經上了年紀的老爺爺，在經過木門時，大聲與村民交談。說什麼值月班的人如何如何……。所以我才知道這裡是高月村。」

村子西側的出入口，離幹道很近，所以設置了木門，有守衛負責巡視。村裡的男丁一個月輪一次，登任守衛的工作，這是規矩。

「還好織布行的老爺爺和値月班的守衛都很粗枝大葉，妳運氣眞好。」奈津如此說道，莞爾一笑。「要是這時候被發現，肯定會鬧出不小的風波。」

小夜睜大眼睛，一本正經地點頭。「我眞的也是這麼認爲。我運氣眞好。不僅坐上貨車，還不是前往陌生的地方，而是帶來這處高月村。」

因爲我之前就知道奈津姊的事——小夜說。

「我的事？我什麼事？」

奈津冷淡地應道，小夜則是像孩子一樣急了起來。

「因、因爲那位厲害的媳婦收拾了自己像妖怪一樣可怕的婆婆，而妳是她的外甥女！而且住在妳阿姨下葬的亂葬墓旁。靠打零工賺錢，住在荒寺裡，最近甚至開始種田，對吧？」

爲什麼連如此瑣細的事也傳開了？也對，我是個靠打零工爲生，哪兒都敢去，孑然一身的女人。想必這比我自己想像的還要吸引周遭人注意。

「奈津姊，妳是因爲妳阿姨被丟進亂葬墓裡，對此感到生氣才離家，對吧。」

「連這個也傳開啦？」

小夜點頭，一雙大眼筆直地注視著奈津。

「沒人誇獎妳。尤其是男人和老太太，總是說妳壞話。」

婦女和年輕姑娘都不會開口去頂撞他們這種說法。但心裡對奈津感到佩服。覺得高月村的奈津替女人出了口氣。

「我也是。所以我心想，如果來找奈津姊，妳一定肯幫我。就這樣爬上了山丘來見妳。」

她都這麼說了，要是棄之不顧，感覺我好像很狠心似的。

就這樣照她說的去做沒問題嗎？會不會人太好？明明自己都泥菩薩過江，自身難保了，還要多照顧一個人，未免太不瞻前顧後了。

雖然猶豫良久，但奈津終究還是無法放著小夜不管。小夜就此理所當然地在僧房住下，一起生活——應該說，由奈津來供她生活。

失去人生第一次的戀情，後來連視爲這場戀情見證的孩子也沒了，還以那樣的方式離家出走，告別父母，小夜備受打擊。儘管佯裝堅強，但終究只是表面。她身體的傷慢慢痊癒，但日子一天一天過去，時序已來到二月，她消沉的心仍舊無法復原。

要一起生活，就非得互相扶持才行。但她從小就是千金小姐，連用灶升火也不會，奈津從頭教她家事，訓斥、誇獎、安慰、鼓勵，用盡各種方法來支持她，這對生性討厭與人相處（至少她自己是這麼認爲）的奈津來說，是很沉重的負擔。走到這一步，感覺奈津就像是長輩一樣，不過冷靜想想，若以年紀來比較，她大小夜兩歲，所以這也是理所當然。

一直都過著苦日子的奈津顯得老成，而奶媽養大的小夜則帶有孩子氣。但兩人都曾有心愛的男人，懷了對方的孩子，是十足的「女人」。看了小夜的行動，奈津重新想起此事，常半夜自己一個人抱頭低吼。不是因爲憤怒和難過，而是因爲感到羞愧。她覺得很歉疚，沒臉見自己的孩子。

而自從離家後，她第一次覺得自己對爹很不孝。

也不知是三釜屋沒派人尋找小夜，還是他們沒掌握到線索，沒與高月村連結在一起，一直都沒追查上門。

「我爹想必是當我已經死了。當時他是真的想踢死我。」小夜滿不在乎地說道，「沒關係。就當我沒父沒母。打從一開始就沒有。這樣就行了。」

她再度故做堅強地如此說道，但話還沒說完，眼中便噙著淚水。從過去那段把小夜當掌上明珠疼愛的歲月來看，她三釜屋的父母那突如其來的改變，當眞是晴天霹靂，小夜心裡所受的傷，肯定比她自己所想的還要嚴重。

奈津很納悶，爲什麼三釜屋的店主會情緒那麼激動，但一直很固執的小夜慢慢開口透露實情，從她口中得知事情的前後經過後，便隱約明白是怎麼回事了。

與小夜墜入情網的對象，是一間商家的繼承人，家中與三釜屋是往來多年的生意夥伴，男子有未婚妻，而且舉辦婚事的日期也已訂下。

「那是父母擅自決定的婚事，他不能接受。」

而更糟的是，男子的未婚妻是城下一家頗具規模的白米批發商之女。雙方身分天差地遠，男方家的店盤算著從城下迎娶這位帶著昂貴嫁妝進門的媳婦，今後生意將大展鴻圖，爲此沾沾自喜。

而這一切全被他與這位剛滿十五歲的小姑娘之間的熱戀搞砸了。男方家大爲震怒，而承受這股怒火的三釜屋店主，爲了自己心愛的女兒，向人跪地磕頭，一再道歉，甚至還包了一筆安撫金。

——爲了避免阻礙令公子的前程，我一定會處理小女肚裡的孩子。

費了好大一番工夫才擺平此事。但小夜一點都不知道父母的辛勞，也不想去了解，成天只會哭，還堅持說「我要生下這孩子！」

三釜屋的店主面對她的任性，想必是在某個剎那內心潰堤。雖說是自己的寶貝女兒，可一旦動起粗來，就再也停不下來，待回過神來，已不知該如何收尾。

此刻三釜屋店主想必爲自己的一時狂亂深感懊悔。之所以沒大肆宣揚地找尋小夜下落，想必是顧及體面。小夜身受重傷，有可能會倒臥在某處，會擔心也是合理合理，但如果真是那樣也就算了——難道他們就這樣放棄了？

奈津由衷同情小夜。這時，父親竹松的臉浮現腦中。她離家前，與她爭執時的神情。奈津在這裡住下後，父親多次來到墓地一帶望著她，奈津佯裝不知，他便拖著腳步離去。那又瘦又小的背影。那張像鬆了口氣般，無比安詳的遺容，是看開了一切，終於能展露歡顏的表情嗎？

過去奈津曾因想起阿萬而憤怒，爲阿萬哭泣，但她做夢也沒想過，自己會有爲竹松落淚的一天。不過，她頑固的心已從底部開始瓦解。

竹松知道奈津做了很不檢點的事，卻沒打她、踢她。他什麼都沒管，一切都交給阿萬去處理。不光他自己沒一再追問，還吩咐弟妹別打探姊姊的事。

就像奈津有她的痛苦和道理一樣，竹松也有他的痛苦和道理。一直以爲爹不懂，對此忿忿不平的奈津，不懂竹松的心思。此刻在得知其他父女的情況、三釜屋的店主與女兒小夜的痛苦和道理後，奈津這才覺得自己終於能理解父親竹松的心思。

——爹，抱歉。

不管是誰的內心想法，如果不問，絕不會明白。就算問了之後得到回答，也不見得就能明白一切。要是一直都在詢問，反而會覺得很囉嗦，沒辦法一起生活。

只能默默地相互包容，互相體貼，以這種態度過日子。就算問出眞心話也沒用。不能說這就是無法動搖的眞相，應該看作眞相根本不存在。

從那之後，奈津不光去亂葬墓掃墓，也會去竹松在村子墓地裡的簡陋木製墓碑掃墓。

因爲多了一個人要吃飯，奈津的生活變得更加忙碌。她都趁一早巡視田地，在入夜點燈前，盡可能多接點零工賺錢。晚上沒躺在床上睡覺，而是裹著打零工換來的一件薄薄的棉睡袍，在廚房旁的木板地上短暫地睡個囫圇覺。

她拜託小夜「請處理這件事」，小夜能辨妥的日子，與完全沒做好的日子，大概各半。不過，小夜與爬上山丘來查看青瓜田情況的六助，倒是一下子就混熟了。非但如此，她還很愛跟六助親近。

「他就像我爺爺。」

而另一方面，六助對小夜的存在，一點都不在意。

「不會種田的人，我用不上，所以我眼裡根本沒有她的存在。」

也就是說，小夜在這裡的事，他不會跟任何人說——這是六助的承諾。這份貼心很像六助的作風，奈津暗自朝他背影合掌一拜。

青瓜生長順利，慢慢除去山丘上的鐵氣。等到山裡春花滿開時，奈津試著在最早的田裡種植她念茲在茲的豆苗，而在田間的田壟上種下六助給的葉菜種子。

「要長得又軟又好吃哦。等日後可以一次種很多的時候，就能賣出好價錢。」

就這樣，日子一天一天過去，旋即梅雨季到來，歷經連日雨淋，僧房原本就破損的屋頂，漏水益發嚴重，令奈津傷透腦筋，這時，因打零工而受過其關照的一位木工老闆娘，催她丈夫過來幫忙。

「我當家這次的工錢，妳就下次再到我們店裡工作就行了。」

僧房的屋頂修理得很完善，梅雨過後的炎熱，也在屋頂落下的涼爽濃蔭慰藉下，一點都不覺得難受。

這個時候，家中的事務已漸漸都能交由小夜去處理了。似乎是奈津不在家的時候，六助曾訓斥過小夜。

「抱歉，我什麼事都仰賴妳。」

「過去的事不用放在心上。不過，妳真的打算一直待在這種地方嗎？要不要回家？」

如果是這樣，奈津倒是願意去跟三釜屋談談。因爲她常到馬懸村去。

「妳家現在仍持續做生意，也沒聽說妳家中有誰身體不適。我想，他們一定是極力顧全體面，等妳回家。」

小夜聽了，細長的眼角露出一絲凶光。

「可是，根本沒人來找我啊。」

「妳想要他們來找妳，這想法未免太天眞了。」

「奈津姊，妳這話眞欺負人。」

奈津並未坦白告訴小夜，自己也曾輕率地和男人有染，有了身孕，最後親自流掉那個孩子。她今後也不打算說。雖然兩人一樣都沒了孩子，但一個是自己這麼做，一個是被強迫，兩者天差地遠，要是當面揭露這樣的差異，小夜恐怕不會原諒奈津。

雖然在小夜單方面的認定下，奈津受其倚賴，增添了許多麻煩，但奈津也不希望現在才被小夜看不起。比起回歸原本孤單的生活，失去小夜對她的親近和尊敬，更是難受。所以她守口如瓶，打算對小夜的前途做最好的安排——也就是像撿起從鳥巢掉落的雛鳥般，悄悄將小夜送回父母俱在，且財力雄厚的三釜屋。

小夜不知道奈津心中這樣的煩憂，突然露出迷濛的眼神低語道：

「我要是哪天回到馬懸村，一定就是那個人前來接我的時候。」

這才是眞正不可能成眞的事。小夜所愛的男人，之前那場良緣告吹後，馬上就到一個遠方的村子當贅婿去了。此事一度傳得沸沸揚揚，甚至傳進到村裡打零工的奈津耳中。

不論是美夢還是噩夢，都不會對她荒寺的住處生計有任何幫助。唯一能確定的是，從青瓜的切口處滴下帶有鐵氣臭味的汁液，以及因青瓜而恢復生機的農田所培育的青苗和雙葉。

小夜前來投靠已過了約莫半年，就在盛夏的某天。現在已擴增爲四塊農田，從青瓜吸走鐵氣後開始種植的豆子和葉菜，生長狀況良好，順著徐風送來的青綠氣味，令奈津備感振奮。這時，她看到有人走上山丘。

這次是兩人同行，其中一人雖然不知是何人，但一看就知道他的身分。因爲他身穿黑袍。是一位身材高大的和尚。頭戴遮陽斗笠，脖子上掛著一串佛珠。就像在確認走出的每一步般，沿著山丘大步走來。緊跟在他身後的，是名背著小包袱的女子。她也戴著遮陽的女性斗笠，身上穿著一件下擺偏短的衣服，腳踩草鞋，上頭纏著水藍色的布質綁腿。

「是客人嗎？」

小夜來到奈津身旁，手擺在額頭上遠望，如此說道。雖然田裡的工作小夜還無法完全勝任，但她很努力想幫忙，所以她曬黑不少。與日曬原本就深深滲進肌膚裡，全年都膚色黝黑的奈津不同，小夜那是像剛烤好般的紅通通肌膚。

六助建議的葉菜，眞的是很好賣的商品，奈津只要背著滿滿一籠出外叫賣，賺取的收入比她打一整天零工還多。所以最近奈津就連白天也常將時間投注在田地上。

——難道是我賺了錢得意忘形，惹禍了？

那位和尚該不會是馬懸村的總寺光泉寺派來的人吧？也就是這裡的地主。他們知道奈津擅自住在這裡耕田，而且還從中獲利，終於展開行動，要將她逐出這裡。除此之外，和尚沒理由造訪這裡。

奈津全身僵硬等候眞相揭曉，小夜則是不懂情況的嚴重性，笑著說道「和尚和女人一起出現，還眞奇怪」，而那兩人則是來到她們前方不遠處，就此停步。那是可以看清楚長相的距離。

和尚手抵著斗笠外緣，抬起臉來，後方的女子則是始終低著頭。

「咦？」小夜突然發出一聲怪叫。

「噢」，頭戴斗笠的和尚露出一口白牙。「哎呀，曬黑不少呢。眞的是小夜小姐沒錯吧？」

奈津爲之屛息，轉頭望向一旁的小夜。

小夜噘起小嘴。

「對……是我沒錯。」

他們認識？

「這位大師是哪座寺院的人？」

面對奈津著急的詢問，小夜仍是一臉天眞地應道「馬懸村光泉寺」。

啊，果然沒錯。

「他是寺院的住持。」小夜說，「我家擔任檀家總代表。我姊姊和我的名字，都是住持取的。」

原來有這麼深厚的淵源啊。既然這樣，住持今日前來，也許不是爲了趕走奈津。只要付地租就行了嗎？不，最有可能的應該是要帶走小夜。

「小夜小姐，老衲聽說妳很認眞工作，但沒想到還投入田裡的工作。」

住持一臉感佩地說道，笑得更開了。光泉寺的住持走上斜坡，朝她們走近。接著與奈津目光交會，微微向她點頭說道：

「妳是奈津小姐嗎？」

被加上小姐的尊稱，奈津一時舌頭縮回喉嚨裡。

「我一直都在這裡受她照顧。」

小夜如此說道，移步向前。她似乎是要保護奈津，爲她解釋。

「奈津姊是個好人，請不要罵她。還是說，大師，您今天是特地來罵我的？您老早就知道我人在這裡嗎？」

「哪兒的話，因爲妳實在太會藏身了……。」

「啊，抱歉。」

的確，小夜逃進這裡後，不曾走下山丘。除了去山丘的農田工作外，不曾離開過僧房。

「老納是在半個月前才清楚確認此事。」

接著老納一直在想，該怎麼處理才好——住持說：

「老納只跟妳三釜屋的父母說，妳平安無事，一切安好。不過，還不知道妳是否會回家。」

「咦，爲什麼？」小夜坦然地表現出她的納悶，反倒是住持聽了很傻眼。

「妳打算就這樣回去嗎？沒生妳爹的氣嗎？不覺得自己有可能被斷絕父女關係嗎？」

小夜更加困惑了，像在求助般望向奈津。「我會被斷絕父女關係？」

奈津不發一語地搖了搖頭。看她們兩人的模樣，住持又莞爾一笑。接著向奈津喚道：

「高月村的奈津小姐，抱歉，這麼晚才自我介紹，老納法號明光。如同小夜小姐剛才說的，老納擔任光泉寺住持一職，乃佛門中人。」
接著他轉頭朝躲在她高大身影後方的女人望了一眼。
「抱歉，今天老納不是來帶小夜小姐回去的。其實是有事要拜託妳，才專程前來，可以聽老納說嗎？」
奈津的舌頭仍縮在喉嚨深處。小夜可能是這才發現，對她說道：
「住持是位很溫柔的人，妳可以不用這麼害怕。」
我才沒害怕。只是因爲搞不清楚是怎麼回事，才全身緊繃。
「老納就直說了，可以收留這位女施主嗎？」
那位背著包袱，住持口中的「這位女施主」，一聽住持這麼說，馬上低頭鞠躬，力道很猛，幾乎都快跌倒了。
「她是菅村村長家的媳婦，名叫阿道。」
菅村是比馬懸村更遠的村莊。聽說盛行養蠶，四周的山林全是桑田。
「她嫁去三年，一直沒有孩子，上個月終於遭男方休妻。但現在娘家也不收留她，無處可去，就此到老納的寺院來投靠……。」
光泉寺是一座法華寺。法華宗的教義雖然主張女人開悟一樣能成佛，但無法供女人在寺內居住。
「就算老納同意，眾檀家也不會答應。老納苦思良久，就此想到前來請山丘上的奈津小姐幫忙。」

當事人奈津完全不知道住持爲何會來找她幫忙。

「這裡是光泉寺的土地。」

她終於擠出聲音，如此說道：

「我自己擅自住在這裡，我知道是我不對。但我也是無處投靠，感覺荒廢的洞泉寺似乎能遮風蔽雨……。」

奈津說得結結巴巴，明光住持溫柔地打斷她。

「妳沒必要道歉。這座山丘確實是光泉寺的土地，但因爲長期擱置，任憑荒廢，所以寺內起內訌後，有一派人馬出走，自行在此建造了寺院。」

而洞泉寺廢寺後，又被擱置，沒人維修，任憑荒廢腐朽。

「現在看起來有很大的不同呢。」

這都是奈津小姐的功勞——住持說：

「妳耐力過人又勤奮。而且重人情。對於妳守護小夜小姐一事，身爲她命名者的我，也得向妳道謝才行。」

正因爲奈津小姐是這樣的人，這次我才想將阿道託付給妳——住持說：

「當然，我並不是想單方面仰賴妳工作來養活她。光泉寺也會提供一些補助。有了錢，就能修繕建築，添購需要的物品，不是嗎？」

這宛如做夢般的提議，再度令奈津的舌頭縮進喉嚨。

「……這可說是洞泉庵的起源。」

阿稻歇了口氣，望向手邊的茶杯。裡頭已經空了。

「不好意思，少爺，可以要杯水或是熱開水嗎？」

富次郎心想，不是說過了嗎，不是少爺，是小少爺，同時俐落地替阿稻把茶杯滿上。阿稻拿它潤喉，似乎喝得津津有味，再度重重吁了口氣。

「當然了，並不是打從一開始就取這麼氣派的名字，奈津一樣是奈津，還沒被稱作庵主大人。那是明光住持與她見面，託她照顧阿道女士後，又過了幾年的事。」

在那幾年的歲月裡，荒寺的住處聚集了愈來愈多女人。有人是在明光住持的介紹下前來，也有人是聽聞風評而前來投靠。

「全是遭遇不幸，吃盡苦頭的女人。」

想要孩子，卻怎麼也無法受孕，被趕出夫家的女人。失去嬰兒和孩子，被迫扛起罪責，慘遭休妻的女人。在嚴重虐媳下負傷，弄壞了身子，卻依舊被當牛馬使喚，從那樣的痛苦中逃離的女人。被負心漢騙了身子，懷了身孕，不知如何是好的女人。

她們無處可去，投靠無門，不知往後日子該怎麼過下去，沒人可給予援助。這些女人後來都到奈津居住的荒寺來投靠。

「這些女人，奈津小姐一律來者不拒。」

讓受傷、生病的人在此休養，有身孕的人，會接濟到她平安生產爲止。能行動的女人，會分配她們工作，由她們來負責家務、農活、出外打零工。互相幫助、扶持，撐起荒寺裡的生活。

「光泉寺住持的補助，其實金額不大，但總比什麼沒有來得強，而最重要的是，可以不用支付山丘的地租。」

此外還有強力的援軍。最先在這裡當食客的小夜，在投靠這裡的那年歲末，終於與父母和解，重回老家。

──我這愚蠢的女兒，以及我們這對比她更愚蠢的父母，是妳拯救了我們。

三釜屋的店主夫婦如此感謝奈津，就此成了她的後盾。不光在金錢方面，每個季節所需的衣服、農活會用到的道具和肥料等，各種東西他們都會派人送來，確保奈津她們在有需要時能馬上取得。

奈津位於山丘上的住處，在獲得光泉寺這樣的權威，以及三釜屋這位金主後，已不再見不得光了。在高月村內就不用說了，就算是對鄰近的村落，奈津也都能以堂堂一位地主的身分與他們接洽。

「這眞的很可喜可賀，不過……。」

富次郎對阿稻感到歉疚，忍不住插話道：

「可能因爲我是男性的緣故吧。感覺有那麼多女性聚集在那個山丘上的住處，有點難以置信。」

對女人來說，人世有那麼痛苦，難以生活嗎？

「那裡是絕無僅有的特別住處，所以消息很快就傳開了，這麼一來，就會有更多人遠道而來。」

阿稻眨著她那雙像雨蛙般的眼睛，露出像在安撫富次郎的神情。

「少爺，你沒離開過江戶吧。」

「對，這應該算……慶幸嗎？」

「江戶這樣的大城市，與像高月村這種地方，媳婦和女兒所處的身分立場完全不一樣。要是一直無法受孕，或是未婚生子，處在這種不利的情況下，原本就已經備受打壓的立場，會變得更尷尬，完全不被當人看。」

阿稻轉為輕鬆的口吻，但眼神卻截然不同，透著黑暗。

富次郎感到胸口一震。啊，原來如此。

既然阿稻也是洞泉庵的女人，表示她也有難以告人的苦衷。應該也有不堪回首的過往。

——一開始她好像說過，洞泉庵就像收容小屋一樣。

阿稻沒發現富次郎心中的動搖，或者該說她是裝沒發現，她微微挺直腰桿，繼續往下說。

「奈津小姐她們在山丘上耕地，不斷增加農田的面積，所以栽種了許多青瓜。」

身為她們的後盾，同時也是參謀的六助，在奈津二十二歲那年夏天突然仙逝。

「沒有任何前兆，聽說前一天還好端端的，所以有人說他可能是中風。」

以行商為業的六助，住家離這裡很遠。奈津自從在荒寺裡定居後，這還是第一次請其他女人留下來顧家，她自己備妥鞋履下山。想到這趟遠行是為了替六助弔唁，就感到悲傷不已，一路上邊走邊哭，哭到眼睛都快融化了。

六助與妻子、兒子媳婦，以及四個孫子一起同住。奈津報上名字後，他們馬上便知道她是誰。

奈津聊到六助對她恩重如山。六助的家人你一言我一語地笑著說道：

「因爲我們家就喜歡勤奮的人。」

「我爹也很樂在其中。」

「爺爺說過，只要對方肯用心栽種他的種子和秧苗，就算是地獄的惡鬼，他也會跟對方交朋友。」

他們保證，今後也會賣種子和秧苗給奈津，種田方面也會提供她相關知識。

在返回高月村荒寺的路上，奈津回想著對六助的回憶，再度哭哭啼啼。那是深深感受到人世的情義，難以抑制的淚水。

父親、阿姨、流掉的孩子。她都還沒還六助的恩情，六助就離開了人世，爲了替他祈求冥福，乾脆出家吧。奈津一再陷入沉思。但當她拿定主意，找明光住持商量時，住持馬上回了她一句「這樣做不對」。

「如果想得道，妳得一再累積嚴格的修行。還得關在寺院裡，要學習的知識多得像山一樣。」

這段時間，荒寺的住處要就此擱置嗎？老納請奈津小姐妳照料的那些女施主，今後將一味仰賴妳的女施主，要棄之不顧嗎？

「妳對供奉佛祖尋求佛道，有所誤解。」

並非只有出家才是尋求佛道。像六助就不是僧侶。但他不是拯救了妳嗎？

「妳只要守護好妳的居所，完成俗世賜予妳的職責，就已算是皈依佛道了。」

就算聽老納這樣說，妳現在想必也無法明白。無妨。妳就當是被騙一回，照老納說的話去做吧。

「總有一天，一定會有證據顯現，證明妳正確地走在自己的道路上。它會在哪裡以何形式顯現，就連老納也不知道。不過，它一定會顯現。」

奈津將住持的開示收藏心中，改變想法，決定照住持說的去做。自己過去老是犯錯，比起她想過之後所做的決定，住持想的一定更周全。儘管如此，奈津還是有個心願想達成。

「我們的住處希望能有個名字。」

「哦，既然這樣，可以取妳喜歡的名字。那是奈津小姐的草庵。」

「既然這樣，叫洞泉庵可以嗎？」

站在光泉寺明光住持的立場來看，洞泉寺是昔日那段痛苦內訌的遺物。但奈津就是因爲有這座荒寺可依靠，才離家出走。也藉此得以遮風蔽雨。雖然不知道洞泉寺（頂多只有二十年）在這裡的緣由，但奈津心中只有感恩。

「六助先生也說過，就連和尙也會起內訌，連佛祖看了也不禁苦笑。」

——留下洞泉寺來當作證明，應該也不錯。

他曾經這樣說道，而覺得有趣。

想起往事，令人備感懷念。六助凡事不往壞處想，對很多事都覺得有趣，樂在其中，以此作爲處世原則，所以才能慷慨助人。

——這是他和我最大的不同點。

「因爲有這麼一段回憶，所以雖然對住持您很過意不去，但我還是想命名爲洞泉庵。」

明光住持雖然面露苦笑，但還是接受了她的請求，並準備了一塊氣派的匾額，親自揮毫寫下「洞泉庵」。

「就趁這個機會吧。一再補強修繕加以維持，終究有其極限，乾脆重建僧房，改成一處像樣的居所。」

三釜屋負責出這筆資金。與父母重拾往日情誼的小夜，後來覓得良緣，嫁人爲妻，最近剛產下期盼已久的孩子。

對三釜屋來說，尤其是當初差點親手殺死自己女兒的店主，昔日犯下的嚴重過錯，一直沒機會「彌補」。不管要多少錢他都會準備好，所需的木材和木匠也都會安排，相當闊氣。

就這樣，奈津成了洞泉庵的庵主。當時她二十三歲，山丘上耕種的農田，已將近有十五塊地之多。

當初賭氣離家的女孩獨自住下的山丘荒寺，就這樣脫胎換骨。人手增加，充滿溫暖，好不熱鬧。有失去孩子來到這裡的女人，也有在這裡產子的女人。時時都會聽到嬰兒或幼兒的聲音，洞泉庵從原本見不得光，搖身一變成了陽光底下一處明亮燦爛的地方。

雖然沒有跨越國境前來的女人，但無處棲身的女人，紛紛從藩內各個地方前來。這座荒寺原本的含意、這座山丘昔日是大蜈蚣巢穴的傳說、奈津以及她阿姨阿萬的事跡，對這些事一無所知的女人也愈來愈多。

成爲庵主的奈津不會禁止女人聊及彼此的身世，但她建議她們，如果說著說著，想起過往而哭泣，那還不如吃飽睡好，恢復精力好好工作。

有的女人雖然來到洞泉庵投靠，但始終無法融入這裡的生活，也不像大家一樣努力工作。只會顧影自憐，抱怨連連，始終心懷怒火，蹲在地上不動。

對這種女人，奈津會主動說出自己的身世。談到自己蹲在水渠裡把孩子流掉的事、對父親竹松的頑固態度、儘管事後很後悔，也再也無法對父親盡孝，現在仍會在夢中看見父親露出悲傷的臉。

然後她總不忘微微一笑，補上一句。

「這裡以前是吃人的大蜈蚣居住的巢穴。山丘上之所以有很多洞穴，那是大蜈蚣出入留下的痕跡。大蜈蚣的毒滲進這裡的土壤裡。」

只要我們豁達地工作，好好活在今日，並對明日抱持希望，大蜈蚣就不會現身。但要是我們稍微展現出消極的態度，內心被滿腹怨氣和怒意所困，大蜈蚣便會將這股黑暗的意念化爲力量，馬上甦醒。一旦牠甦醒，便會將對牠感到恐懼、憎恨、害怕的人們吞下肚，變得更加強大，再也無法收拾牠。妖怪就是這樣。

另外，奈津也常告訴大家，田裡種完就丟的青瓜，在這座山丘上有多麼尊貴。要一邊栽種青瓜，一邊雙手合十，採收丟棄時，也要低頭致敬。

「這是讓這座山丘上的泥土起死回生的青瓜大人。絕不能粗魯地對待它。」

前來販售新苗的六助兒子，聳著肩說「沒那麼誇張啦」，而當奈津說她想稱呼這種青瓜爲「六助瓜」時，他也笑著勸道：

「庵主大人，我爹承受不起，他肯定沒這樣的奢望。我爹說過，這青瓜雖然不能吃，但它並非一無是處。它就只是青瓜，這樣就行了。」

奈津從這句話當中感受到尊貴且明確的智慧。

另外還發生過這麼一件事。某天小夜抱著養得白白胖胖的孩子到山丘上來拜訪時，與奈津一同走在新蓋好的建築內參觀，她突然說了這麼一句話。

「我雖然是個傻丫頭，但很慶幸是這樣。」

如果我再聰明一點的話，可能直到現在還是沒辦法原諒我爹。

「因為我做了許多蠢事，所以才會心裡想，爹也會有做蠢事的時候……因此無法一直生他的氣。現在我們能重拾父女情誼，可能也都多虧了我的傻。」

小夜是個沒什麼想法的女孩，但這是過人的智慧。奈津相當感佩，並試著套用在自己身上。

——爹，我總是被自己的想法所困，只會耍小聰明，對吧。

這樣的我當然不適合擔任庵主。而那些背負著各自的不幸和壞運氣、罪過與愚蠢，來到這裡的女人，我在她們面前擺出一副若無其事的態度，可真是厚臉皮。其實，我驕縱任性，又任意蹂躪荒寺的土地，就算因此被問罪，遭佛祖懲罰，也是我罪有應得。

奈津一直得不到答案，就只是很賣力地過著每一天，而就在她三十歲那年夏末，明光住持圓寂。光泉寺的住持改由本山派來的僧侶接替，也重新評估對洞泉庵的補助。

——我一直都做著美夢，但也許這個夢已到了盡頭。

庵內的女性也都感到不安，心神不定，但奈津想不出什麼能安撫她們的話語。因為感到歉疚，待得難受，奈津換上工作服下田去。

晚夏的陽光照向遠方相連的群山。天空湧現積雨雲，就像與群山並立一般。

奈津離開那些工作的女子，往上來到最新開闢的田地——目前唯一種青瓜的地方。再上去全是岩地，所以能開闢種豆子和青菜的農地，只能到這兒了。今後該怎麼辦呢？近年來，到洞泉庵投靠的女性當中，有人有養蠶和製蠶絲的經驗，她心想，不知道有沒有加以活用的方法。

——就算做這樣的盤算，可能最後還是一場空。

她獨自苦笑，原地蹲下，試著碰觸一顆生長中的青瓜。以前最早向六助買來的瓜苗結果時的感慨，此時再度重現，令人備感懷念。

青瓜表面覆著絨毛，摸起來有刺刺的感覺。六助教過她，這是長得好的證明。奈津依序碰觸那排成一列的青瓜。在心裡低語著——謝謝，謝謝，謝謝你們爲我吸取鐵氣。

——這些青瓜是捨身解救他人的慈悲化身。

降生爲青瓜，走上成佛之路。

奈津當場雙膝跪地，深深垂首合掌。

這時，傳來一個豁達的聲音。

（挖挖看吧。）

奈津抬起臉，環視四周。剛才那是誰的聲音？感覺很像是明光住持的聲音……。

（就是這裡，就是這裡。挖挖看吧。）

在前方一排青瓜後面的田壟，有一顆青瓜發出聖潔的光輝。

奈津遵照聲音的指示，開始挖掘那顆發光的青瓜。從一開始碰觸它的時候開始，便感覺心跳得又快又急。這是怎麼回事？

她雙手並用不斷地挖，全身沾滿泥土。很快便看出掘出的東西是什麼模樣，她不禁叫出聲來。土跑進嘴裡，滿口都是沙粒，但她一點都不在意。

那看起來像青瓜的東西，其實是佛像的頭部。手持武具，背後有光背，是一尊不動明王像。

「那尊佛像就是瓜坊大人。」

阿稻如此說道，驕傲地抬頭挺胸，望向自己一路背來的不動明王像。雖然佛像的臉沒有眼鼻和眉毛，但因爲隱隱浮現出像小山豬般的條紋，讓人覺得很可愛。

「因爲田裡挖出這尊佛像，光泉寺那邊也因而改觀，洞泉庵便保住了補助。」

在光泉寺那邊，眾檀家比新住持更重視這椿奇事。

——住持，對奈津不能怠慢啊。

——如果關閉洞泉庵，也許會遭佛祖責罰。不動明王擁有的力量，正是用來對付違逆佛道的邪惡之物。

他們說服了百般不願的住持。

「奈津小姐也就這樣改變想法，想留下來擔任庵主，對吧。」

「是的。她再也沒說過想去遠方，一直都留在那裡幫助前來倚靠洞泉庵的女人。」

從青瓜田現身的不動明王，正是明光和尚對奈津說的「顯現」。奈津雖然身處俗世中，卻一直走在求佛之路。

富次郎轉身面向瓜坊大人，重新合掌一拜。瓜坊大人全身因黑灰而顯得一片烏黑，但可能臉部常擦拭，可以清楚看見條紋。

「不過話說回來，佛像的臉有條紋，還當眞罕見呢。我這還是第一次拜見。話說回來，是因爲吸收田裡鐵氣的青瓜也有同樣的條紋，對吧？」

面對富次郎的詢問，阿稻眨了眨她的大眼回答道，「不，完全沒有。六助先生的青瓜是長這個形狀沒錯，但那是一般的青瓜，外表長有刺刺的白絨毛」。

「咦？如果是這樣的話，瓜坊大人臉上的條紋，沒有什麼特別的含意嗎？」

面對他的提問，阿稻偏著頭沉思。

「複雜的道理，我們不懂。就算懂，講得一副好像無所不知的模樣，也很失禮。」

不過，庵主奈津對此倒是有個說法。

「荒寺的山丘上棲息了各種野獸，但最常看到的是野鹿、野兔、山豬。」

不會靠近人的野鹿、小野兔姑且不提，山豬對作物和人都會有危害，所以得提防小心。

「尤其是初春時剛生小豬的母豬，特別暴躁。」

洞泉庵的女人都會與山豬保持距離，彼此相安無事，就算發現母豬帶著小豬，也會離牠們遠一些，不去刺激牠們。

「如果光是遠看的話，眞的很可愛。百看不厭。」

小瓜坊（註）排成一排，緊跟在母豬身後。穿過草叢，跑進洞穴裡，或是被蝴蝶和小鳥吸引注意。

「我們那裡的女人……我也是其中之一。」

都是真心想要有孩子卻未能如願、不幸失去孩子，或是有了孩子，卻不得不親手結束孩子性命的女人。因此被逐出自己原本生活的場所，死後也無墓可安葬的女人。

「山豬母子的模樣，是這世上最令人羨慕的一幕。」

美麗又幸福的母子組合。

——如果能投胎轉世，真想變成那樣的母豬。

「庵主大人說她也不只一次這樣想過。」

瓜坊大人就是接受了如此悲切的願望而顯現的佛像，所以臉才會有類似瓜坊的條紋。

「哦，如果是這樣的話，我就能理解了。」

再也沒有比這更具說服力了。不是什麼多大的道理，但令人打從心裡認同。

「謝謝您告訴我這麼寶貴的故事。我要向您道謝。」

註：小山豬身上的條紋像瓜，所以在日本也有「瓜坊」的稱呼。

故事說到這裡，姑且算告一段落，但還有重要的內容還沒說。

「這次瓜坊大人願意以祂的神力助我堂妹順利生產⋯⋯。」

「是的。行然坊先生離開後的那天晚上，瓜坊大人來到庵主大人夢中，這樣吩咐她。」

所以我才會帶著瓜坊大人來到這裡——阿稻挺起胸膛說。託夢吩咐，原來還有這樣的安排。

「那眞是感激不盡。不過，接下來我們該做什麼好呢？瓜坊大人就這樣由我們代爲保管嗎？」

原來你要問的是這個啊——阿稻似乎這才明白他的意思。

「請將瓜坊大人安置在這個房間。每天早上供上淨水，向祂問候，不可中斷。」

不需要其他裝飾、供品、鮮花。

「等時候到來，瓜坊大人會主動告知。到時候只要照祂的指示去辦就行了，一點都不難吧？」

「時候到來？」

「就是您堂妹出現產兆時。」

富次郎爲之一驚。「阿近出現產兆時，瓜坊大人會做什麼嗎？」

見富次郎這般慌張，阿稻摀著嘴笑了。

「您不必這麼緊張，瓜坊大人什麼也不會做。該做什麼的人是您。」

啥？「我？」

「是的。現在也由不得您說不了。這工作得由您來扛。請先做好心理準備。」

富次郎像個傻瓜似地重複她的話。「我？要做什麼？」

「等時候到來，你就會知道了。」

阿稻改為輕鬆的口吻，那張像雨蛙的臉笑得燦爛。

「您的堂妹名叫阿近，對吧。」

在她平安生產之前，洞泉庵的女人全都會誦念阿近的名字，祈求她順利生產。

「我會暫時先回草庵，不過，當阿近小姐有產兆時，就算我人在遠方，一樣會知道。瓜坊大人會告訴庵主大人。」

那我告辭了。阿稻重新坐正，理好衣襟，手指點地，先向瓜坊大人行了一禮，接著向富次郎行禮。

「瓜坊大人，等這次您的工作忙完後，阿稻再來迎接您。三島屋的少爺，在那之前，瓜坊大人就勞煩您照顧了。」

就這樣，瓜坊大人留在三島屋的黑白之間裡。

會在這裡待幾天，得視阿近何時生產而定，沒人知道。現在百物語停辦，也沒其他事得刻意使用這個房間，所以留瓜坊大人單獨在黑白之間的壁龕裡正合適。

聽富次郎說明情況後，三島屋的人們各有不同的態度。

最早提議舉辦奇異百物語的父親伊兵衛，原本就是會深受這類故事感動的人，所以他每天早上都前來向瓜坊大人問安。母親阿民說她早上很忙，沒辦法靜下心，所以都是在傍晚收拾完工作後前往參拜。他們祈求的，都是阿近能平安生產、孩子順利誕生。

大哥伊一郎只有一開始和富次郎一起向瓜坊大人合掌參拜，但之後都不靠近黑白之間。大哥希望阿近平安生產的心，一點都不遜於父母，但他說：

「只要是和奇異百物語有關的事，一切都由你負責。」

若換人聽到他這番話，或許會覺得他很冷淡。

而擔任奇異百物語守護者的阿勝，則是主動參拜瓜坊大人，供上淨水，打掃黑白之間，勤加供奉。富次郎看了，只覺得忠心且勤奮的阿勝生性如此，不覺得有什麼奇特之處。

因此，當某天他看到阿勝坐在瓜坊大人面前，手指緊按著眼角，淚溼雙頰時，他大爲吃驚。

——阿勝在哭？

緊接著下個瞬間，他便明白是怎麼回事，對自己的觀察不夠入微感到慚愧。

阿勝是因爲與阿近的緣分而來到三島屋，但在那之前她都過著怎樣的生活，富次郎並不清楚。其實就連阿近，以及接受阿近的請求，接納阿勝進三島屋的伊兵衛和阿民，感覺也都沒詳細向她詢問過。他們說，只要欣賞阿勝，相信她的人品，就沒必要深入打探。

也許阿勝曾經有家庭。也可能有孩子。或許她失去曾擁有的一切，而孑然一身。

——就算她的遭遇與洞泉庵的女人雷同，那也不足爲奇。

如果是這樣，瓜坊大人對阿勝來說，將會是特別感念的佛像。

富次郎屏住呼吸，躡腳離開現場。阿勝應該沒發現才對。富次郎沒看到她的眼淚。什麼也沒瞧見。就算眞看到也忘了。

他刻意裝作什麼事也沒發生，幾天後——

阿近嫁入的租書店葫蘆古堂，有個奇怪的規矩，那就是以東海道五十三次（註一）的驛站町名稱，來爲店內工作的童工命名。現在的童工是以「丸子驛站」來替他取名爲丸子。丸子的漢字也能寫成「鞠子」，可能是因爲這個緣故，童工丸子就像手鞠（註二）一樣蹦蹦跳，是個活力充沛的孩子，當我方無精打采的時候，光是聽到他的問候聲，彷彿眼珠就會跟著轉了起來。

這位丸子此刻跑來了。在二月二日一早，淺草寺的報時鐘告知現在是卯時（早上六點），最後一聲鐘響拉出長長的尾音，慢慢消失，看到那一天比一天提早到來的黎明晨光，富次郎說道：

「啊，看這個樣子，感覺春天眞的來了。」

雖然嘴巴這麼說，但這個時刻他遲遲無法從家中最暖和的廚房邊離去，假裝幫忙阿民、阿勝，以及其他女侍收拾早餐的碗盤，這時，有人用力拍打廚房後門，並一把拉開門，跌進屋內。

「三、三島屋的各位。」

丸子是個長得很可愛的男孩，年紀比三島屋的童工新太還小，手腳纖細。他聲音也很尖細，和他蹦蹦跳跳的身子一樣，聲音同樣也高低起伏。

「老、老、老闆娘她……！」

聲音先是下跌，接著猛然彈起，又跳了起來。

「開、開、開始有產兆了！」

三島屋眾人一時間僵在原地。

丸子口中的「老闆娘」，指的是阿近。

註一：指的是日本江戶時代從江戶到京都的驛道——東海道途中所行經的五十三個驛站。

註二：手球。

「終、終、終於有啦？」

發出這聲怪叫的人，不是別人，正是伊兵衛。富次郎聽到爹發出這麼尖銳的聲音，一生中就只有這麼一次，可說是空前絕後。

「要生了是嗎！噢！」

伊兵衛發出一聲歡呼，正準備站起身時，可能是誤踩衣服下擺，往前墊了幾步，差點跌跤。伊一郎和阿民急忙出手攙扶。丸子仍在廚房的土間蹦蹦跳跳。

「產、產婆也來了！我趕快跑來跟三島屋的各位通報！」

「我知道了，你先冷靜下來。」發話者是阿民。伊兵衛漲紅了臉，全身動個不停。

「阿民，去燒水。需要熱水、熱水、熱水！」

「在我們家燒沒用啊。丸子，你接下來要去哪兒通報？」

「啊，是，要去跟房屋管理人說。」

「那邊由我去說。你也去跟番屋（註二）說一聲。我有東西要託你帶回去。我已事先備齊白棉布之類的東西。只要交給阿島，她就知道該怎麼處理。」

阿島是三島屋的資深女侍，現在志願去阿近身旁服侍。

富次郎像在說夢話般，向阿民問道，「娘，阮該做什麼好？」

自從大哥回來後，在親近的家人之間，他都改自稱「阮」。

「生產是女人的重要戰役。男人什麼都別管。」

阿民一副準備上戰場般的精悍表情，如此說道，「你就排除雜念，專心祈求阿近和孩子都平安無事吧。」

「我擔心到喘不過氣來，胃都往上跑到嘴巴來了。」

說這話的人不是富次郎，而是伊一郎。仔細一看，他臉色蒼白，似乎有可能眞像他說的，早上吃的米飯、味噌湯、醬菜，全都會吐出來。

「要吐的話去廁所。富次郎，帶你哥哥出去。別在這裡礙事。」

「別說得這麼冷淡嘛。」

富次郎扶著大哥的肩膀，一起來到走廊。「哥，你不要緊吧？你現在就這麼擔心的話，身體會挺不住的。放輕鬆一點……。」

「怎麼可能放輕鬆！生產可是性命攸關的大事啊。你知道阿近接下來要面對的事有多辛苦嗎？」

伊一郎大聲吼道，氣喘吁吁。這時，伊兵衛步履踉蹌地走來，突然一把抓住伊一郎的後領。

「我們走，伊一郎。」

「去哪兒啊，爹。」

「當然是去喝御神酒（註二）啊。」

「咦，一早就喝嗎？」

註一：江戶時代，由町人自己組成類似義消、義警的組織，他們值勤的地方稱作番屋。

註二：供奉神明的酒。

「正因爲是早上，才要喝酒淨身啊！」

阿近要生了，要生了！爹和大哥大喊著朝店面走去。想必會讓正準備開店的夥計嚇一大跳吧。

阿民俐落地下達指示，廚房裡一陣喧鬧，富次郎被摒除在外，獨自一人。

——對哦。

就去黑白之間吧。坐向瓜坊大人面前，虔誠地合掌膜拜吧。這是我的職責。

他像滑行般地走著，轉過短短一條通往黑白之間的走廊。途中——

「老爺，短外罩！請穿上短外罩！」

與拿著伊兵衛的短外罩跑去的童工新太擦身而過。還看到女侍撩起衣服下擺，整個露出紅色的襯裙，以飛快的速度走上二樓，應該是奉阿民的吩咐去辦事吧。她是代替阿島新加入的女侍之一，雖然工作能力不錯，但儀態不佳。

富次郎打開走廊這一側的隔門，伸手搭向那兩張榻榻米大的隔壁小房間隔門的圓形把手，唰的一聲拉開來。走進黑白之間後，壁龕裡是全身漆黑的瓜坊大人。

那張像瓜一樣長有條紋的臉，面向富次郎。

——要來嘍。

一個沉穩的聲音如此喚道。

緊接著，富次郎周遭的光景突然動了起來，兩腳浮向空中。

他感覺被一隻肉眼看不見的大手一把掬起，整個抬了起來，接著被拋出，頭下腳上地墜落。

落入一片漆黑中。

而且身體轉了一圈。
才剛這麼想，便發現自己其實好端端站著。
好刺眼。一片雪白。盈滿白光。
他眨了兩三下眼睛，眼睛終於習慣，接著臉頰感覺有風吹拂，鼻端聞到味道。
高掛中天的太陽。
傾注的耀眼陽光下，是廣闊的草原。不，不是普通的草原，地勢緩緩往上。
——是山丘。
風順著和緩的斜坡吹落。夾帶綠意的氣味。水的氣味。微微的青草味。
覆滿山丘，綠油油的旱田。表示土地肥沃的深色土壤。
富次郎仰望太陽，接著回身而望。在背後的遠處，可以看見幾戶聚在一起的人家。
他張開雙臂，低頭看自己身體。這時他才發現。
他背後背著一個空的竹簍。
披在肩上的布老舊褪色，但似乎還很耐用。竹簍也常使用，都已變成褐色。
這到底是怎麼回事？
——是在做夢嗎？
富次郎試著閉上眼。接著再睜大眼睛。他如此一再反覆，但眼前的景色沒消失，隨風飄來的氣味也沒改變。
而放眼所及，田裡栽種的作物全是……。

——青瓜。

富次郎向前跨出一步。不知爲何，他脫去足袋，打著赤腳。踏在土地上，感受到溫暖。

嘰、嘰。

田裡的青瓜在叫，那是像發出鼻音般的聲音。

富次郎單膝跪下，蹲下身，把臉湊向那一整排青瓜。

田裡的青瓜雖是青瓜，但又不是一般的青瓜。

每個都有一張臉。

那是長有和青瓜一樣的顏色、形狀、條紋的小豬，俗稱瓜坊。

許多瓜坊排排站，種在旱田裡，仰望著富次郎，鼻子嘰嘰作響。

「你們是怎麼了？」

儘管他出聲詢問，但瓜坊依舊只會用鼻子嘰嘰叫。

「要我把你們摘下嗎？」

說完後，富次郎伸手搭向身旁的瓜坊。刺刺的絨毛刺激著手掌。瓜坊就只是腳埋在土裡，並非與藤蔓相連，可以輕鬆從田裡拿起來。不過，牠們個個都重得驚人。

——摘完青瓜後，要怎麼做？

這算是收穫，所以要放入竹簍裡。

他先放下竹簍，輕輕將剛摘下的瓜坊放進裡頭，瓜坊嘰嘰叫，短腿動個不停，似乎很開心。

「好，把你們都摘下來吧。」

富次郎從前方這一排開始，依序摘下瓜坊，放進竹簍裡。

每一顆青瓜拿在手裡，都感覺又重又大，但不管放再多進竹簍裡，都還是裝不滿。不管裝再多，一樣還能再裝。但當他採收完第一塊旱田，準備移向隔壁的另一塊旱田時，他握住竹簍的肩帶，發出一陣緊縮聲，感覺到它的沉重。

這可是粗重活呢。在瓜坊可愛的叫聲催促下，富次郎拿出幹勁，持續摘取。明明是在夢裡，卻狂冒汗。泥土鑽進他赤腳的趾縫間，感覺好噁心。因爲不習慣農活，腰和膝蓋漸感疫痛。

竹簍還沒滿嗎？這到底是什麼機關啊。猛然回神，發現他已爬上山丘的半途，儘管如此，這旱田還是繼續往上延伸。傳來無數瓜坊的聲音。

「讓我休息一下吧。」

當他出聲如此說道時，感覺到異狀。可能是因爲張嘴呼吸的緣故吧。在鼻子聞到的同時，舌頭也嘗到了味道。

這腐臭味是怎麼回事？

臭得令胃內一陣翻攪。嘔～。他按住胸口，這時覆滿山丘的青瓜田突然喧鬧起來。瓜坊的叫聲變得高亢，更加吵鬧不休。

——快點、快點、快點！

牠們在催促富次郎。腐臭味更加鮮明濃烈，甚至滲進富次郎眼中。

這股臭味從山丘下方剛收穫完畢的旱田那裡一路攀升而來。不知不覺間，這一帶已濃霧密布。剛才才摘取瓜坊的旱田，就這樣漸漸變得模糊。

在遠方的深處，看到一個無比巨大，令人難以置信，也不願相信的身影。

——這是夢。

夢中的富次郎如此說服自己。他很聰明，這次沒發出聲音。如果這時候出聲的話，應該馬上就會被霧中的那個東西發現他的存在。

那是長有人臉的大蜈蚣。

好醜。

富次郎心中只浮現這個念頭。此時浮現的不是恐懼，而是驚訝與厭惡，像大浪一樣朝他湧來。

他馬上卸下背後的竹簍，趴向青瓜田的田壟中。竹簍裡的瓜坊，以及仍留在田裡的瓜坊，可能是害怕這股驚人的怪味，全都不再發出叫聲，一片

靜默。

富次郎也緊張得快喘不過氣來，雖然趴在地上，雙膝卻不住發顫。

大蜈蚣可不是個善良的妖怪。牠有像小山般的巨大身軀，以及像巨岩般的頭。無數隻腳發出駭人的沙沙聲，全身包覆著像盔甲般的硬殼。這妖怪挺起上半身，露出紅黑色斑紋的腹部，看起來宛如邪教的寺院屋柱。

大蜈蚣在濃霧裡不時上下擺動頭部，環視四周。像在找尋什麼。

嘰、嘰。富次郎周遭的瓜坊開始發出叫聲。之前是「鳴叫」，但現在是「哭叫」。他可以清楚感覺出這樣的差異。因爲牠們感到害怕。

「我知道。我也害怕。」

富次郎悄聲說道。大蜈蚣微微扭身望向身後，那宛如黑鋼盔甲的背部，在濃霧前方擋住去路。

「怎麼辦？要怎麼逃離這裡？」

富次郎這聲顫抖的低語，令田壟裡的瓜坊一同喧鬧起來，哭叫聲變得更加響亮。

嘩啦。旱田一陣搖晃。大蜈蚣改變身體的方向，尾巴順勢打向地面。土塊飛了起來，掠過天空，嘩啦啦地落向富次郎的伏臥處旁。

竹簍裡的瓜坊，小小的鼻子並排靠在竹簍外緣，一邊互相推擠，一邊嘰嘰叫，不知在訴說些什麼。

「咦？你們要我怎麼做？」

救救瓜坊。如果不摘下牠們，牠們便無法離開田裡。而你要背起牠們全部，拚了命地跑。

有人在富次郎耳畔喚道，那是他心底靈魂的聲音。
拯救瓜坊，全力地跑。
我知道。也只能這麼做，對吧。
嘩啦、嘩啦。地面頻頻作響，田地一陣搖晃。大蜈蚣似乎感到不耐煩，用牠那駭人的一百對腳用力蹬地。
——因爲牠沒發現我。
要是一直這樣趴在田壟間，藏身在濃霧中，等著從夢中醒來，這樣如何？反正只是一場夢。總會有醒來的時候。用不著勉強逃走。膽小的眞心話如此慫恿著富次郎。
這時，大蜈蚣抬起牠那難看的頭，朝空中張開大嘴，放聲大叫。
嘎！宛如要將濃霧撕裂般的尖聲悲鳴。
那不是妖怪的聲音。簡直就像女人的聲音。憤怒、嘆息、悲戚，訴說著心中的痛苦。
富次郎忍不住驚叫一聲，大蜈蚣馬上轉頭面朝他的方向。
這是第一次正面看到牠的臉，而且看得很仔細。包括眉形，以及眼角和嘴邊的皺紋。窄小的額頭上長著稀疏的白髮。
儘管是在黑暗中遠望，一樣清楚看見牠的長相和姿態。十足的妖怪模樣。
但這隻妖怪卻長了一張冒牌的老太婆臉孔。沒有這年紀該有的沉穩與溫柔。只顯現出憤怒與痛苦。對不斷逼近的死亡所感到的恐懼與畏怯。對年輕的嫉妒，以及正常的心性在歲月累積的重量下逐漸扭曲彎折，最後遺留的殘骸。

令人感到反胃作嘔的悲哀。

富次郎曉悟，這隻妖怪是所有惡意聚成的凝塊。

快逃！

富次郎從田裡一躍而起，一把握住竹簍的肩帶，拔腿就跑。田裡的瓜坊一同叫了起來。我在這裡、我在這裡、我在這裡。竹簍裡的瓜坊也一同叫嚷起來。救救牠們，救救大家。

因一時過於焦急，富次郎雙手在空中一陣亂揮，往前撲倒，跪在地上，但他還是盡可能以最快的速度摘採田裡的瓜坊。摘下來放進背後的竹簍。放進一隻，發出嘰一聲，放進兩隻，發出嘰嘰兩聲。瓜坊也一直催促著富次郎。快點、快點、快點！

在濃霧前方，那可怕的巨大黑影不住扭動，碩大的頭朝這裡窺望。一對散發金光的眼珠。

富次郎看到了牠，那對金色眼珠也發現了富次郎。

「混帳東西！」

大蜈蚣以老太婆的沙啞嗓音喊道：

「你這個小偷！」

咦，我成了偷瓜賊？好啊，求之不得。

「休想逃！」

大蜈蚣低下頭，無數隻腳一次全動了起來，來勢洶洶地開始爬上山丘。要是讓牠以這個速度追上，富次郎肯定沒勝算。

但大蜈蚣才開始跑沒多久，就被某個東西絆住。富次郎摘完瓜坊後，留在田裡的青瓜葉片和莖，纏住了大蜈蚣動個不停的腳。大蜈蚣極力掙扎想甩掉，結果卻纏得更緊。扯斷纏住牠右邊幾隻腳的葉和莖後，左邊又有幾隻腳被纏住。

「嘎！」

大蜈蚣因焦急煩躁而抖動全身，發出嗥叫。

富次郎趁機死命地摘採瓜坊。一摘下就放進竹簍裡，從這處田壟移往下個田壟，一個都不遺漏。

啪嚓啪嚓！大蜈蚣扯斷葉和莖，又再次開始往山丘上爬。富次郎背著竹簍，頭也不回地逃命。大蜈蚣又被其他田裡的葉和莖纏住。富次郎採集他看到的所有瓜坊。

「放開我、放開我、別礙事！」

大蜈蚣以渾濁的嗓音喊叫，淚水和口水不斷淌落。

好，這塊旱田摘完了。到上面去吧。富次郎的臉和背部滿是溼汗，膝頭和腳掌滿是泥土和擦傷。現在哪有空管這個啊。一顆青瓜都不能遺漏，不能棄之不顧。

他鎖定的山丘頂端，天空明亮晴朗。跑到那裡就能甩開大蜈蚣嗎，會有什麼在那裡嗎，現在沒餘力想那麼多。只能一味往上爬。

這場夢快醒來吧。剛才他還一直這樣在心中默禱，但現在不同。千萬別中途醒來。我在要這場拚了性命的競爭中獲勝。在我成功獲勝之前，千萬別醒來啊。

他抵達最後一塊旱田。大蜈蚣來到底下兩塊旱田前，被頑強的葉子和莖纏住，身體有一半扭曲著。這隻妖怪愈是掙扎，纏得愈緊，青田瓜猶如蜘蛛網一般。

這是人世的因果之絲。縱橫交錯，層層交疊的想法和願望。生命就在這之中誕生，同時也產生出幸運與不幸。

最後一道田壟的瓜坊摘完後，富次郎整個人累癱在地。我不行了，站不起來。

他俯瞰山丘，只見妖怪被青瓜的葉和莖困住，倒臥在地上。碩大的頭上下擺動，口水從嘴角淌落。

「別想逃！」

大蜈蚣向富次郎威嚇。牠張開血盆大口，露出牙齒。跟老人的牙齒一樣，嚴重缺牙。看不到半顆像怪物般的利牙。

富次郎上氣不接下氣，但他還是忍不住向大蜈蚣大喊：

「你這樣太難看了。」

又壞又邪，而且可悲到了極點。

「青瓜我已全都摘完了，就收在我背後的竹簍裡，一顆都不給你。」

是富次郎贏了，大蜈蚣一敗塗地。

「你就乖乖認輸，自己消失吧。」

現在可以從噩夢中醒來了。

大蜈蚣發出低吼，暫時閉上嘴巴。富次郎雙手撐地，重新振奮精神，站起身。

咻——

這陣風是怎麼回事？感覺被吸往妖怪的方向。那傢伙在吸氣？

就在富次郎望向牠的同時，大蜈蚣張大嘴巴，吐出火焰。

火焰擴散成扇形，掃向山丘的斜坡，燒遍青瓜的田壟，一路往上而來。

燃起的烈焰也將大蜈蚣包圍其中，轉眼將束縛牠的葉和莖燒成黑灰。在揚起烈焰、黑灰、濃煙的情況下，妖怪扭動身軀，重新站起身。

「太卑鄙了！」

都這時候了，竟然還吐火！富次郎開始逃。他背後竹簍裡的瓜坊也發出悲鳴。烈焰纏身的大蜈蚣，以先前沒得比的速度朝富次郎他們直逼而來。

山丘頂端就近在眼前了。如果那裡是死路，就無處可逃了。但現在也只能跑了。到上面去。富次郎耳畔聽到自己跳得又快又急的心跳聲，全身的骨頭相互擠壓，嘎吱作響，幾乎都快散了。

到山丘的頂端去！

他跨出的腳浮向空中。

地面就像被切除般，一下來到盡頭，頭頂是藍天，腳下是蔚藍的大海。白色的浪潮打向下方的海岸，化爲水花。

嘰！背後的竹簍裡，數不清的瓜坊紛紛往外跳。

走吧，走吧，往前飛！

富次郎的身體順著一路跑來的衝勁，已躍向空中。

他轉頭往後望。大蜈蚣可能是想再次吐火，張開嘴巴。這次可以看見牠的舌頭。垂落的舌頭醜惡至極。舌尖蜿蜒扭動，就像是要朝空中舔舐一個不存在之物。

——牠覺得很不甘心。

無數隻腳在空中搔抓，牠仍想抓住富次郎，身子往前傾，就這樣逐漸被自己吐出的業火燒遍全身。

墜落。富次郎在藍天之下，一路墜向蔚藍大海。

他高舉雙手，以腳尖先入水。背後竹簍的肩帶自然鬆脫，裡頭的瓜坊也全都落水。

瓜坊將沉入水中的富次郎團團包圍。緊跟著他，一起沉入水中。

嘰嘰、嘰嘰！

富次郎閉上眼，海水從鼻子和嘴巴鑽入，無法呼吸。

明明是夢，卻還沒醒來。眼睛睜不開。一片漆黑。

——我會死嗎？

白色泡泡從海底升起，形成漩渦，將富次郎包覆。那溫柔的觸感，彷彿輕撫著他的頭、臉頰、肩膀。

泡泡破裂的聲響很悅耳。瓜坊也都很開心。嘰嘰嘰地叫著——

哇~哇~哇~!

叫聲變成了嬰兒出生的哭聲，富次郎就像被這個聲音給推出去似的，從夢裡跳了起來。

「哇!」

他大叫一聲，接著摀住自己的嘴，先是右手掌，接著左手掌覆在外頭。

這裡是黑白之間。

空無一人，只有富次郎獨自面對安置在壁龕的瓜坊大人。

衣服和身體都沒溼。也沒沾染泥土。膝頭和腳掌也沒任何擦傷。

果然全是一場夢。

全身滿是黑灰的瓜坊大人。富次郎不自主地把臉湊近，發現瓜坊大人的身體傳來清爽的海風氣味。

那場可怕的考驗結束時聞到的海潮氣味。

隔門外的走廊傳來腳步聲。不，正確來說，不光是腳步聲，對方誇張地滑行、打滾、撞向牆壁，還一味地大喊大叫。是童工新太。

「小少爺、小少爺!」

咚、碰!高聲叫喊。

「太好了，生了，生了，是個是像寶珠一樣的女娃！」
當富次郎在夢中一路衝上山丘的這段時間，阿近拚了性命生產。她是在清晨卯時開始有產兆，但孩子出生，由阿近抱在懷中時，已過同一天的半夜。
換句話說，整整一天，富次郎都在黑白之間沉浸在夢中。這段時間究竟是怎樣的情況呢？
阿勝告訴了他。
「我來探望過您幾次，小少爺您一直都拜倒在瓜坊大人面前。」
阿勝知道富次郎不是在睡覺。因爲富次郎時而蹙眉，時而嘴角抽動，時而流汗，時而一臉痛苦，時而改變表情或姿勢。
「您現在覺得怎樣？」
「全身痠痛，應該是因爲做了不習慣的農活。」
富次郎毫不隱瞞地將他做了怎樣的夢，全告訴了阿勝。
「我來爲您準備宵夜吧。」
經她這麼一說，這才發現自己飢腸轆轆。幾乎都快活活餓死了。
「雖然阿稻小姐說不需要供品，但我希望也能爲瓜坊大人供上什麼。」
「我明白了。我來準備酒菜吧。」
富次郎面向宵夜的小飯桌，狼吞虎嚥起來。吃著吃著，流下眼淚。
阿勝默默在一旁服侍用餐。收拾好小飯桌後，幫富次郎痠痛的肩膀和膝蓋貼上膏藥貼布。拜此之賜，當富次郎再次向瓜坊大人膜拜後，他得以沉沉入睡，直到黎明的晨光照向黑白之間的緣廊。

富次郎再次醒來，是因爲阿稻來訪。她和那天一樣的裝扮，一見到富次郎，她那宛如雨蛙般的圓眼眨了眨，發出爽朗的笑聲。

「三島屋的富次郎先生，眞是辛苦您了。」

您跑得眞賣力——得到這句誇讚，富次郎又流下淚來。

在梅花的季節誕生的孩子，被取名爲「小梅」。

阿近和丈夫勘一原本都認爲直接取名「梅」就行了。但葫蘆古堂的大老爺——勘一的父親認爲這名字太普遍，過於無趣，建議再多花腦筋想想。

他是阿近的公公，平時像枯樹一樣寡言，甚至很少笑。儘管如此，只要是和自己第一個孫子有關，他似乎就不能默不作聲。

於是，第一個想出的名字是「梅花」。

對此，勘一面有難色。「感覺像是藝妓的藝名。」

那麼，換個字，改叫「梅香」。

「念起來還不是一樣。」

既然這樣，那就「梅芳」。

「這該怎麼念？ばいほう？這次聽起來像落語家。」

那麼，漢字寫「紅梅」，但輕鬆地念作「はな（註）」如何？勘一聽了，終於發火了。

「爹，你別再開玩笑了。」

大老爺一聽，那滿是皺紋的清瘦臉龐頓時轉爲一本正經，對勘一說道：

「當這孩子懂事時，我已不在人世。得先說點什麼，才能成爲日後聊及過往的好題材啊。」

葫蘆古堂的大老爺，年紀比三島屋的伊兵衛還大上一輪，的確，這個年紀就算什麼時候走都不足爲奇。

聽聞此言，阿近嫣然一笑。勘一也息了怒火。小嬰兒則是什麼也不懂，睡得香甜。

「那麼，爲什麼最後是叫小梅？」

詢問的是大哥伊一郎，說這事的人是母親阿民，富次郎則是爲他們兩人沏焙茶。地點在伊兵衛的起居室，三人圍著家裡的道具當中最古老的長火盆而坐。

註：音同「花」。

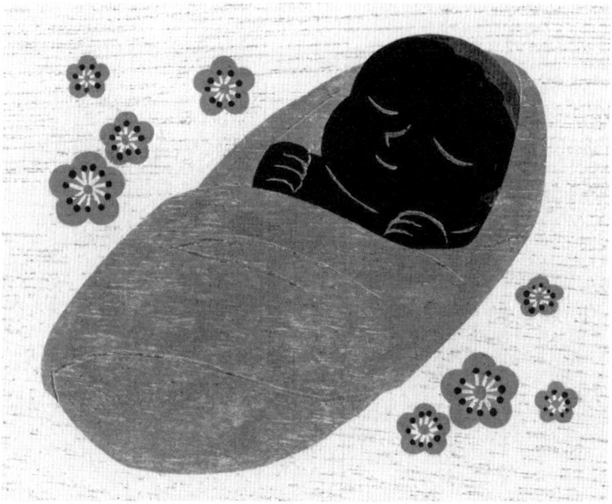

伊兵衛之所以不在，是因爲他此刻在廚房旁的小房間裡，正開心地喝著酒。今天是小梅的「七夜（註）」。伊兵衛和阿民受胡蘆古堂招待，剛剛才返家。

伊兵衛大聲嚷著「我還要喝，快去溫酒」，阿民受不了他，逃進內屋來。沒法子，只好由八十助陪他，阿勝在一旁服侍。

「好像是阿近說，爹說得對，如果取名『梅』的話有點無趣，所以勘一才想出這個名字。」

——希望她長成一位嬌小可愛，雖然嬌小，但受人疼愛的女孩。

「所以才叫小梅嗎？挺不錯的嘛。」

富次郎深表贊同，但伊一郎卻顯得若有所思。阿民也已察覺。

「有什麼讓你感到在意的嗎？」

伊一郎暗哼一聲應道：

「沒什麼……小梅也是半玉常會取的名字。」

半玉指的是藝妓的學徒。

「不過，要是考慮到這方面，將會沒完沒了。父母絞盡腦汁，用心取的名字，便是最好的命名。」

今夜圍著這慶祝的小飯桌而坐，阿民也喝了點酒。頻頻揮手搧著發紅的臉。

「說得也是。伊一郎，再過不久，你同樣也會成爲這樣替孩子絞盡腦汁出主意的身分，到時候我再對你說這句話。」

接著阿民眼珠轉動，以滿是惡作劇的神情望向富次郎。

「你也是哦。」

富次郎逗趣地故做正經狀。「兒謹遵母親大人教誨。不過，得由大哥先來。」

「你只有這時候才會當我大哥。」

「說這什麼話，我一直都當您大哥的。」

「好了，別吵了。娘醉了，我先去睡，你們那位醉鬼父親，就拜託你們了。對八十助眞是過意不去。」

「好的，娘請安歇。」

因爲平安迎接了七夜的到來，身爲阿近堂哥的三島屋兩兄弟，應該很快就會輪到他們抱小梅了吧。剛出生的嬰兒很嬌弱。不管再怎麼開心，再怎麼想爲他們祝賀，都不能大批人馬上門叨擾。

「哎呀，那件事當然也是大哥你先吧。」

「不，如果是要慰勞阿近，還是你先來。你和勘一也比較熟。我去洗澡。」

咦，竟然岔開話題。富次郎被獨自留在原地，感到納悶。大哥是在擔心什麼呢？

——他還沒走出陰影嗎？

伊一郎剛失戀不久。因爲有人前來談婚事，要撮合的對象，是他意中人的姊姊。

註：古時候日本的嬰兒容易早夭，所以出生後平安度過七天，會加以慶祝。

繼阿近之後，如果沒讓伊一郎幸福成家，富次郎便無法安心地當他的小少爺，過他悠哉的生活。

——希望大哥可以早日覓得良緣。

他將自己這好弟弟的心思藏在心裡，前往廚房準備收拾茶具，但很不走運，被伊兵衛逮個正著。老早就已被灌醉，鼾聲如雷的八十助被晾在一旁，富次郎被迫與伊一郎喝到半夜。期盼許久的這場與小梅的初次見面，就這樣延至宿醉完全消退後了。

兩天後的下午，終於前往葫蘆古堂拜訪，與勘一阿近夫婦相見，雙方都喜不自勝，將裹在被子裡的小梅抱在懷中時，富次郎還說道：

「舅舅還有酒味嗎？眞是抱歉呢，我平時不是這個樣子。是因爲妳出生，一時高興，沒想太多，而喝過了頭。妳要原諒舅舅哦。」

阿近瞪大眼睛。「堂哥，你打算要小梅叫你『舅舅』嗎？」

勘一也瞪大眼睛。「不行嗎？」

「可是這樣對堂哥很抱歉呢。」

「叫舅舅很合適啊。」

「叫富次郎哥哥如何？」

「這樣太長了啦。」

這對年輕夫婦爲了這種不重要的小事竊竊私語，一旁的富次郎則是把臉湊向小梅那滿是奶味的臉頰，又哭了起來。

孩子是寶貝。是世上這塊農田結出的珍貴果實。感激不盡、感激不盡。瓜坊大人，我由衷感謝您。

第二話　噹噹人偶

「這是吹什麼風啊。」

也許是因為太過驚訝，才會說出這麼老套的用語。富次郎放鬆緊繃的表情，急忙補上一句。

「不，能再舉辦奇異百物語，我很高興。而且我希望能早點這麼做。」

但他萬萬沒想到，伊一郎竟然會幫他介紹重新舉辦後的第一位說故事者。所以才會大感驚訝，忍不住反問。

「我也萬萬沒想到自己竟然會是打頭陣的人。」

伊一郎嘴角垮下，板著張臉，一點都不像平時的他。

「不過，我也是受人之託，沒辦法。」

身為三島屋繼承人的伊一郎認為，奇異百物語這個「古怪的嗜好」，既然現在阿近都已為人妻、為人母，過著幸福的生活，它可以結束了。沒必要繼續耗費人力和時間。

悠哉的小少爺富次郎，很希望伊一郎能通融這件事，讓奇異百物語再繼續一陣子。「一陣子」究竟是多久，他自己也不知道，這點最令人頭疼。

在奇異百物語中說的故事，聆聽者聽過就忘，這是規矩。富次郎發揮自己的畫功，將聽過的故事畫成水墨畫，然後封印在名為「怪奇草紙」的桐木箱裡，這樣就算聽過就忘。

因此，就算是家人，也不能洩露故事的內容。身為第二位聆聽者的富次郎，甚至不能告訴第一位聆聽者阿近。

所以才不能說。哥，我不管哪方面都不如你，又沒什麼特別的長處，但是拜擔任奇異百物語聆聽者之賜，我得到收穫。就連阿近臨盆時，我也借助了瓜坊大人的力量，克服考驗，助阿近一臂之力。

我不能說。心裡感到既焦急，又不甘心。因為想要說服伊一郎，告訴他奇異百物語有多重要的意義時，偏偏這最有用的武器不能使用。

——我已拿定主意。

這是伊兵衛創設的百物語，所以在伊兵衛開口喊停之前，可以繼續下去。最近富次郎心想，他要豁出去，不讓伊一郎知道，私下偷偷請說故事者前來。

然而，竟然連一開始便負責介紹說故事者的人力仲介商燈庵老人（因為他怪異的長相，稱呼他「蛤蟆仙人」）也對他提出質問。

「關於重新舉辦一事，你們家大少爺怎麼說？」

聽了就有氣。虧富次郎還帶著市街上正火紅的羽衣羊羹當伴手禮，正裝前來拜訪。

「奇異百物語與家兄無關，是我個人決定要繼續舉行。」

「可繼承人是伊一郎先生吧，這不是在家吃閒飯的您可以擅自決定的事吧。」

燈庵老人說，只要沒獲得伊兵衛或伊一郎的正式許可，就不會介紹下一位說故事者。富次郎氣得像鐵壺一樣直冒煙，返回三島屋，獨自走進黑白之間，像小姑娘一樣咬著衣袖，很不甘心。

就在昨天，江戶市內為多處名勝點綴色彩的櫻樹，已開始含苞待放，整個市街就像籠罩在淡桃紅色的雲霧中。明明是在這一整年當中最開朗、柔和、美麗的時節……。

——竟然一直說我是吃閒飯的！

富次郎自己也曾多次這樣開玩笑說道。他從不覺得這句話會這麼令人感到不甘心。燈庵老人不是說「吃閒飯的你」，而是「吃閒飯的您」，這更教人不甘心。正因爲他瞧不起富次郎，才刻意用這樣的敬稱。

——這個蛤蟆老妖，眞是氣死人！

他自己一個人盡情地發怒，因爲咬牙切齒，猛咬衣袖，結果衣袖都被口水沾溼了。儘管如此，他還是極力不表現在臉上，混在家人與夥計當中，重振精神，打算先取得伊兵衛的許可再說。

但最棘手的伊一郎竟然自己跑來請託道：

「有人介紹了一位想在奇異百物語裡說故事的人，你可以決定好日期，邀請對方來嗎？」

富次郎會一臉嚴肅地反問，也是情有可原。

「對方是菱屋的一位客戶，我在那裡工作時，對我多方關照。」

菱屋是伊一郎學做生意的一家雜貨店，一待就是八年。店面位於日本橋通油町。他們將伊一郎當作商人來栽培，予以重用，很看好他未來的發展，店主夫婦甚至還說「不希望他回三島屋」，但說來諷刺，最後卻因爲這對店主夫婦上門談的婚事搞砸了，使得伊一郎比預定的時間提早回三島屋。

所以富次郎也忍不住脫口說道，「哥，你現在應該沒必要賣人情給菱屋吧。」

「我並不是要賣人情給菱屋。你沒仔細聽我說嗎？我說對方是菱屋的一位客戶。」

「感覺菱屋眞是陰魂不散呢。」

「我說你啊，到底想不想重新舉辦奇異百物語？」

見伊一郎漸漸垮下臉來，富次郎也改變了態度。「當然想。請讓我舉辦吧。這工作我接了。」

富次郎恭敬地雙手撐地鞠了一躬後，伊一郎嘆了口氣。那是心中百感交集，宛如一鍋大雜燴般的嘆息。

「……聽說對方一直在等我們的奇異百物語重新開張。」

「既然如此，那眞是求之不得，是我們重新開張的第一位客人。」

「我實在是不了解。跟陌生人聊以前的往事，到底哪裡好？」

見伊一郎那五官端正的臉龐露出眞的很納悶不解的神情，富次郎溫柔地對他說道：

「哥，只要你自己試著說一次，就會明白的。如果沒辦法跟我說的話，可以試著去參加其他的百物語會。」

「用不著你操這個心。」

就這樣，奇異百物語有望重新開張。富次郎馬上拎著比之前送給蛤蟆仙人的伴手禮更高級的羽衣羊羹，前往葫蘆古堂報告這個消息。

阿近和勘一見富次郎「很希望能繼續下去」的願望成眞，都很替他高興，而剛喝完奶睡著的小梅，也展現嬰兒特有的睡眠微笑，爲富次郎注入了活力。

「可是堂哥，如果當聆聽者會令你覺得痛苦，請一定要告訴我哦。」

因爲這充滿溫情的一句話，富次郎突然想到一件事，向阿近問道：

「阿近，妳可曾因爲覺得痛苦，而不想再當聆聽者？」

阿近就像有個小小的虛幻之物——例如像櫻花花瓣落向額頭一樣，露出微微驚訝的表情。

「我沒這麼想過。」

雖然也不是完全沒有痛苦的時候。

「故事中登場的人們所遭遇的事，讓人覺得殘酷、可怕，或者因爲是已經發生的事，無法挽回，所以令人感到生氣、悲傷。」

但從沒想過要停止當聆聽者。

「阿近，妳認爲奇異百物語很重要，對吧。」

我也是同樣的心思。待回過神來，富次郎已開口這樣說道：

「我這位沒吃過苦，個性樂天逍遙的小少爺，雖然不知天高地厚，但我也有我重視的事物。只要有人想說故事，我就會邀請對方到黑白之間做客。」

抱著小梅的勘一，就像在看什麼耀眼的事物般，瞇起眼睛，朝富次郎點頭。

隔天下午造訪三島屋的說故事者，是一位商人模樣，與富次郎年紀相仿的年輕人。藏青底色搭上淡藍色網狀條紋的衣服，爲綢緞布料，想必是他的正式服裝。頭上梳理著小小的本多髻，月代剃得乾淨光亮，也許是在來這裡之前，先到梳頭店整理過一番。

伊一郎說對方是菱屋的客戶。這麼說來，這名年輕人肯定不是他們派來的夥計，而是店主的家人。

不過，年輕人身上繫的腰帶爲一本獨鈷（廉價的博多帶）（註），看起來相當老舊。與上好的衣服搭配在一起，乍看顯得格格不入。

——今天要說的故事之妙趣所在，是否就暗藏其中呢？

富次郎馬上展開推測，爲之雀躍。

說故事者坐的上座處，後方壁龕裡的掛軸一如往常，貼著一張白紙。高瘦形的青瓷花瓶，裡頭插著和目前開始在江戶市內綻放的櫻花同種的枝垂櫻，模樣嬌羞地垂落著。

富次郎心想，枝垂櫻模樣可愛、嫻雅，但其實它是很堅韌的花。它輕柔地避開強勁的春風，讓頻頻飄降的春雨舒服地潤澤它的身軀。今日，在這樣的花朵前，坐著一名看起來精力充沛的年輕人。可能是有點緊張的緣故，耳垂泛紅。

「這次要麻煩您多多擔待了。」

年輕人以一本正經的口吻說道，用力鞠了一躬。額頭會撞到地面——富次郎這麼想，差點笑了出來。

「歡迎來到三島屋的奇異百物語。我擔任聆聽者，名叫富次郎。」

他如此說道，也回了一禮。

註：一本獨鈷：在腰帶中央織一道獨鈷圖案的博多腰帶。獨鈷是密教所用的金剛杵。

「我們好像年紀相近，身分應該也差不多。請不必拘束，可以放輕鬆沒關係。」

年輕人聞言，眼角和嘴角的緊繃頓時瓦解。雖然稱不上牛鈴般的大眼，但他有一對渾圓的黑眼珠，如同水分飽滿，色澤晶亮的黑豆。

「謝謝您。」

聲音也像黑豆一樣甘甜。

「小店丸升屋位於人形町的十軒店，我是家中的三男，名叫文三郎。」

丸升屋。咦？富次郎聽過這個屋號。

「丸升屋是專賣味噌和味噌醬菜的店家，對吧。」

「啊，您知道？」

文三郎那紅潤的臉，浮現爽朗的喜色。

「何止知道，丸升屋的『懷中味噌湯』是我的最愛啊。」

所謂的懷中味噌湯，指的是只要有熱水，隨時隨地都能吃的味噌湯。以味噌裹住鰹魚粉、乾燥後的蔥、海帶芽等，作成丸子，再以薄紙包覆。想吃的時候，就撕開薄紙，丟進容器裡，倒入熱水，就是一碗味噌湯了。

「雖然我家每天早上家母都會用大鍋煮美味的味噌湯，但懷中味噌湯的味道不一樣，有它的獨到之處。」

「謝謝您的誇獎。」文三郎開朗地說道，「小店的懷中味噌湯，投注了別家沒有的心思。當初是我祖父發明……對了，接下來要說的，也是從我祖父那裡聽來的故事。」

似乎進展得很順利。

「請等一下。文三郎先生，您從燈庵先生那裡聽說過我們奇異百物語的規矩嗎？」

地名、店名、名字、地點等，可以隱而不表。

「是的，我聽說過，不過，我要說的故事沒必要特別隱瞞身分。應該說，剛好去年的這時候，我祖父過世，這故事也有了完結，但要是因爲這樣就遺忘，未免也太過鬆懈……。說起來，這算是我自己的想法，不過……。」

還是很希望能在三島屋說出這個故事。

從祖父那裡聽來的這個故事已經「完結」，這麼一來就「太過鬆懈」。這樣的說法，不僅神祕，也很文雅。

——應該是個有趣的人。

才剛這麼想，文三郎笑咪咪地向他問道：

「富次郎先生，您過年時在店門前當服裝人偶（模特兒），對吧？」

之前被迫做那項丟人的工作，沒想到影響至今仍在。

「讓您見笑了。」

不不不，哪兒的話呢！文三郎高聲應道。

「家母和舍妹，從以前就很喜歡三島屋的商品。」

「謝謝惠顧。」

「她們說那天更是特別，兩人買了好幾條圍巾和披肩。她們出門後遲遲沒回家，於是我特地前來接人。正好看到當時您在三島屋店門前走步的模樣。」

眞是羞死人了，這次換富次郎耳垂泛紅。

「我那是被家兄強迫……。我根本就不想當什麼服裝人偶。」

「不，您眞是架勢十足啊。看起來簡直就跟藝人一樣。擺姿勢也有模有樣。」

文三郎邊說邊擺出像在揮刀的模樣。動作有點古怪，就像是在揮動比大刀更長的刀——像在揮動竹竿一樣。但這不是槍術。看起來像劍術。

「就像這樣、這樣、這樣。」文三郎停下動作，恢復正經的表情。「其實這也會出現在我祖父的故事中。」

這根本是在吊人胃口嘛。

「啊，眞是期待。那麼，您可以開始說了嗎？」

在富次郎的催促下，文三郎仍是那一本正經的表情，悄聲低語道：

「當然這就開始，不過……茶和點心……。」

「咦？」

富次郎先是一驚，接著噗哧一笑。

「眞是抱歉。當然有。這就給您送上。」

富次郎事先爲今天的說故事者準備的，是名叫「花筏」的漂亮練菓子。在偏軟的羊羹（但不是水羊羹）的上層作出清澈水流以及從上面漂過的櫻花花瓣裝飾。這裝飾用的也是乾菓子，所以不光能和羊羹一起吃，吃起來也更加可口。

富次郎心想，視說故事者而定，有人可能會覺得光這樣吃起來不夠滿足，因而也從他常光顧的其他點心店一併買回了豆餅。茶備有多種番茶，可視說故事者的喜好挑選。

「眞是抱歉，這麼貪吃。」

文三郎一臉尷尬，但他望著富次郎準備茶點的眼睛閃耀著期待的光輝。

「因爲我聽說，就算不是來參加奇異百物語，只要是三島屋的訪客，都能接受美味的茶點款待。」

原來還有這種傳聞啊。富次郎原本不知道，但聽了之後，心裡略感得意。會傳出這樣的傳聞，應該是在我回到三島屋之後，算是我的功勞。之前的三島屋，不論是伊兵衛、阿民，還是掌櫃八十助，應該沒有那樣的情趣，在款待客人的茶點上用心，也不懂款待的方法。另一方面，自從富次郎回來後，阿民都常會找他討論這方面的事。明天來自哪裡的某某某要到店裡，拿什麼招待對方好，你幫忙出個主意吧。

「文三郎先生也喜歡甜食嗎？」

「只要是好吃的東西，我都喜歡。」

果然是個好人。文三郎選的是茶莖較多的棒茶，所以黑白之間瀰漫著這樣的樸素茶香。

「就像我剛才說的，接下來我要講的故事，是從我祖父……我爺爺這邊聽來的故事。」

文三郎開心地品嚐花筏，開口說道：

「丸升屋到我爹手上，算是第五代。每一代的店主都繼承文左衛門這個名字，這是我們的規矩，我祖父是第四代文左衛門，他享壽八十八歲。」

文三郎說到這裡，笑得滿臉笑紋。「我們一家人素來長壽。我爹年近古稀，別說駝背了，他那腰板挺直的模樣，不禁讓人懷疑他背後是否撐著一支頂門棍。拜此之賜，家中的繼承人文一郎——這是我大哥，明明都已經有幾個年紀大的孫子了，但他到現在卻還是少爺的身分，沒什麼地位，令人覺得既可憐，又有趣。」

文三郎家中共有六個兄弟姊妹，三男三女，他排行老么。

「而且只有我一個年紀小他們許多。我今年二十二，與我大哥的次子同年。」

富次郎今年初春便二十四歲了。「這樣的話，我還大您兩歲。」

「哎呀。」文三郎發出一聲意外的驚呼。「我還以為我們同年呢。」

「其實也差沒幾歲。如果家住得近，就算小時候上同一處習字所也不足為奇，如果是那樣，就能和您當好朋友了。會時常一起去買吃的。」

「有再多零用錢都不夠用。」

兩人愉快地相視而笑。

「因為這個緣故，我從小就是個多餘的豆渣。」

習字所的同伴都笑他是味噌店多餘的豆渣。

「我父母都上了年紀，兄姊別說搭理我了，記得他們常嫌我煩。可能是覺得我可憐吧，只有我祖父疼我。」

因此，祖父講故事的對象，大概也只有我。

「託他的福，我才得以目睹一生僅只一次機會看到的奇妙之物。」

說完後，文三郎眨了眨眼，望向富次郎。

「在群花的邀約下，不管是再沒情趣的人，也會想要瀟灑一下，這季節想必是三島屋賺錢的旺季。各位應該都沒空去逛雛市吧。」

雛市是販售雛祭（註）當天裝飾的雛人偶及相關裝飾道具的市集。每年二月二十五日到三月二日這段期間，在人形町、尾張町、麴町等地都會設立這種市集，相當熱鬧。

「不，我們店裡的裁縫女工，有些是還沒出嫁的姑娘，所以會在工作的地方裝飾雛人偶，我娘也會和年輕姑娘一起去逛。我和雛祭無緣，一直都還沒機會去逛逛。」

當初阿近在三島屋時，雛祭不知都怎麼過。沒問過她這件事，而且也沒在意過這件事。

「我也和雛人偶無緣，不過，因爲我們丸升屋所在地點的緣故，就算再怎麼排斥，每年還是會有很多人從雛市湧來。」

位於人形町十軒店的雛市，是人潮最多的地方。

「人形町和雛人偶並無多大關聯，所以並非平時就是整排的人偶店。因此只有在一年一次的雛市這時候，就算是平時做其他生意的店家，也會改賣起雛人偶，或是原本的生意先暫停，把店面租給雛人偶店。這樣能收到一筆豐厚的店租。」

丸升屋算是後者。

「每年二月二十四日這天，我們一家人搬往我們位於入谷的別宅。夥計幾乎也都一起帶過去，

註：又稱女兒節，日本女孩的節日，在三月三日這天。

不過還是會留一些人在店裡顧店，收日租，幫忙雛人偶店的生意。」

富次郎很坦率地表現出他的驚訝。「丸升屋有這麼一段暫停營業的時間，我都不知道呢。」

「我們眞的只出租店門口的攤位，店裡販售的商品還是照舊，要是有老客戶前來買味噌或懷中味噌湯，我們一樣會招呼。和完全暫停營業不一樣。」

只有與懷中味噌湯同屬丸升屋招牌商品的幾種味噌醃魚，在二十四日當天會全部銷售一空。爲了不留下剩貨，會降價銷售，所以知情的老顧客都會蜂擁而至，生意興隆。

「因此，我們也很感謝。」

像三島屋這樣的提袋店、雜貨店、菸店，就算暫時改爲雛人偶店，或是將店面租借給雛人偶店，他們原本的商品都是乾貨，所以不會有什麼麻煩。但丸升屋是味噌店。商品會有氣味，味噌的氣味都深深滲進店內的牆壁和地板裡。在這種地方賣雛人偶多少有點不利，丸升屋考量到這點，租金收得比十軒店其他商家便宜，所以沒人租店的情況一次也沒發生過。

「店租降價的部分，就以二十四日當天銷售賺的錢來打平。」

「可說是對雙方都有利的交易。」

懂得這樣精打細算，就是好商人。

「你們大家住別宅的那段時間，都怎樣過日子？」

「那可教人意外了，沒想像中的悠哉。」

丸升屋的男人會監督夥計，要他們認眞投入平時落後的讀書寫字以及學習生意知識。而不管改住哪裡，女人還是無法停下煮飯洗衣的工作，一樣忙碌工作。也要花時間在平時疏於注意的別宅打掃和維修上，反而更加忙碌。

「入谷的別宅矗立於田地中央。有水井和馬廄，是一棟氣派的雙層樓房。」

商家的別宅又稱作寮。可供受傷或生病的家人和夥計在此休養，當本宅因火災或水災而不能居住時，可充當避難所，用途多樣。有時還會作爲養老的居所，更有老爺或少爺偷偷用來金屋藏嬌，東窗事發，引發軒然大波的情形。

三島屋沒有這樣的需要，過去也沒人詢問過他們是否要租屋（或是買屋）作爲別宅使用，所以過去家人之間都沒談過這個話題。並非財力雄厚的商家都一定會有別宅，而且就算有，也得維護，得另外花錢。

「我家的別宅，似乎是在我曾祖父那一代就有了，不過，我和哥哥姊姊都沒聽過它的詳細由來。就算什麼都沒聽說，也是理所當然的事，因爲我們只在雛市的時候才會去。」

說到這裡，文三郎微微蹙眉。

「呃……這故事和別宅沒多大關係，不過，和我祖父待過別宅有關。這方面該怎麼說好呢。」

這可麻煩呢——文三郎的表情益發扭曲。富次郎溫柔地對他笑著說道：

「如果有聽不懂的地方，每次我都會主動提問。請不用想得太複雜，想說什麼就說。」

「話雖如此……。」

他就像突然感到腹痛般，雙手環抱著身軀。

「乾脆交由您來提問，這樣比較好說明，但這樣可以嗎？」

富次郎也很想這麼做，不過該從何問起好呢？

「那麼，文兄。」

「咦？」

「稱呼文三郎先生太麻煩了，我直接叫您文兄。至於您要叫我富兄，還是小富，隨您決定。」

「那我就叫您小富。」文三郎如此說道，眼神轉爲輕鬆。「您可以叫我小文，接下來我們就不用太拘束吧！」

「好，開始了。」富次郎也決定拿出幹勁來。「首先，這個故事的主角是誰？」

「主角？你的意思是指，這是誰經歷過的事嗎？」

「嗯，就是這個意思。」

「如果是這樣的話，是第一代的文左衛門。我的曾曾曾祖父。」

回溯到那麼久以前的故事，應該是文三郎從他祖父那裡聽來的。

「這麼說來，那件事是幕府開創太平盛世後沒多久的事嘍？」

「大概就是那個時候吧？當時第一代文左衛門從遠離江戶的……。」

文三郎就像發出一聲驚呼般，突然閉上嘴，壓低聲音說道：

「剛才我雖然那樣說，但我現在覺得不能說出眞正的地名。」

富次郎接受他的請求。「沒問題，既然這樣，就取個假名吧。不論是藩名、町、村，還是藩主的名字，都可以取假名。」

「小富，你可眞熟練呢。」

文三郎眨著眼說道：

「看來，得先決定好藩名，會比較好講……。」
「叫三島藩可以嗎？」
「這樣對三島屋不好意思。因爲在那個藩裡發生的不是好事。」
「這樣的話，改叫四島藩。不，乾脆叫橫島藩（註一），你看怎樣？」
這個好——文三郎點頭如搗蒜。「至於藩主，就稱他是橫島藩的『少爺之助』吧。他眞的還很年輕，才剛以新藩主的身分回藩國（註二），所以對領地內的情況還不太清楚。」
「這是常有的事。」
雖然只從書本中看過，但富次郎試著處之泰然地說道。不懂裝懂是一種罪過，但感覺很不錯。
「另外還需要他直轄地的村莊名稱，以及代官的名字。」
「嗯……村莊叫三倉村如何？」
「很有那種感覺，不錯呢！」
「那位代官是壞蛋嗎？」
「是個十惡不赦的壞蛋。」
「那就叫他十惡彈正（註三）吧。」

註一：「橫島」念作よこしま，有邪惡、不正的意思。
註二：江戶時代的領主在「參勤交代」的制度下，須時常往返於江戶與藩國兩地。
註三：彈正是古代的官名。

文三郎拍手大樂。「小富，你眞厲害。聽起來就像眞的是這個名字一樣。」

這樣終於能回到起點了。

「橫島藩是個寒冷的北方藩國。雖然有稻米的收成，但除此之外，就沒什麼特別的產物了。第一代當家從八歲起，便在城下町一家名叫石和屋的味噌醬油批發店裡工作。他聽說前一年江戶的市町發生大火，連城裡的望樓都也付之一炬，心想，那麼危險的地方，他一輩子都不要去。」

那場大火應該是明曆大火——亦即所謂的振袖大火（註）。那場火災，正是讓江戶市街能像現在這麼整齊完備的契機。

明明已是這麼久以前的故事，但文三郎卻還要一本正經地隱藏眞正的藩名，想必是因爲那個藩至今仍在吧。富次郎在詢問時，非得小心這點不可。因爲「在那個藩裡發生的不是好事」。

「第一代當家也叫文左衛門，可以嗎？」

面對富次郎的詢問，文三郎偏著頭微微一笑。「第一代當家在開設丸升屋後，之所以以文左衛門這名字自居，是因爲他原名叫文一。」

他是個沒父沒母，無人可依靠的孩子。

「連父親是誰都不知道。母親又是個不檢點的女人，生下文一後，就和別的男人私奔了……。」

好像是位茶室女郎。

「第一代當家就由那間茶屋養大，他在文月（七月）一日出生，所以取名文一。但進入石和屋工作後，比他年長的夥計都笑他是一文不値的孤兒，向來都叫他『一文』。」

但一文工作認勤奮。雖然從小一直都吃不飽，但他身強體健，因此就算店裡的人老是喚道「一文，去做那個」、「一文，來做這個」，把他當牛馬使喚，但他都不會因此而意志消沉。他個性忠厚，耐力強，沉默寡言，所以容易被人輕視，但他本人對此毫不在意。

「因爲味噌和醬油桶很沉重。身體自然因爲這種粗重活而得到鍛鍊。而且第一代當家的腦袋不差。」

石和屋裡沒人會好好教一個像牛馬一樣幹粗活的孩子讀書寫字和算盤。但一文邊看邊學，某天，一位二掌櫃發現了這件事，便親切地教導他。

「這位二掌櫃是位手腳比嘴巴還要勤快的人。名叫……。」

文三郎思索了一會兒後說道：

「不用假名，就照我祖父說的來講吧。他名叫勇次，店裡的人都叫他『勇哥』。」

勇哥也是和家人緣薄的男人，是位苦命人。他很看好一文，對他特別關照。

話說，石和屋的生意，客戶幾乎都集中在城下町內，不過向釀造商收購味噌和醬油，則必須前往領地內的各個地方。

「掌管店內帳房的有大掌櫃，以及底下的三名二掌櫃，他們有各自負責的區域，要拜訪領地內的各個合作商家。」

註：振袖大火發生於江戶，起因是一場葬禮。一名少女在火化時，身著紫色振袖（寬袖和服）。結果因風勢太大，火勢一路燒到江戶城，因此稱爲「振袖大火」。

因為味噌和醬油的搬運，會請釀造商所在地的飛腳（註）派遣店處理，但包含支票的收受在內，不能所有事全都交由飛腳處理。

「看好一文的勇哥……。」

——這小子日後有一天會背著石和屋的招牌走在領地內。因為他有望成為這樣的能幹夥計。

「他說服石和屋的老爺，從一文十四歲那年開始，便帶著他一起四處拜訪客戶。」

一文當時的資歷，還只是個幫忙跑腿的童工。一般來說，就算會引來其他夥計的忌妒也是沒辦法的事，不過……。

「橫島藩的海，浪潮洶湧，山林則是地形險峻，而且因為要與釀造商做生意，就算盛夏或隆冬也得踏上旅程，所以沒人羨慕他。」

不只如此，如果有兩人同行也可壯膽不少，所以這項工作就落到他身上了。

「我聽祖父說的故事，就是一文和勇哥一起從事這項工作後，在他十六歲那年發生的事。」

說到這裡，文三郎發出「噢」的一聲，重重吁了口氣，手抵著胸口。

「講到這裡，還算順利吧。小富，我這樣講你聽得懂嗎？」

「聽得懂，很想早點聽到後續發展。」

富次郎心中已浮現兩位個性相似，都很文靜的商人，背負著石和屋的屋號，默默走在白浪翻騰的岸邊、白天也一樣昏暗的山中峽道、橫向吹來的大雨中、烈陽高照、塵土飛揚的道路上。

文三郎開心地瞇起眼，接著說道：

「時間來到剛過完年不久，橫島藩的山間，乾枯的群樹枝頭仍處在結凍狀態。月曆上雖已邁入春天，但完全感受不到春意。」

過年後已十六歲的一文，與三十七歲的二掌櫃勇次，翻越領地內北邊的荒尾嶺，往三倉村而去。

「他們做夢也沒想到，前方有這麼一件大事在等著他們。」

✦

簡直快凍死人了。

一文走在翻越山嶺的道路上，不知道第幾次在心裡這樣嘀咕著。

過去他們一年會有兩次造訪三倉村，分別是在盛夏和年初的這時候。每年夏天都覺得炎熱，總是心想「今年是最熱的一次」。但在年初時翻越山嶺，一文從來不曾覺得這麼冷過。那勇哥又是怎麼覺得呢？

註：類似現今的郵差或送貨員。

——他們這裡算是領地內很難生活的地方，我很佩服三倉村的居民。因爲勇哥不只一次這樣說過，所以對於這一帶土地冬天的酷寒，以及夏天的熾熱，他現在可能不會再多說什麼。

經這麼一提才想到，去年夏天造訪此地時，村長家起了紛爭，勇哥忙著居中仲裁，根本沒空談生意。一文當時的注意力全被高聳入天的積雨雲、幾乎都快把農田穿出洞來的猛烈驟雨、撕裂天空的閃電所吸引，至今仍不清楚當時是怎樣的紛爭，如何擺平。

如果是石和屋的人非知道不可的事，勇哥自然會告訴他。他當時就抱持這麼簡單的想法，也沒細問。

三倉村是位於深山裡的村莊。這裡的土地原本就不適合稻作。就算勉強在斜坡上耕種，要引水灌溉也是件苦差事，只能種旱稻。就算栽種，最後也時常只結出稻穗，稻穀卻是空殼，沒有收成，令人欲哭無淚。

所以村裡的主要農作是豆子。其中，黃豆雖然顆粒小，卻有很好的品質。以這種大豆作出的三倉味噌，在城下町被哄抬成奢侈品，能高價賣出。人們還誇張地吹捧說「一升的味噌等同一升的銀兩」，足見它多受歡迎。

三倉味噌的釀造商並非某戶人家，也不是店面，而是村裡的「味噌互助會」。負責統管的人是村長，底下的村民耕種豆田，投入味噌的釀造工作。賺得的錢會先上繳年貢，再從城下的米行購買足以供村民一年份食用的稻米，剩下的按照在味噌互助會裡工作的村民人數分配，當作工資發放給每一個人，採這樣的組織結構。

另外還有「人偶互助會」，也是同樣的組織結構，唯有製作的物品不同。這是製作陶偶來做生意的互助會。統管的人是村長的妻子，裡頭工作的大多是女性。

在橫島領地內，自古就盛行製作驅魔或吉祥物的陶偶。還有十二生肖、達磨、舞獅、鶴和鴛鴦、惠比壽、大黑天、毘沙門天。雖是簡樸可愛的裝飾和孩子的玩具，但這十年來在其他地方也頗有人氣，製作完後都銷售一空。因爲在此太平盛世，許多人雖然平日生活中不需要這些東西，但他們都想在身邊擺個美觀又賞心悅目的東西。

三倉味噌是他們加入獨門祕方的產品，而陶偶則是當初下級藩士的妻女當副業展開的工作，有這麼一段歷史，現在有一半是村裡自行在上頭作畫販售，另一半是只負責上釉作成「素陶偶」，批發給城下的人偶店，供這些人當副業掙錢。

就像這樣，不是種稻繳交稻米當年貢，而是以販售其他產品賺得的銀兩當年貢，而且以這筆錢向別處買來足以養活村民的稻米。在這種做法獲得代官所同意，公然施行之前，三倉村歷經了一段艱辛的歲月。在戰國時代，由於荒尾嶺是當地的北方要衝，這裡雖是地形險峻的山村，卻被劃爲藏入地（地方上的收穫直接成爲領主收入的直轄領地），明明種不出稻米來繳交年貢，但還是不斷被壓榨，流著血淚緊守著這塊土地，有這麼一段辛酸的歷史。

勇哥以及他的跟屁蟲一文，在每年兩度造訪此地的時候，總會聽熱情款待他們的村民提到這段歷史，聽到耳朵都快長繭了。起初還聽得很認眞，但最近都只是點頭，左耳進右耳出。

他們順著翻越山嶺的道路緩緩下行。走在一文前面的勇次，他的步伐比登山時還要緩慢。

明明已將近中午時分，但今天一早便烏雲密布，完全看不到太陽露臉。勇次此刻也雙手靠在脣前，朝手掌哈氣。

「很、很冷，對吧。」

一文一路上一直都沒說話，所以嘴脣黏在一起，無法順利說話。

「以前沒這麼冷……對吧。」

勇次個頭矮小，比又瘦又高的一文還矮一顆頭。他微微轉頭往後望，但光是這樣仍看不到一文的臉，所以他慵懶地抬起下巴說道：

「只是你不知道而已。這種情況大約十年就會有一次。儘管新年已過，裝在甕裡的水還是會結凍。」

「咦？」一文大感驚訝。

「我一定沒辦法在這種山裡生活。」

「在村裡絕不能說這種話。」

「嗯，我不會說。」

雖然兩人向來都沉默寡言，但只有他們兩人在的時候，還是會交談。說話口吻也不怎麼客氣，而是直來直往。

「水那麼冷的話，不會對釀造味噌帶來影響嗎？」

一文朝勇次背後詢問，同樣呼出雪白的氣息。旋即被北風帶走，消失無蹤。

「用不著操這個心。寒氣愈冷的年份，反而釀得更好……。」

這時，勇次突然停下腳步。一文就此撞向這位二掌櫃背後，哇了一聲。

「怎麼了，勇哥？」

勇次下巴往內收，擺出防備架勢，注視著又乾又硬的道路前方。道路左右兩旁是雜樹林和枯草，早上想必立起霜柱。因爲現在已經融化，草叢與道路的交界處，泥巴就像波浪般起伏交疊。

「……什麼人！」

勇次朝乾枯的草叢叫喚。在他右手前方，一處道路微微往左彎，草叢前方鼓起的地方。

「你在那裡做什麼。爲什麼要躲起來？」

那不是逼問的口吻，而是勇次平時沉穩的聲音。光憑這樣，根本不知道發生何事。一文朝勇次望了一眼，接著目光移向乾枯的草叢，然後又移回勇次臉上。

草叢一陣騷動。像細長的雙刃劍般高大的雜草一陣搖晃。

這時，有人推開草叢站起身。

此人就像頭掉了似的，低垂著頭，所以看不到長相。穿著一件骯髒的棉襖，脖子上纏著一條破破爛爛的手巾。而且頂著顆光頭。別說髮髻了，連一根頭髮也沒有。

託那兩個互助會之福，變得相當富裕的三倉村，在領地北部算是人數特別多的村莊。但當中像這樣的光頭只有一人。

「妳是阿敏吧？」

在一文叫喚這個名字的同時，那顆光頭從草叢中一躍而出。手中還握著一把握柄粗大的利器。

——是木節刨刀。她手裡握著木節刨刀。

他馬上產生這個念頭。這是橫島藩的山村特有的道具，握柄粗大，與木匠用的鑿子很類似，能用來刨除木材上的木節，所以才有這樣的名稱。

一文像傻瓜般，腦中悠哉地想著這件事，但另一方面，身體卻想逃。那飛快的一瞬間，感覺變得像永遠一樣漫長。他因焦急而雙腳打結，跌坐地上。阿敏雙手重新將木節刨刀握牢，朝他衝了過來。

——我會被刺中！

緊接著下個瞬間，阿敏就像被強風捲走般，絆了一跤，背部撞向地面，高高地揚起塵埃。木節刨刀因此脫手，在空中轉了三圈，飛向乾枯的草叢。

「阿敏，妳到底是怎麼了！」

叫喚的人是勇次。看，是她阻止了朝一文衝來的阿敏，並將她摔飛出去。

那光頭的女子——阿敏，新年一過，應該就十五歲了。是三倉村的第一美女。從她十歲左右開始，便難掩她的美貌。儘管在田裡工作，受盡風吹雨打，仍保有那頭烏黑亮麗的秀髮。儘管烈日燒炙，雙頰也不會曬得過黑，仍保有柔嫩。阿敏全身上下會展現出山村刻苦生活的，就只有粗糙的雙手和指甲，其他部位則和城下的藝妓或商家的大小姐一樣漂亮。

「勇哥，你人面廣，可以幫阿敏介紹個好工作嗎？」

「不能讓她當廚房女侍，要找個能突顯她美貌的工作。這樣她或許還會被主君看上。」

阿敏的父母、哥哥、其他爲阿敏的美貌著迷的許多村內男性，大家都來向勇次拜託。甚至連毫無口才可言的一文，也有人爲了這件事來求他，所以勇次想必是聽到耳朵都快長繭了。雖然勇次都是以微笑來敷衍帶過。

那些向勇次推薦阿敏的人所說的話，他之所以都巧妙閃躲，是因爲當事人阿敏曾經清楚告訴他「我不想靠外貌來謀生」。

「我不想成爲那麼無趣的女人。」

阿敏想當一名陶偶師傅。想成爲靠這門技藝謀生的出色工匠。

「我想作出漂亮的陶偶，讓三倉村不光只有味噌，也能靠陶偶出名。」

阿敏的父親在村裡數一數二的大地主底下當佃農老大，阿敏的哥哥也一起在田裡工作。母親在村裡的味噌互助會裡工作，同時也是位技藝純熟陶偶的工匠，阿敏從小就在母親身邊幫忙，邊看邊學，就此學會這門技藝。比村裡任何一位女性或小孩都還要熱中。

阿敏並非因爲這是家中的職業、爲了糊口、因爲比在豆田裡除草來得輕鬆，才作陶偶。她是發自內心喜歡作陶偶，對這項手工藝深感自豪。

「如果妳想讓村裡的陶偶作得更好，最好到外頭去一趟，看看城下町或其他村子的陶偶。話說回來，陶偶並非是只有我們橫島藩才有的產物。花卷和米澤也有許多出色的陶偶哦。」

一文也曾在一旁聽勇哥對阿敏這樣說過。當時的阿敏，她渾圓的眼瞳深處就像點亮了燈一樣。白皙的臉頰泛起紅潮，漂亮的臉蛋像滿月般閃閃生輝，美得就連深知這姑娘的頑固脾氣非比尋常的一文，一時也看得入迷。

「這樣啊……。我也得試著離開村子，到外頭見識一下才行。」

「到城下向有自己名號的陶偶工匠拜師，也是個方法。」

「爲了這種事而前往城下，我爹娘不會答應的。」

「另外找個藉口不就行了嗎？妳如果眞心想這麼做，我會全力幫妳的。」

只要請石和屋的老爺當後盾，以當女侍的名義請到城下來，接下來有的是辦法。因爲就形式上來看，這就如那些想推銷阿敏美貌的人們所期望的一樣，沒人會攔阻。

「嘩，勇哥眞是可靠。」

「不過阿敏，妳要是來到市町，眞的被大人物看上，到時候我可幫不了你哦。」

「……我會用鍋底的黑灰塗在臉上。」

三人這樣交談，相視而笑，正好是一年前的事。

勇次並非只是口頭答應。他回到石和屋後，便向老爺坦白說明此事，並獲得老爺首肯。

「如果她是眞心想當工匠學徒，十四歲已經算晚了。得趕快處理才行。」

老爺如此說道，馬上寫了封信寄給三倉村的村長。如果談成，勇次與石和屋的女侍總管兩人便會前往迎接阿敏。正當一切安排妥當時，收到了村長的回信。

信中提到可怕的內容。說阿敏感染風寒，病情惡化，高燒不退，已接連臥床數日，再下去恐有性命之危。

勇次和一文就算趕去，也幫不了什麼忙。非但如此，老爺還嚴厲向他們叮囑道：

「她高燒不退，恐怕不是一般風寒，可能是疱瘡。不可隨便靠近。」

就這樣，每天過著提心吊膽的生活。

等三倉村寄來第二封信，已過了一個月又十二天。

信中提到阿敏撿回一命。雖然瘦得只剩皮包骨，但現在由家人照顧，逐漸好轉。信中最後還補上一段令人心痛的描述。

雖然保住了一命，但阿敏卻失去那頭美麗的秀髮，就像是用它來換回性命般。頭髮掉得連一根都不剩。現在像和尚一樣，頂著一顆光溜溜的腦袋。

就連一文也知道，頭髮號稱是「女人的性命」。不知阿敏有多傷心。一文為此緊咬著嘴脣，但勇次卻對他說：

「這樣不是很好嗎。以頭髮當交換，這樣就能挑選自己喜歡的道路了。」

一個頂著光頭的姑娘，已經沒人會對她抱持期待。既不會被主君看上，也成不了當紅藝伎。

到了盛夏時節，勇次和一文造訪三倉村，在互助會的村民帶領下參觀味噌倉庫時，阿敏一身工作服打扮，頭上纏著手巾走來。

「雖然我變成這副模樣，但我一切安好哦。」

取下手巾一看，阿敏頭上眞的連一根頭髮都不剩。

「因爲連眉毛也全脫落了，所以我娘替我買了眉筆。買那麼貴的東西，眞是浪費，明明用鍋底的黑灰就夠了。」

阿敏說著說著，眼淚撲簌而下。勇次朝她走近，輕撫她的頭。替他們帶路的村民轉過身去，悄悄離開。

「爲什麼連一文也哭了？」

哭得跟淚人兒似的阿敏出言調侃，一文這才發現自己也流下兩行熱淚。

「阿敏，」勇哥以沉著渾厚的聲音喚道，「妳應該知道，這麼一來，妳就無法馬上找到前往城下町的好藉口了。今後，妳要潛心精進，作出好的陶偶。就妳現在能力所及，作出連自己都無法再超越的漂亮陶偶。」

到時候我會帶著它回城下，替妳找尋願意當妳師傅的工匠。

「妳並非失去了頭髮。是賣掉了頭髮。今後爲了能隨心所欲地生活，妳賣掉了頭髮，買下自己的人生。」

阿敏矗立原地，將原本用來遮掩光頭的手巾揉成一團，用它來拭淚。

「我明白了。我一定會作出讓勇哥大吃一驚的陶偶！」

從那之後過了半年。雖然兩人在路上都沒隨便開口提這件事，但一文和勇次都很期待與阿敏的這次會面。

而另一方面，一文也很害怕。就算阿敏再堅強，會不會也因此受挫呢？她眞的全力投入作陶偶的工作中嗎？和她見面固然好，但要是她對半年前的約定擺出根本那沒回事的表情，那該怎麼辦？要是反過來，她因爲覺得尷尬而避不見面，那又該怎麼辦？

然而，不管事前做了什麼想像，此刻遭阿敏用木節刨刀攻擊，當眞是做夢也沒想到。

「……眞的是阿敏，對吧。後面沒有尾巴吧？」

應該沒有狐狸會大白天跑出來嚇人，但一文還是不禁產生這個蠢念頭，說了出口。

阿敏仰躺在地上，雙目緊閉。她那垂落的嘴角微動。

「……殺了我吧。」

一文與勇次互望一眼。

「妳在說什麼啊？」

一文以顫抖的聲音反問，阿敏仍舊閉著眼睛，只有嘴巴大大地張開，打斷一文的話，朗聲說道。「我叫你們殺了我！跟村裡的人們一樣，連我也一併收拾掉不就好了嗎！」

她如此叫喊，猛然躍起身，這次改朝勇次撲去。她再度被捉住，一個翻身，重重撞向地面。一文已比剛才冷靜許多，他發現勇次爲了不讓阿敏受傷，在將她摔向地面前，控制了力道。

「妳說的這番話，教人無法聽過就算了。」

勇次馬上轉爲嚴峻的表情，迅速跪向倒在地上的阿敏身旁，揪住她的衣襟，一把提了起來。

「三倉村發生什麼事了？跟村裡的人們一樣殺了妳，這是什麼意思？」

一文慌張地直冒汗，雙膝顫抖不停。與勇哥相比，他的膽子跟螞蟻一樣小。

「大家……都被帶走了。」

阿敏的嘴角仍舊頑固地垂落，發出低吼般的聲音。

「還說，不准違抗代官的指示。村裡的味噌，今後一律由井達村的批發商來收購。」

因此，村裡的互助會已完全失去作用。不管品質多好的味噌，不管作得再多，最後也都會被拿走。

「石和屋一定也很清楚這種不合理的情況，對吧？因爲你們要是不接受的話，代官所也沒辦法片面決定這樣的生意。」

太過分了，竟然這樣背叛我們。石和屋再也不能信任了！阿敏如此大叫。她的聲音中暗藏的怨恨當然很可怕，不過，一文不懂當中某句話的含意。她說代官大人做了什麼？

三倉村是藏入地，所以是由直接奉藩主命令辦事的代官治理。比起住在遠方的城池，每年都要到江戶去的主君，對村民來說，代官更貼近他們的生活，是既偉大又可怕的人物，而代官所則是應該敬畏的地方。

一般來說，管轄地的代官權力至高無上，在壞代官底下，將會面對可怕的惡政和悲慘的壓榨。不管領民是否都快餓死了，代官也不在乎，搾取土地收穫的七、八成當年貢，對城內的高層佯裝出五公五民（註）的樣子，至於當中扣下的兩、三成收穫，則是轉賣後中飽私囊。擅自將藏入地的領民派往自己的領地上，當牛馬使喚。見哪戶人家有年輕貌美的妻女，一律染指。還會一時興起，或是爲了打發時間，而讓領民冠上莫須有的罪名，處以殘酷的死罪。

一文雖然沒什麼學問，但他很喜歡懲罰壞代官這類惡人的武藝俠客或義賊的故事，只要有空，都會去聽人說故事。所以他知道各種惡行和壞代官，不過在實際的生活中，他跟在勇次身後，在領地內四處長途跋涉，但別說惡代官了，就連故事裡常出現的那種壞蛋，也都沒機會遇上。

非但如此，以三倉村爲中心的這一帶藏入地，負責掌管的代官，正好是形象完全相反的模範人物。他叫三宅兵之丞，很像故事書裡會出現的名字，不同於這個很像俊俏演員的名字，他是一位在就任時就已滿頭白髮的老翁。外表像是一隻羽毛被拔光的鳥，身形枯瘦，一副窮酸樣，但他心胸寬大，行事磊落，是位一派超然、待人和善、體恤百姓的老爺爺，就連一年只造訪這裡兩次的一文，也聽過他的正面傳聞，足見他頗受當地村民景仰。

——她的意思是，那位行事正派的代官大人完全變了個人嗎？

勇次沒理會驚訝不已的一文，扶阿敏坐起身，賞了她一個耳光。

「阿敏，妳清醒一點。我們石和屋不可能會那樣背叛三倉村的眾人，棄你們於不顧。退一百步來說，就算我家老爺說要那麼做，我也不會同意。」

這句可靠的話，想必傳進了阿敏紛亂的心中。她睜開緊閉的雙眼，望向勇次。

「我覺得自己很沒用，都快要哭了。」勇次對阿敏說，「一文想必也很不甘心吧。我們就這麼沒信用嗎？」

阿敏的眼珠轉動，抬眼望向一文。一文朝她點頭。

「當初我被父母拋棄，是茶屋的老闆娘收留我，將我養大，我以她的名譽立誓，我絕不會背叛三倉村的村民。」

註：用來表現年貢比例的用語。表示五成的收穫當年貢，剩下的五成歸農民。

語畢，阿敏眼中落下豆大的淚珠。跟去年夏天她取下包覆頭部的手巾，讓我們看她的光頭時的哭法一個樣。待她放聲號啕後，這才開始依序說出事情的經過。

「去年歲末，突、突然換了代、代官。三宅大人突然被換了職務，也不知道他現在是否平安無事。」

取而代之的新代官，正是那位十惡彈正。

「哦……。」富次郎沉聲低吟。「小文，我也和一文先生一樣，很喜歡那方面的故事書，所以三倉村發生了怎樣的事態，我大致猜得出來。」

「咦，眞的嗎？」

文三郎表情爲之一亮。

「那麼小富，你說說看。坦白說，當初聽我祖父說這個故事時，這部分我最搞不懂。能不能說明清楚，我也沒什麼把握。」

既然他都這麼請託了，也不好推辭。富次郎微微坐正，開始說道：

「那位白頭髮的三宅大人，是體恤百姓的好代官，對吧。石和屋與三倉村的味噌互助會的交易，以及村裡作的陶偶與人偶店的交易，都在這位和善的三宅大人底下有妥善的安排，讓領民能有豐厚的營收。」

三倉村明明土地貧瘠，不易謀生，卻還能養這麼多村民，就表示它有富裕的經濟，能讓這麼多村民溫飽。

「然而，橫島藩的高層當中，有個看準這塊肥肉的壞蛋。」
不確定這個人是誰。如果是大人物的話，誰都有可能。例如藩主、他的親信、掌管年貢和財務的財政官員。
「不過，在這裡就不談背後的黑幕和主謀了，就簡單地以十惡彈正當這一切罪惡的核心吧。」
要是不這麼做，小文可能又會說他「搞不懂」了。
「這位十惡彈正能當上代官，所以表示他應該是頗受主君器重的重臣之一。」
彈正被味噌互助會所賺取的高額營收蒙蔽了雙眼，說服藩主，一手策劃讓自己擔任包含三倉村在內的藏入地代官一職。
「首先得除掉礙事的三宅大人。」
因爲三宅大人似乎沒犯下什麼嚴重過錯，所以想要不費工夫地除掉他，就得使用粗暴一點的手段，例如暗殺，或是將他擄走，關進某個地方。
「小富，虧你想得出這麼可怕的情況。」
「這不是我個人的想法。是讀本或故事書裡常有的情節。」
文三郎沉吟一聲，感覺顯得有點坐立不安。
「想再吃點甜食呢。一直說話，肚子餓得快。」
富次郎取出事先備好的豆餅。文三郎大爲開心，吃得滿嘴。
「那麼，後來呢？」
說故事者可以這麼悠哉嗎？

「……就像阿敏說的，三宅大人馬上遭到撤換，而看準他位子的十惡彈正，便開始胡作非爲起來。」

首先是味噌的生意，從城下的石和屋改爲賣給井達村的批發商。

「井達村大概是十惡彈正支配的領地吧。簡單來說，他讓直通自己荷包的批發商來經手三倉村的味噌，營收打算全部獨拿。」

「嗯！」文三郎叫了一聲，吐出白色的沾粉。「經你這麼一提，我祖父也說過類似的話呢，唔。」

「你不要緊吧？」

「豆、豆餅卡在喉嚨裡了。」

富次郎再度心想，說故事者可以這麼悠哉嗎？

「陶偶的交易方式，最後一定也是陷入同樣的情況，不過，這故事是發生在剛過完年不久，對吧。那位彈正也才剛就任不久，所以是先從獲利較大的味噌互助會開始下手，阿敏可能也只知道味噌互助會的事吧。」

「嗯、嗯」，文三郎頻頻點頭。吃起第三個豆餅。富次郎希望文三郎能留一個給他。

「因爲是代官大人的命令，所以三倉村的人無法違抗。不過事情的發展怎麼想都覺得很奇怪吧？沒有理由就停止與石和屋的交易，改換成陌生的井達村批發商。在山村這種小地方生活的人們，想必會覺得很可疑吧。」

村民沒拜倒在新任代官面前說一句「小的明白了」，而且還對這新的交易感到不解，納悶地說

「石和屋同意嗎」，大聲嚷著「三宅大人他怎麼了」。

「彈正覺得麻煩，便決定用武力打壓。將村內極力違抗的團體逮捕，押送他處。」

這就是阿敏那句「大家都被帶走了」的意思。

「留下來的村民，籠罩在恐懼與不安中。會對石和屋產生猜疑，也是人心的動向使然，因爲當時石和屋是最容易想聯想到的對象。」

阿敏之所以會責怪他們「背叛了我們」，以及認爲石和屋要是不同意，這麼不合理的事絕對不可能通過，而對此感到怒不可抑，也都是因爲這樣。

「阿敏就這樣獨自一人握著木節刨刀，埋伏在通往村裡的道路旁，等石和屋這兩人一到來，就要給他們好看。」

如果就像村民所懷疑的，石和屋也在這場不合理的事件中摻了一角，勇次和一文應該不會像之前一樣造訪三倉村才對。

「所以阿敏看到毫不知情的兩人在山路上走來時，內心應該也有一點開心的成分在，所以才會那麼激動吧。」

聽富次郎這麼說，吃完第三個豆餅的文三郎喝著茶，頻頻點頭。

「這就是少女心吧。少女的情愫。」

「咦，誰對誰的情愫？」

「拜託，小富，你還不知道嗎？阿敏愛上勇哥了。當然是這樣啊。」

是這樣嗎？年齡差距猶如父女的兩人。富次郎不敢說「一定是這樣沒錯」。

「關於這方面，你祖父是怎麼對你說的？」

面對這個詢問，文三郎噘起滿是沾粉的嘴巴，只含糊地應了一聲「這個嘛……」。

勇次和一文姑且先前往三倉村。如果村民和阿敏同樣的想法，對石和屋有誤會的話，一時將難以化解，這也是沒辦法的事。

「不過，這樣不要緊嗎？村民如果都像阿敏一樣怒氣沖沖，有可能一看到我們便拿起竹槍刺過來，不容分說呢。」

在戰國時代，這裡的山民似乎因爲獵殺逃難武士（註）發了一筆橫財，令當時的武士視爲地獄的牛頭馬面，懼怕不已。至今村裡的男性仍以那段往事自豪，一文也聽過那些故事。

「要是陷入那種情況，我會挺身阻止他們。」

此時阿敏顯得垂頭喪氣，而且深感難爲情。

「剛才眞的很抱歉。」

「一文，你就別再責怪阿敏了。」

勇次微微出言訓戒，一心忙著趕路。

「三倉村與石和屋的情誼，可不是這一兩天的事。只要大家好好談，一定就能相互理解。話又說回來，味噌互助會的眾人之所以無法完全接受新任代官的命令，也是因爲對石和屋有深厚的信賴，不是嗎？」

勇次說著說著，臉色凝重地皺起眉頭。

「村民是被帶往哪兒去了呢？如果是囚禁在代官所，那還算好的……。」

一文也吃了一驚。「會被帶往別的地方嗎？」

阿敏那自暴自棄的一句「殺了我吧」，突然從腦中閃過。她還說到「收拾」。

「阿敏，妳知道什麼嗎？」

爲了跟上石和屋這兩個男人的步伐，阿敏極力加快腳步，走得氣喘吁吁。然而，令她那張俏麗的臉蛋爲之扭曲的，是恐懼與悲傷。

「代官所附近有個洞窟。」

以前是一處採石場，但石材老早就挖完了。

「河水會流進那裡，多年來，雨水也都在裡頭淤積，它底部就像沼澤一樣。」

據說代官所以前都用它來當水牢。

「不過，三宅大人絕不做那麼殘酷的事，反而還因爲擔心孩子誤闖會有危險，而立起柵欄，貼

註：戰場附近的農民搶劫通過的逃難武士或以武士首級邀功的形式取得財富。

出告示，不讓任何人靠近那裡……。」

據說現在已拔除柵欄，徹夜焚燒篝火，由代官所的官差站崗監視。

「阿敏，妳特地跑去查看，是嗎？」

「不是我。味噌互助會的人們被帶走時，飛猿偷偷跟在後面，確認了這件事。」

飛猿是三倉村一個孩子王的綽號。擅長爬樹，像猿猴一樣輕盈地從這根枝頭盪向另一根枝頭。今年十歲，不過身材特別嬌小。但他臂力過人，打架不輸任何人，也有膽識。前年盛夏時，一文也曾見過他從山崖上縱身躍進村郊的水潭裡，直接潛入水中，抓著一隻粗大的鰻魚浮出水面。

「飛猿放話說要潛入水牢，放走眾人。還說他很清楚那座洞窟裡的地形。」

他們邊說邊走，終於看到位於三倉村入口旁的一座馬頭觀音的小佛堂。觀音菩薩守護運送味噌桶的搬運車。村民每天都不忘到這裡打掃，並供上鮮花和供品，不論颳風下雨，一樣都會向菩薩合掌膜拜，是村裡的守護神。

佛堂的格子門就像被硬扯下來似地，遭人拆除扔在地上。佛堂內原本理應有的燭臺和供品桌，也都被拋在地上。

「那也是官差所爲嗎？」

勇次如此詢問時，村內傳來一名孩童的哭喊聲。

「是、是石和屋的人！你們終於來了！」

飛猿雙手握拳，揮動著雙臂，飛奔而來。

村長、村裡最大的地主、在他底下工作的兩名佃農老大，以及撐起味噌互助會的男人。一共十五人，都被代官所的官差帶離村莊。

因爲這是一座大村莊，所以並非所有男丁一次全沒了，但失去了村裡的龍頭，同時也是村子核心的這群男人，剩下的人不知如何是好。引領期盼勇次和一文到來的，並非只有飛猿。

有人和阿敏一樣懷疑石和屋，也有人堅信他們不會做這種事。後者的代表，便是村長的妻子。她名叫阿次，年約三十五歲，頭髮已顯花白，但依舊儀態挺拔。

「我才在想阿敏跑哪兒去了，原來是去迎接勇哥他們啊。」

阿次眼眶溼潤。一文忍不住在心裡嘀咕（不，她是去埋伏）。

「不過，妳最好還是安分地找個地方藏身。這是爲了妳好。」

嗯？村長夫人在說什麼啊？阿敏也是，爲什麼顯得一臉尷尬？

「勇哥，文先生，你們來得正好。代官所那班人一定還會再來。你們最好別被他們瞧見。阿敏，妳也一起來。」

她如此說道，引領兩人來到村裡的一間黃豆倉庫。現在這個季節，倉庫裡沒堆放黃豆，只有角落裡堆疊著木框和麻袋。

「官差還會有什麼事？」

面對勇次的詢問，阿次很疲憊似地垂落下巴，點了點頭。

「他們似乎打算奪走任何值錢的東西。另外……還鎖定了阿敏。」

「咦！」一文望向阿敏。阿敏嘴角垮下，低下頭去。

「新的代官大人，似乎曾在哪兒見過阿敏，對她相當執著。」

一文聽得瞪大眼睛，但勇次似乎已聽懂話中的含意。「所以妳才叫阿敏要安分地躲好，是吧。」十惡彈正是個好色之徒，對於擁有過人美貌，而且頂著光頭的阿敏，似乎存有非分之想。

「官差將村長他們帶走時，還四處搜尋阿敏，但她順利逃走，所以躲過一劫。」

但下次未必逃得掉。就算要她躲在森林或竹林裡，但阿敏既不是熊，也不是山犬，這樣非長久之計。

「勇哥，既然你們來了，我想將阿敏託你們照顧。不見得非送到城下不可。至少帶她到山嶺的另一頭去也好，可以帶著這孩子逃走嗎？」

明明才剛到，就叫他們要趕快逃。

「我、我們能爲村子再做點什麼嗎？」

一文戰戰兢兢地說道，阿次以堅定的眼神望向他。

「你們只要平安回到石和屋就行了。然後不管是味噌批發商工會，還是衙門的官差，哪裡都好，請幫我們提出申訴。」

就說新任的代官在三倉村擅自非法掠奪。

「倘若是石和屋老闆提出申訴，應該能傳進城內的大官耳中。如果是我們村民的聲音，則會像牛虻的振翅聲一樣，根本聽不見。」

一旁的勇次像鬼神般，一臉嚴肅地沉思。他沒隨便點頭答應，也沒搖頭拒絕。

不久，他以低沉的聲音說道：

「一文，你帶著阿敏回店裡去。避開平時走的道路，改走獸徑。請飛猿替你們帶路。」

等回到城下的石和屋，就把一切全告訴老爺，請老爺用盡一切辦法。

「我留在村內。得想辦法救出被關進水牢裡的村民。」

身爲村裡的龍頭，同時也是核心人物的那十五名男人，幾乎都已上了年紀。在這早春時節，要是浸泡在洞窟裡淤積的地下水裡，肯定活不了幾天。

一文說道，「如果是要潛入水牢，那才需要飛猿帶路吧？只要他先告訴我怎麼走，應該就走得到。」

「我也知道翻越北邊岩地的路該怎麼走。」阿敏說，「我去請我娘包幾個餅，順便帶上水筒。爲了遮掩面容，最好連斗笠和手巾也帶上。我去準備一下。」

我順便叫飛猿過來！阿敏說完這句話，便走出黃豆倉庫。

「村長夫人放走阿敏，不會被官差究責嗎？夫人最好也找個地方躲一下吧。」

「小文」，阿次瞇起眼睛注視著一文。「我是村長的妻子，不能做這麼沒骨氣的事。在村長回來之前，我的責任就是化爲護盾，守護村民。」

一文一時爲之語塞。他走遍橫島藩領地，自認已是獨當一面的男人和商人，但他從沒想過要當誰的「護盾」。

「村裡由夫人和我來守護。你現在只要想著如何回城下的石和屋就行了。」

「我、我明白了。」

這時，飛猿衝進倉庫裡。「官差又來了！已經來到西邊隧道的屏風岩那裡。」

屏風岩誠如其名，是形狀像屏風的一座巨岩。在爬上西側的山丘前來三倉村時，是個顯眼的路標。

村長夫人不安地說道，「爲什麼是從西邊來？」

「可能也去了那邊的木築村吧。」飛猿應道，「大概從半個時辰（一小時）前開始，那個村莊的方向就一直冒煙。不是狼煙。應該是倉庫或小屋起火了吧。」

若眞是這樣，新任代官不光殘忍，還是個無藥可救的傻瓜。這個季節雖然偶爾會飄雨，但一直都不會降下像樣的雨，竟然挑在這種時候縱火？

「這麼一來，這裡也可能會燒起來吧？」

感覺像在做噩夢的一文，這時終於也眞切感受到大難臨頭，難以脫身。不，倒不如說是被這種眞切感受所困，無法動彈。

「大家還是趕快逃吧！」

一文忍不住朗聲喊道，但勇次卻一掌打向他腦袋。

「你快去準備，帶著阿敏離開這裡。」

「可、可是……。」

「飛猿，你告訴這個睡昏頭的小子，哪條獸徑可以翻越山嶺。」

正當他們慌張地交談時，黃豆倉庫外面愈來愈喧鬧。背著竹簍的阿敏，臉色大變地返回倉庫後說道，「他們來了。大約有十個人，還帶著馬。以及弓箭和長槍。」

「好，我來爭取時間。」

勇次如此說道，將原本往上捲塞進腰帶裡的衣服下擺放下，脫去印有石和屋屋號的徽印短外衣，將上頭的灰塵拍乾淨，拉平皺褶，重新穿好。

「我得代表石和屋和十惡彈正大人問候一聲才行。夫人，請幫我介紹一下。」

阿次馬上站起身。

「那麼小文，之後的事就拜託你了。勇哥，我們走吧。」

兩人走出倉庫外，瀰漫空蕩倉庫內的溼氣，彷彿突然增加了重量，重重壓在一文他們三人身上。

「文先生，我們從裡面的吊門出去吧。」

飛猿的聲音令一文回過神來。他並未因此清醒而變得更堅強，反而更加擔心害怕起來。這麼重要的時刻，我和勇哥分頭行動，我能做什麼決定？

「阿敏也是，走吧。」飛猿拉著阿敏的衣袖。「一直杵在這裡也沒用啊。」

這個年僅十歲的孩子王，反而最有大人樣。

「如果能平安度過這次的難關……。」

阿敏如此說道，站起身，淚水從她的圓眼滾落。

「我要請勇哥娶我。」

「咦？」

明明不是在意這種事的時候，但一文卻發出一聲怪叫。「妳是認、認、認……。」

「我是認眞的。我一直這麼想。但勇哥應該是對我一點意思也沒有，所以我原本打算要將這個念頭一輩子藏在心裡。」

但現在說出口了。

「因爲覺得說出口比較可能成眞。」

「勇哥對阿敏，就像對我一樣，都把我們當孩子看待。」飛猿說，「妳最好要有這樣的想法。走吧。」

黃豆倉庫裡頭的吊門，在靠近地面的位置，不到半張榻榻米大。三人一前一後從門口爬出。倉庫後方有一片覆滿陡坡的竹林。只要躲進裡林中，就能輕鬆藏身。

飛猿充滿活力地說道，「在走出村子前，我會帶你們走。接下來會一直走在竹林中，但途中會有穿越道路的地方。你們要做好心理準備，跟緊我。」

果然這小子最有大人樣。

「文先生，你振作一點。」

「唔，好。阿敏，竹簍我幫妳背吧。」

他們躬身低頭，穿過竹林。斜坡之所以帶點泥濘，應該是因爲今天一早的霜柱。爲了避免腳下踩滑，他們憋著氣，朝腳下使勁，一步一步走得謹愼。

來到一處可以望見村子中央在祭典時焚燒篝火的廣場。有三匹馬身上披著氣派的馬具，在廣場正中央垂著尾巴。身穿鎧甲和鎖子甲的官差，分別騎在馬背上。正中央那名騎馬的官差，手中十字長槍的槍尖受陽光照射，閃閃生輝。

——爲什麼搞得像在打仗一樣。

村民原本就無力與代官所的權力抗衡。就算遭受威脅，也只能忍氣吞聲，但這樣的威脅還不夠嗎？

雖說來了一位新任代官，但並非所有在代官所任職的官差全都換過。原本在三宅大人底下任職的那些好官差，現在改到十惡彈正底下，就受他的邪惡影響，以虐待領民爲樂嗎？人性有這麼脆弱和善變嗎？

「勇哥……。」

阿敏悄聲低語。勇次和阿次在那三匹馬面前伏地拜倒。有兩名徒步的官差站在他們兩人身後，所以勇次和阿次成了「被團團包圍」的籠中鳥。

勇次低著頭，似乎在說些什麼。馬上的三名官差發出低俗的笑聲。包圍他們兩人的官差也一起笑。

一文看見勇次的肩膀繃緊力氣。就算事後回想，他也確定自己看到了。勇哥很生氣。他極力壓抑自己的憤怒。他明白眼前的情況和自己的身分，謹守城下的商人對地方代官所的官差應有的禮節。

然而。

官差的笑聲戛然而止。

緊接著下個瞬間，正中央那名騎在馬上的官差，重新握好手中那把十字長槍的槍柄。

一文心想——啊，不妙。這剎那間的思考，沒任何理由。就只是覺得情況不妙。糟糕，有危險，糟糕，有危險。

勇次緩緩抬起臉，一動也不動。

十字長槍在空中畫出一道圓弧，槍尖閃過無情的寒光。

颼！

不妙。勇哥，快逃啊。

在竹林裡全身凍結的一文他們，目睹騎在馬上的官差揮動十字長槍，槍尖貫穿勇次喉嚨。

鮮紅的血花噴灑。勇次被一槍貫穿，維持坐在地上的姿勢，彎起身子，不住地抽搐。每次抽搐都會從喉嚨湧出新的鮮血。

阿敏準備衝出竹林，一文和飛猿兩人合力拉住她。阿敏正準備大叫時，飛猿以阿敏的衣袖塞進她嘴裡，讓她緊緊咬住，發不出聲音。

勇次的血從村長夫人頭上淋下，她整個人愣在原地。右邊那名官差下馬，繞到夫人背後，拔出腰間的佩刀。

——村長夫人！

這次換一文差點叫出聲來，他急忙雙手摀住嘴巴，極力忍住。

村長夫人背後斜向挨了一刀，直挺挺地往前倒下。廣場的地面吸了他們兩人的血，逐漸染黑。

「走吧。不能再待下去了。」

飛猿一把抓向阿敏的肩頭。阿敏不發一語地抵抗，這時竹林突然一陣騷動。廣場的那幾名官差，有人馬上轉頭望向這邊。

一文更加用力摀住自己嘴巴，飛猿則是將阿敏按倒在斜坡上，幾乎整個跨坐在她身上。他自己也屏住呼吸，靜止不動。

有隻鳥從竹林裡的某處發出高亢的叫聲，振翅飛向空中。

官差目送飛鳥離去後，便對竹林失去興趣，開始分頭行動。他們取出麻繩，纏向勇次和村長夫人的腳踝。正納悶他們想做什麼時，他們緊接著將麻繩的另一端綁向兩匹馬的馬鞍後。

竟然這麼做！爲什麼要做出這麼殘酷的事。一文摀著嘴，差點張口狂嘔。

騎在馬上的官差揮鞭拍打馬臀，兩匹馬一前一後邁步飛奔。勇次和村長夫人的屍體被一路拖行，在地上留下斑斑血跡。

「啊，阿敏，抱歉！」

飛猿急忙扶起阿敏。阿敏臉色發白，已暈了過去。

「文先生，你別老是哭嘛。」

飛猿以鬧脾氣般的口吻說道，但他自己也滿臉都是淚水。

「——你還可以吧，小富？」

在文三郎的叫喚下，富次郎抬眼望向他。富次郎不知不覺間雙手握拳，連帶大腿一帶的衣服也被他握得皺成一團。他鬆開拳頭後，發現剛才用力過猛，指甲嵌進手掌

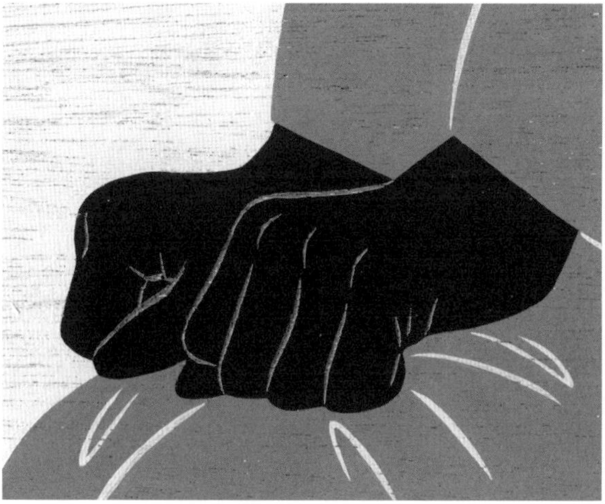

裡，留下紅色的指痕。

「抱歉，講了這麼令人難過的故事。」

此刻在這裡說故事的是小文，與富次郎兩人坐在三島屋裡的房間。而那些全副武裝的可惡官差，只存在於故事裡。儘管如此，富次郎還是因激動而顫抖，難以抑制。

「原來如此，阿敏想當勇次先生的新娘，是吧。她本人坦白地說出這件事。」

他小聲地說道，這才發現自己聲音顫抖，而且走音。

「我才抱歉呢，小文。你請繼續往下說吧。」

文三郎顯得既擔心，又悲傷，一臉歉疚。豆餅的沾粉還黏在他嘴角上。

富次郎細細感受「生命」的可貴。我得仔細聽這個故事。

「你的祖先一文先生，當時十六歲，是嗎？真是悲慘的遭遇啊。」

文三郎點頭。「我祖父當時一邊告訴我這個故事，一邊微微流淚。聽說一文先生在打造出現今丸升屋的基礎後，未能長命百歲。」

他年過四旬後，染上肺病，臥床半年便撒手人寰。

「聽說在那段時間，他向照顧他的人們說起那段往事。」

——死一點都不可怕。我終於能和勇哥見面了。能為自己當時什麼忙都幫不上道歉。

「是嗎，也不是什麼忙都幫不上吧？一文先生後來平安返抵石和屋，解救了村民，對吧。」

拜託，請告訴我是這樣沒錯。

文三郎頷首說道，「費了好大一番工夫，還賭上了性命。」

在飛猿的帶路下，一文跑過獸徑，爬上岩地，渡過冷得會把人凍僵的沼澤。爲了早點遠離三倉村，擺脫十惡彈正的支配。

然而，儘管飛猿很熟悉這一帶的山林和水邊，但終究不能飛天。只能靠兩隻腳走在地面，一步步前進。不管再怎麼焦急，也無法像風一樣飛快地前進。

起初，從三倉村一路往北行，走進山中後，因爲有條獵人常走的捷徑，所以往那裡走。在因爲乾枯而變得稀疏的雜樹中屏息通行時，發現在爲了讓獵人躲避風雨而建造的道具小屋旁，竟然有兩名全副武裝的代官所官差在那裡徘徊。

「這裡不能走，改到其他地方去吧。」

接著他們繞往飛猿平時摘採山菜和香菇時攀登的山路，這條路圍著三倉村一帶，形成一個歪歪扭扭的圓圈，而這個圓圈只有北北西的一處地方有缺口。那裡到處都是巨大的岩石，是很難行走的險處；但只要通過那裡，就能一直線通往邊境，所以一文咬緊牙關，緊跟在飛猿身後。

然而，官差已早一步繞到那裡。這次還繫著幾匹馬，順著北風飄來濃濃的火藥味。臭官差，連火槍都帶上了。還是說，他們從管轄的村莊派出了獵人？

「我還有一條路可走。」

飛猿看了，臉色大變，正準備從草叢中站起身時，一文抓住他的手臂，將他留住。

「我已經走到快喘不過氣來，邁不開步子，而且阿敏似乎又快要昏厥了。」

自從目睹勇次和村長夫人那悲慘的死狀後，阿敏就像失了魂般，茫然若失。她任憑飛猿催促，由一文硬拉著走，這才一路走到這裡，但只要望著她那毫無血色的臉，握住她冰冷的手，就會知道她已快達到極限。

「找個地方將阿敏藏起來吧。我們也順便歇會兒，擬定下個對策。」

因為不能升火，他們只能緊挨著彼此，摩擦手腳取暖。一文撫著阿敏的背，覺得對她很不好意思，雖然一文心想「我一點都不覺得內疚」，但這種時候還在擔心這種事，未免也太小家子氣了，他很討厭這樣的自己。

「沒想到竟然會被搶先一步。」

飛猿縮著身子，齒牙打顫，用力搖晃著雙膝，如此說道：

「那些臭官差，請了熟悉山中地形的人替他們帶路。」

和飛猿一樣精通這一帶山林的人，大概是樵夫或獵人吧。

一文問，「還有其他路可走嗎？」

飛猿搖了搖頭。

「還有一條路，但那不是只有我才知道的路。要是又被搶先一步，去了也是白費力氣。」

他以拳頭用力擦拭著嘴角。

「我還有一個孤注一擲的主意……。」

他說這話的聲音低沉又沙啞。

「怎樣的主意？如果是由你當誘餌，讓我一個人逃命，那就免了吧。」

如果真要那麼做，還不如一起死。我再也不要跟個木頭人一樣，眼睜睜看著別人被殺害了。

「這個主意，阿敏打從一開始就不可能辦到。」飛猿繼續說道，「文先生也是，如果沒有足夠的覺悟，大概會沒命。」

「好啊。反正逃不出去的話也是死。如果只有我一個人死倒還無妨，但我要是沒趕回城下，三倉村的眾人都會有性命危險。什麼我都敢做。」

聽一文這麼說，飛猿抬起臉，說出令人意外的話來。「文先生，你會游泳嗎？曾經潛過水嗎？」

對此感到驚訝的不光只有一文，阿敏也睜開眼睛，清醒過來似地嘆了口氣。

「飛猿眞是可憐，連他也失常了。」

這一帶沒有可供人游泳的湖泊。就算有河川也是急流，形成小瀑布的地方底下也只是個深潭，就算潛水也去不了任何地方。

「不，我很正常。」

的確，飛猿的眼中棲宿著正常的目光，至少看在一文眼中是這種感覺。

「水牢所在的洞窟，其實比代官所那些人知道的還要寬廣。也有多到數不清的分岔通道，裡頭像地底沼澤般的積水處，也不光只有一兩處。」

阿敏乾燥的嘴唇微微顫抖。「我從沒聽村裡的人說過這件事。」

「因爲大家都不知道。」飛猿以堅定的口吻接著說道，「我是聽我爹說的。我爹又是從我爺爺那裡聽來的。這座山只有我家的男人知道那座洞窟裡眞正的地形，而且全都記在腦中。」

一文與阿敏互望一眼。飛猿精準地看出他們兩人心中的懷疑，回答道：

「我祖先在戰國時代，就是以洞窟所在的那座山爲地盤。當然了，採石場也是歸我祖先所有。」

所以才擁有詳細的相關知識，一直代代傳給子孫。

「當敵人攻打這裡時，都會躲進洞窟避難，或是經洞窟繞到敵人背後展開攻擊。」

飛猿的祖先對山中的洞窟瞭若指掌，並善加利用。

「我可以悄悄潛入洞窟裡，不被洞口監視的官差發現。也能藉由走洞窟裡的通道，而來到通往城下的幹道旁。因爲洞內一片漆黑，所以需要戴在頭上的龕燈（註）。」

一路上不光要游泳，還有非得完全潛水通行不可的地方。

「我要去。但我不會強迫文先生你這麼做。你打算怎麼做？」

一文聽到自己的靈魂發出尖聲悲鳴。

——竟然刻意自己跑去水牢所在的洞窟。

這樣確實是孤注一擲，太亂來了。

得在一片漆黑下，潛入幾乎都結凍的冷水中。在黑暗籠罩的洞窟裡，用雙手探路，一路爬行。

想必會遇上可怕的生物吧。

剛才他一時湧現的勇氣，正逐漸消退。

今天早上起床時，本以爲會像之前一樣造訪三倉村，與味噌互助會的人聊到今年味噌釀造的情況，受他們款待，吃一頓美味的飯菜，然後再返回城下。與失去一頭黑髮的阿敏見面，雖然有點尷尬，但遠比她死於熱病，到她墳前上香來得強。好在阿敏撿回了一命，之前還和勇次這樣聊到。

——沒錯，勇哥也是一樣。

今天早上起床時，他一定做夢也沒想到，在今天的太陽下山前，他竟然會那樣悲慘地死去。

一文嚇得蜷縮的靈魂在他耳畔低語——就讓飛猿一個人去不是很好嗎？只要飛猿抵達城下的石和屋就行了。要告訴老爺這裡的情況，一文只要寫封信就行了。然後讓飛猿帶去即可——

然而，只要潛入水裡，信就會溼透，就此報銷。而飛猿這孩子就跟他的名字一樣，活像山裡的野猴子，就算口頭教他該怎麼說明情況，一文也不認爲他能說明清楚。

不管怎樣，一文都無法逃避。

「不論是游泳，還是潛水，我都沒試過。也不曾把臉浸向比臉盆水還深的水中。飛猿，這樣你還是願意拉著我走嗎？可以帶著我走，不要拋下我嗎？」

一文以顫抖的聲音問道。

「文先生，你這條命，由我替你保管。就算我死，也一定會讓你平安返回石和屋的。」

我以祖先的名譽立誓。如此保證的飛猿，就像他昔日馳騁沙場的祖先一樣，看起來如同一位不知恐懼爲何物的武士。

這時阿敏固執起來，不願意就此脫隊，但她自己也知道，跟著走只會拖累他們。

然而，她無法回三倉村，待木築村也很危險。最後只好聽從她本人的意見，前往邊境附近一處

註：音同日文的「強盗」，爲「強盗提灯」的簡稱。江户時代發明的一種燈籠，只會照向前方，不會照出提燈者，很適合強盗使用，所以叫「強盗提燈」。

名叫「多多井」的陶偶窯場。

這附近的村莊所作的陶偶都很簡樸，所以在燒製時不需要什麼誇張的特殊機關。每個村子只要有一、兩個像土饅頭一樣隆起，以石頭加以鞏固的窯，就足夠使用，不過多多井造出更堅固的登窯，作爲材料的陶土也備齊了幾種，對釉藥也投注了不少心思，嘗試打造出更高級的陶偶。

原本多多井並非村莊，而是在靠近沼澤的一處較開闊的地方，聚集蓋了幾棟小屋，供製炭者、獵人、樵夫在有需要的時期暫住。而到了木築村前一代的村長時，開始在這地方定居，製作起陶偶來，現在仍是這位名叫秀治郎的退休村長帶頭，底下跟著幾名年輕工匠，全力投入作陶偶的工作中。有人雖然沒住這裡，但都還是固定上這裡學習技藝，阿敏也是其中之一。

「應該就連代官所的那班人也不清楚多多井的事。希望他們大家都平安無事……。」

阿敏的祈願，山神似乎聽見了。多多井沒看到官差的身影，秀治郎他們和平時一樣投入工作中。不過，他們也發現木築村的方位升起的黑煙。

「三倉村果然出事了，是嗎？」

一看到阿敏和飛猿，秀治郎便如此詢問。

「今天一早，山裡一陣喧鬧，我正覺得奇怪呢。小初也因爲三倉村吹來的風帶有臭味，而狂吠不止。」

小初是秀治郎養的狗。原本是一隻純種的山犬，但在牠還是幼犬的時候，誤中捕狐用的陷阱，奄奄一息，被秀治郎所救，就此成了他最忠心的手下。小初憑著山犬的嗅覺，察覺出血的氣味。

秀治郎對飛猿說的洞窟一事大感驚訝，直說這麼做太魯莽了，對此很擔心，但爲了解救被代官所囚禁的眾人性命，除去日後的擔憂，不管怎樣都勢必得有人逃離這裡出去通報才行，此事不容逃避。

「看來只能請一文先生趕回石和屋，請石和屋的老爺找町名主（註一）出面，向城內提出申訴了……。」

關於申訴對象，三倉村的村長夫人曾說過：

——不管是味噌批發商工會，還是衙門的官差，哪裡都好。

這話說得不太明確，不過，秀治郎倒是對這方面稍有了解。

「要取締代官的行徑，得靠家老大人（註二）。像十惡彈正這樣的惡人，或許早就拉攏好山奉行所

註一：江戶時代的市町官員。負責維護治安，處理各項市政，採世襲制，領取奉祿。

註二：家老，幫助藩主治理藩政的重要家臣。

（註一）的監察官了。直接找家老幫忙是最好的做法。」
這麼一來，就更得想辦法趕回城下了。
「而且，不光只是爲了讓石和屋的人了解這樣的事態，也爲了讓這項申訴得以成立，一文先生都勢必得平安返回石和屋才行。」
一文不懂這句話的意思。「這話怎麼說？」
秀治郎就像想要將什麼尖銳之物硬吞進肚裡似地，露出痛苦的表情。
「說起來，我們這些領民的性命，全操控在代官大人手中。要殺還是要賞，全憑代官大人高興。城裡沒人在意。」
不過，城下商家的夥計——而且還代替店主與人締結生意合約，有金錢和票據的往來，這種身分的人要是無來由地被代官所的官差殘殺，事情可就不是那麼簡單了。
「十惡彈正也一樣，要是被家老大人問到這項惡行，肯定無法爲自己開脫。味噌是橫島藩的名產，甚至還是投入大量心力，販售到江戶去的重要商品。新任的代官然不能擅自蹂躪負責這項工作的人。」
這可說是一文目前爲止聽到的唯一希望。
在多多井學藝的工匠當中，也有血氣方剛的年輕人，說要跟著飛猿和一文走，一路上保護他們；但飛猿一口謝絕。
「只有我和文先生兩人，這樣比較不會引人注意。我倒是希望這裡的諸位可以保護阿敏。」
「我的事不用在意！」

在他們好心的照顧下，已恢復些許活力的阿敏，好勝地回了這麼一句，但聽在一文耳裡，反而感到心痛。此行雖是地獄，但是被好色的彈正看上，留在這裡的阿敏，同樣也跟身在地獄沒兩樣。

「接下來就請大家幫我們祈禱吧。」

一文如此說道，向秀治郎和多多井的眾人行了一禮。

「我從小在市町裡長大，沒把握能跟上飛猿的腳步，但勇哥的在天之靈一定會勉勵我的。」

與堅定的意志和膽量一樣重要的，是裝備。一文也是一身旅裝，所以行動輕便，在洞窟裡得潛水，所以小袖服顯得累贅。於是他借了一件筒袖（註二）的工作服，以及厚實的緊身底褲。草鞋仍是穿現在這雙，只要再帶一雙替換用的即可。

「潛水時會先脫下，爲了避免被水沖走，要綁在頭上。」

另外準備了兩捆麻繩，以及裝在麻繩前端的鉤子。還有龕燈和油蠟燭。就算被水淋溼而熄火，只要靠近別的火焰，便馬上又能點燃。

「哪裡會有別的火焰？」

「有個地方在洞窟的岩壁上裝設了燭臺。現在有官差會在那裡出入，所以一定會點亮。」

穿上厚衣後，一旦弄溼便不易乾，身體反而會更冷。所以離開水面後，要將筒袖和緊身底褲擰

註一：奉行是古時的官名，前面會再加上執掌的工作性質，例如町奉行、山奉行、寺社奉行、書物奉行等。

註二：日本的傳統服裝中，大袖是衣袖寬大的服裝。小袖是衣袖寬大，只有袖口縮窄的服裝。筒袖則是和現代服類似的窄袖服。

乾，摩擦手腳來暖和身子。一文一面牢記飛猿的提醒，一面強忍不時從背後竄升的寒意。現在就覺得冷怎麼行呢，你這個窩囊的傢伙！

最後草草吃了點東西果腹，一文和飛猿便悄悄離開多多井。這裡離飛猿要前往的洞窟入口……

「如果只算路程距離的話，約一里半（將近六公里）。」

也就是說，這一路上並非是平坦的道路，勢必得潛入草叢中，弄得灰頭土臉，又得攀登岩壁，一文已做好心理準備。但前方確實危險重重。

南無阿彌陀佛、南無防彌陀佛。他氣喘吁吁，不自主地低語起來。石和屋的店主一家人都很熱中念佛，夥計們也常被教導要雙手合十誦念佛號，但一文如此虔誠地念佛，這還是第一次。如果眞有神佛，眞的想解救眾生的話，請您現在助我一臂之力吧——。

途中多次發現代官所的官差一行人。每個官差也都和一文之前在當地看到的人長得不一樣。

一文原本就沒見過每一位官差，所以正確來說，應該是「樣貌不一樣」。

這是怎麼回事？看起來就像每個人都喝醉了。額頭和臉頰都泛著紅潮，眼中透著凶光，聳著肩，呼息又沉又重。感覺就像喝酒壯膽，變得盛氣凌人。

——眞的是喝醉了嗎？

揮舞著刀槍，威脅無力抵抗的村民，甚至還順著怒氣取人性命。

前任代官三宅大人在位時，底下的官差沒人會這麼做。可能就連他們自己也沒想到，竟然能做出這種事來。

戰爭只出現在以前的故事中。現在一直是太平盛世。就連武士也幾乎沒有眞正與人以命相搏的經驗。

所以他們這是因爲恣意揮刀和血腥味，而沉醉其中，失去理智。對遭殺害的一方來說，這就像一場噩夢，但是對殺人的官差來說，這不同樣也是噩夢嗎？

不過應該只有眞正的惡徒不覺得這是噩夢。

「——文先生。」

是飛猿的低語聲。飛猿那滿是傷痕的手掌舉向他面前，他馬上把頭壓低。

「可以看見通往水牢的洞窟入口了。有三個人在看守，一人帶著弓箭。在我說好之前，你要一直趴著別動。」

一文乖乖地趴在地上，還閉上眼睛。枯草在耳畔發出沙沙聲。是因爲風吹的緣故嗎？我明明都屏住呼吸了啊。

「……嗎？」

「……所以……是這樣吩咐的。」

「十惡大人也眞……啊。」

負責監視的官差展開交談，傳來他們的笑聲。明明聽不清楚他們的談話內容，但不知爲何，感覺到噁心又低俗。

「我會微微向後退，躲在左側的岩石後方，你跟著我走。」

兩人平安地離開他們監視的地方，繞往洞窟西側。

「最早進入的洞穴，寬度只比我的身軀還大一些。」

不，應該說是岩縫——飛猿改變說法。不管怎樣，這對一文來說都不是好消息。

「如果肩膀能通過，就一定過得去。就算感覺卡住了，也別慌，你就忍著點，跟著我走就對了。」

「我知道了。」

雖然是這樣回答，但來到現場看到那個洞穴（岩縫），一文感覺自己的膽子都從腳掌流掉了。

「……這麼窄的地方，我沒辦法啦。」

「沒問題的，一定過得去。只有這裡只較窄，再過去只要彎著腰就能行走。」

飛猿以麻繩纏向自己腰間，另一頭綁在一文的左手腕上。

「你綁緊一點沒關係。要綁好，不管發生什麼事都不能鬆脫。」

「要是我一時腳滑跌落，爲了避免害你跟著一起喪命，文先生，你到時候就割斷繩子吧。」

飛猿給了他一把小刀。長度跟大人的手掌一樣，收在小竹子作成的刀鞘裡。

「別說這麼不吉利的話。」

一文將它插進腰帶裡。

接著把頭鑽進岩縫。

「不能腳先進去嗎？」

雖然一文因爲感到害怕而出聲叫喚，但飛猿已朝黑暗的底部走去。一文因流淚而頻頻眨眼，他用力閉上眼睛，手搭向岩石邊，一頭探進洞中。

傳出黑暗的氣味。

盈滿洞窟內的，與夜晚的黑暗不同。反而和水比較相似。沉積不散，感覺很鮮明，不斷逼向眼鼻口的臭味。

肋骨摩擦岩壁，發出卡啦卡啦的聲響。膝頭磨破了皮。頭部邊緣卡得很緊，好不容易頭部通過了，但接下來就像雙肩被鉗子夾住一般。前進不得，也後退不了。在進退維谷下，因爲極度恐懼，連眼淚都流不出來了。

「飛、飛猿，我卡住了。」

從底下的黑暗中傳來聲音。「雙腳用力蹬。用手搔抓牆壁。這樣就不會卡住了。」

一文試著照他說的去做。肩膀破皮出血，感覺很溼滑。看來流了不少血，怎麼辦？

沙沙。肩膀突然穿了過去，連身體也通過了，本以爲腰部會卡住，沒想到身體整個浮在黑暗中。

「手要搭在岩石邊，撐住身子，腳先落地。」

早說嘛！正當他出言抱怨時，整個人掉落地面，眼睛冒出火來。接著眼前瞬間亮了起來。

才剛這麼想，只見額頭上戴著油蠟燭龕燈的飛猿，正蹲身望著他。

「眞危險。你沒受傷吧？」

飛猿伸出手，一文一把握住，戰戰兢兢地站起身。還好運氣不錯，似乎沒骨折。

「你要是站直的話，會撞到頭。要像我一樣彎著腰。」

在龕燈的亮光下，看見飛猿的臉。

一文握住的手，又硬又滿是繭。但如果用力握住，就覺得那仍是小孩子的手。骨骼纖細。然而一文無法鬆開飛猿的手。他現在唯一能倚賴的，就只有這隻手的觸感。

「接下來要往那邊走。」

飛猿揮動他空著的那隻手，比向兩人背後的方向。

「再往前走一小段路，就可以輕鬆走了。」

一文比飛猿高，所以光是彎腰還不夠，幾乎都要蹲著走了。走到前面後，會變得多「輕鬆」，實在教人不安，不過，一直待在這裡也沒用。

「我、我知道了。繩子還繫著，對吧。」

「嗯。那我要鬆手嘍。文先生，你要勇敢一點哦。」

文一的顫抖，以及他嚇破膽的事，飛猿全看穿了。

「這是爲了村民，爲了替勇哥報仇，爲了幫助阿敏。文先生，你很喜歡阿敏，對吧？那你得展現英勇的一面啊。」

明明只是個小鬼，說話卻這麼沒大沒小。一想到這裡，一文不禁眼中泛淚。

「阿敏對勇哥很痴迷，而我，只是個小鬼。」

顫抖的聲音卡在喉嚨裡。

「不過，我絕不會當你的絆腳石。好，我們走吧。」

就像飛猿說的，在黑暗中爬行了一會兒後，狹窄的洞窟頂部漸漸變高了。龕燈的亮光只照向飛猿面朝的方向，所以跟在後方的一文幾乎完全沉浸在黑暗中。儘管如此，還是感覺得到頭上的空間變得開闊，說來還眞不可思議。

洞窟裡冷得幾乎快要結凍，飛猿呼出的氣息，在龕燈的亮光下浮現出白煙。呼—呼—呼—。一文也氣喘吁吁，這時，洞窟深處突然傳來某人的怒罵聲。

因爲太過驚訝，一文一時停住呼吸。飛猿也抓住一文的手臂，全身僵硬。兩人靜靜觀察眼前的動靜，怒罵聲罵了兩、三次後停止，但在微微形成回音的這段時間，就像鬼魂一般，殘留在黑暗中。

「那、那是……？」

面對一文低語般的詢問，飛猿也壓低聲音應道，「應該是代官所的官差在這裡監視吧。竟然比想像中還要近。」

那得小心行事才行了——飛猿表情凝重。

「文先生，聽得出來對方說什麼嗎？」

「不，完全聽不出來。」

一文齒牙打顫。飛猿摩擦一文的肩膀。

「雖然我說比想像中還要近，但還不至於近到會發現我們，逮捕我們。在洞窟裡，就算是遠處的聲音，聽起來也很近，而且很難猜出聲音是從那個方向傳來。」

飛猿說他們兩人現在位於昔日採石場的西南角落，正走在無數分歧的窄細洞窟通道中的一條，只有飛猿他們一族才知道路。

「用來當水牢的地方，以前是最寬敞的切石場。以它爲中心，四周有許多洞窟和坑道，像藤蔓一樣向外蜿蜒延伸。不過，一路筆直地通往正中央的，只有北邊的一座洞窟，以及東邊的一條坑道。這兩條通道在出入口的洞口處，都有人站崗監視。」

「洞窟和坑道有什麼不同？」

「洞窟是原本就有，坑道則是採石場時代人工掘成的。只要摸牆壁就知道，至今仍有明顯的不同。因爲上面留有鑿痕。」

兩人此刻所在的窄細洞窟，會通過作爲水牢的那處寬敞切石場旁邊，通往西北方。

「所以我們在行進時，就算聽見水牢邊的官差說話的聲音，也不足爲奇。」

一文爲之一驚。「這樣的話，可能也會聽見被關在水牢裡的村民發出的聲音吧？」

也許可以更進一步偷偷靠近水牢所在的場所，確認眾人的情況。這想法朝一文嚴重堵塞的心中投來一道光芒。

然而，他這個說法，令飛猿爲之雙目圓睜。龕燈亮光下的那對眼睛，眼白通透，潔淨漂亮。是小孩子的眼神。

「視場所而定，或許聽得到……。」

聽了又能怎樣？確認眾人的情況要幹麼？飛猿悄聲說道，「文先生，現在重要的是保住自己的性命，你只要想著如何早點返回城下就行了。」

一文當然也是這麼打算。但經過重重難關，一路來到這裡，現在得知被帶走的村內眾男丁也許就在附近，要是就這樣默不作聲，視若無睹，未免也太無情了吧。

「能不能想辦法救出大家呢？」

這次飛助翻了個白眼。

「文先生，我還以爲你要說什麼呢，再怎麼糊塗也要有個限度吧。」

這樣都分不清你究竟是膽小還是大膽了。

「我們走吧。別再說話了。」

一文也無技可施，只能照飛猿說的去做。黑暗中在地上爬行後，他漸漸明白，飛猿會感到傻眼也是理所當然，他剛才簡直就是在說夢話。

這裡冷得凍人，不只手指，就連腳趾也凍僵，所以一個不小心腳下打滑。全身僵硬，上氣不接下氣，腦中一片空白。

就像一開始聽說的一樣，來到一處不知是雨水還是地下水積成的水潭，得潛入水中才能通行的地方。一文雖然只憋了一會兒氣，但在憋氣的這段時間，感覺自己就像是個死人。

我們眞的還活著嗎？該不會是早就死了，化爲亡靈，一直在洞裡爬行吧？

來到某個地方，飛猿突然停下腳步，一文一頭撞向他屁股。

「好痛。」

一文忍不住叫出聲來，飛猿馬上伸手抓住他的臉。

「你幹什麼？」

「噓，安靜。」飛猿似乎是想摀住一文的嘴。「聽得到水聲。」

接著他從一文臉上鬆開手，雙手緊貼向洞窟牆壁。一文也模仿他的動作。眞的！在聽到聲音前，先透過手掌傳來震動。

咚咚咚。沙沙沙。嘩嘩。

「水牢會發出這麼熱鬧的聲音嗎？」

面對一文的詢問，飛猿龕燈下的那雙眼睛眨了幾下，搖搖頭。

「因爲那裡原本是採石場裡一處岩石打造成的大廳。那裡的積水，淺的地方和人的肚臍一般高，深的地方則和肩膀一般高。就算有許多人被關在裡面，大家一起動來動去，又吵又鬧，也不會發出這麼大的水聲。」

「如果是這樣，這又是爲什麼？」

飛猿的眼中棲宿著微光。

「官差打開某處的水口。讓水從那裡流進水牢裡。」

一文爲之一愣，隔了一會兒才明白這句話的含意。「這麼一來，被關進水牢裡的村民不就會溺斃嗎？」

「噓，你太大聲了。」

就像要蓋過飛猿的訓斥般，從洞窟前方的黑暗中又傳來新的人聲。這次不是一個人。而是展開某種對話。還是一樣聽不清楚。

「○×△」

「◆＊○△」

聲音形成回音，微微拖著尾音，逐漸消失。

「我們現在大概是來到水牢的側面。」

飛猿如此說道，撫摸著洞窟的岩壁。

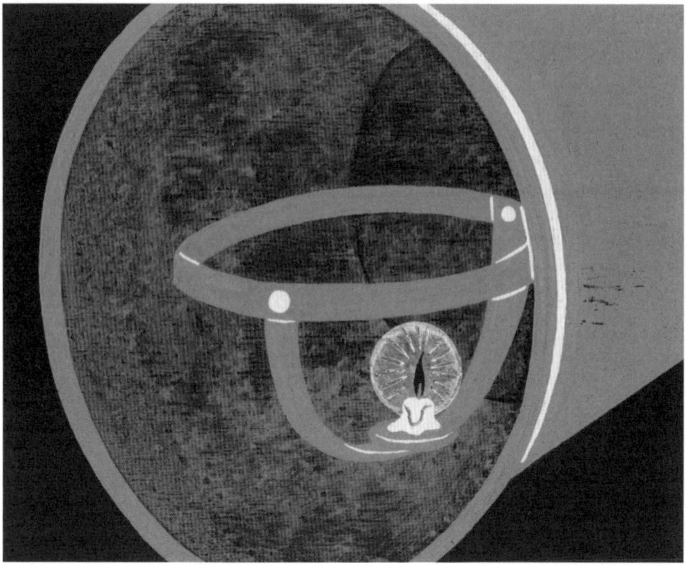

「水口在這上方，水應該會像小瀑布一樣流下來。這樣的話，這岩壁後面應該就是了。」

一文不懂他的推測有什麼含意。在飛猿那眼白清澈的雙眼凝視下，一文感到怯縮。

「怎、怎麼了？」

「文先生，剛才你說的話，眞的有打算那麼做嗎？」

「剛、剛才我說了什麼？」

要試著找出被囚禁的三倉村眾男丁。如果可以，要救他們脫困。

「水口的機關設計，是得從水牢那一側才能打開。因爲官差已經打開了水口，所以我們現在能從外面潛入。」

剛才你不是還叫我別想那些多餘的事嗎？飛猿想必也看出一文的躊躇和責備之色。他咕噥似地，很快地說道：

「我原本也覺得不可能，沒辦法做到。但既然現在水口打開了，就未必辦不到。」

照向兩人臉龐的龕燈，裡頭油蠟燭的亮光閃爍，光度減弱。仔細一看，它已幾乎快燒盡。飛猿動作冷靜地從懷中取出替換的蠟燭，迅速接火。

「文先生，你只要在這裡等就行了。我自己一個人去。」

說得也是，這樣做比較好。這我做不來。剛才說出那樣的夢話，眞是抱歉——。

儘管這樣，卻還是說出那樣的夢話，全是因爲要從被囚禁的人們身邊走過，什麼也不做，他實在辦不到。

自己這樣到底算是勇敢，還是窩囊呢？這是魯莽，還是有男子氣概呢？是珍惜生命，還是不要命呢？

在洞窟的黑暗中，一文感到思緒紛亂。這也難怪。他才十六歲，還只是個比童工強一些的商人學徒。而才十歲的年紀，就已經有這身過人膽量的飛猿，反而才奇怪。

「要怎麼接近水牢？」

一文大可不必這麼做，但他還是問了。

就連故事書上也看不到的故事，聽得富次郎掌心滿是溼汗。

「小富，你流了好多汗呢。人不舒服嗎？」

最後竟然還讓說故事者替他擔心。

「不……。對了，我幫你換壺茶吧。小文你也趁這機會休息一會兒。」

喝了香氣濃郁的熱茶，恢復精神後，富次郎朝擺在房間角落的書桌走近。打開書信盒，裡頭有幾張白紙、毛筆，以及小墨壺。平時阿勝都會替他做好準備，如果要寫字作畫，隨時都能使用。他在地上擺了四張紙，構成一張大開的白紙。拿起沾好墨的畫筆。

「我依據剛才聽到內容，試著大致把洞窟的樣子畫下吧。如果有哪裡畫得不對，記得告訴我一聲哦。」

見富次郎流暢地運著畫筆，文三郎大爲佩服。

「小富，你畫得眞好！」

「哪裡，我這只跟塗鴉差不多。」

最寬敞的那處曾是切石場的水牢位在正中央，大小混雜在一起的許多洞窟和坑道。那部分他只是大致描繪，但重要的在於直直地通往正中央的北邊洞窟和東邊坑道（這裡的出入口有人把守，這也要記下）。還有穿過水牢旁，一文和飛猿他們潛伏的洞窟。

「所謂的水口……。」

文三郎望著那黑白兩色的圖畫說道：

「是從流入洞窟的幾條水路當中，挑選水流最多的一條，以橫木和木框加以固定，把水流導向正中央那處寬敞的切石場。它會化爲瀑布沖下。而瀑布流出的起始處，也就是水開始落下的地方。那個木框……根據我祖父比出的手勢來看，大概有這麼大。」

文三郎雙手比出一個四方形。就算是大人也能逐一通過的大小。

「並不是木框裡滿滿都是水，水流的上方還有大約三分之二的空間。」

「他們打算從那裡通過，對吧？」

「嗯。不過，要在靠近水口的地方進入木框內，得從一文先生和飛猿所在的位置往上爬，進入往一旁延伸的坑道……。」

那條坑道以前是在打造水路和水口時所挖掘的作業用通道，從那之後一直都沒使用。

「那條坑道前方沒被封住，可以看見水從木框裡流出的樣子。想要抵達水牢，就得先從那裡下去不可。」

飛猿握著裝在麻繩前端的鉤子，將它掛在木框邊緣，一面承受從頭淋下的冷水，一面從木框裡往下爬。

「聽我祖父說，當時一文先生的膽子嚇到融化，從腳底流光了，不敢跟著過去。」

這也是沒辦法的事。富次郎設身處地著想，深有所感。

「一文先生爲了避免鉤子從木框上脫落，一邊用手按住，一邊承受濺起的水花，全身都溼透了。雖然幾乎都快凍死了，但他還是耐心等著飛猿回來。」

龕燈寄放在一文這兒，所以只有他這裡有亮光。但這也只是一時的安心。一文想必覺得自己就像是獨自一人被留在地獄的邊緣般。

「我祖父當初講到這個部分時，還笑了呢。我對他說，你這樣笑的話，對一文先生太失禮了。」

結果文三郎的祖父回答道。

——一文先生自己也是笑著提到自己膽怯的模樣，所以再勉強也得笑，這是對他的一種供養。

再勉強也得笑。這句話潛藏的分量，爲富次郎帶來很大的震撼。「你祖父也跟此刻的我們一樣，不是因爲覺得有趣才笑。」

富次郎此話一出，文三郎露出很正經的笑臉，點了點頭。

「沒錯。應該是邊說邊笑，爲那故事的可怕、悲傷、痛苦，進行排毒吧。」

這句話也令富次郎大受震撼。

話雖如此，重要的內容還在後頭。

「飛猿最後是否順利潛入水牢，救出被囚禁的眾人呢？」

聽到他的詢問，文三郎的表情爲之一沉。「最後還是沒辦法。」

首先，從三倉村被帶走的男丁，並非全部都在水牢裡。村長和味噌互助會的統領等村子裡的主要人物，似乎直接從村裡被帶往代官所。

「水牢裡有十二個人，一半是老年人，另一半是味噌互助會裡的人以及豆田的佃農，全都是年輕人。年紀最小的是十二歲的孩童。」

年輕人和孩童合力想將老年人推向沒水的地方。水牢原本是切石場，所以牆壁雖然切得很筆直，但多處留有像階梯般的落差。就算向外挺出的空間狹窄，只要能爬上去，就能離開水面。

「他們背起老年人，將他們往上抬，或是讓他們站在自己的肩膀上。」

就連十二歲的孩童，也不是被救助的一方，而是出手救助者，這點著實驚人。從小在市町長大的富次郎，光想就覺得整個人快暈了過去。

「官差見村民如此互相幫助，便打開水口，提高水量。」

因爲這個緣故，被囚禁的村民全身溼透，不過水面上升也不全然是壞事。

「只要整個人進到水裡，身體便能浮起。這麼一來，大家就能伸手搆到較高的落差處。也就能爬上沒水的地方。」

然而，身體一旦浸溼，就會發冷，不光是老年人，大家也都愈來愈虛弱。被關進這裡後，沒吃沒喝的，已過了整整兩天。

「飛猿來的那條路──也就是水口的木框內側，能抓著繩子爬上那裡的人，一個也沒有。就算有，也不能只顧著自己逃命。」

那些在場監視的官差，就算可以暫時瞞過他們的眼，可要是他們仔細清點人數的話就完了。

「要是有追兵前來，飛猿和一文先生他們會被拖累。」

「說得也是……。」

水牢裡的男人說，我們會繼續苦撐下去。你們要想辦法逃出去，向城裡告狀，說出十惡彈正的惡行。

──這或許是最後的訣別。眞高興能再看到你的臉。飛猿，後續就拜託你了。

飛猿獨自回到水口。承受著像瀑布般沖刷而下的水流，抓著麻繩往上爬，回到一文等候他的地方。

「一文先生也知道飛猿在流淚。儘管他滿臉是水，但一樣看得出他掛著兩行熱淚。」

飛猿平安歸來後，一文執起他的手，跟他一起哭了。

「在這狹小的洞窟裡，一文努力搓著飛猿冰冷的手腳，幫他取暖。」

他們藉著龕燈裡油蠟燭的亮光，再度前進。

「跟小指一樣長的油蠟燭，只剩最後一根了。兩人得趕在它燒盡前走出洞外。沒時間再蹉跎下去了。」

一文又凍又冷又累。但飛猿應該更冷更累才對。自己怎麼能比他先累倒呢。

——勇哥，你狠狠打我屁股吧。

一文，你眞的是男人嗎？如果你敢說自己是男人的話，就證明給我看。如果和你的名字一樣，是個一文不值的男人，就在這黑暗的洞窟裡，像地上的爬蟲一樣死去吧。永遠別出現在太陽底下！

「勇哥絕不是會對晚輩說這種話的人。但當時一文先生耳中確實聽到勇哥怒罵他的聲音。」

那是鼓舞他，支持他的幻聽。是一文的靈魂擠出的聲音。

「他咬緊牙關，手指抓向洞窟的岩壁，當整個路程已走到八成時，有個麻煩的情況等在他們前方。」

文三郎的故事也愈說愈好。

「洞窟裡淹水了。」

按照飛猿選的路線，兩人行進的這條窄細洞窟，會在這裡與一條坑道交會。而那處交會場所微微下陷，道路會先下降，接著再上升。

「坑道好像是爲了避開堅硬的岩石，才走這樣的路線。」

那處下陷的地點，積了滿滿的水。

「可能是因爲官差打開水口的關係，要不就是有其他原因，飛猿也不知道爲什麼。」

唯一確定的是，這下子得在又暗又冷的水裡潛過約半町（五十多公尺）的距離。

與之前潛過一大灘積水處大不相同。這次非得潛入水中游泳不可。

「一文先生他……。」富次郎搶先說道，「應該是嚇得膽子融化，從腳掌流出吧？」

文三郎朗聲哈哈大笑。

「您說對了！」

「這樣算是第三次了吧。如果是我，光一次就嚇得沒膽子可流了。一文先生眞不簡單。」

「那也是因爲他已無路可退了。」

飛猿與一文之間繫著的，只有一捆麻繩。在前來的這一路上，已微微磨損。飛猿將它重新綁好，對一文說道：

——一文先生，魚都可以辦到，所以你一定也可以，對吧？

是嗎，原來我比魚還厲害啊？一文過度害怕，儘管又哭又笑，但流不出淚。他口水乾涸，舌頭往內縮，發不出聲音。

「但他最後還是潛入水裡，對吧？」

眞是個男子漢。文三郎和富次郎相互點著頭。

一文和飛猿抵達位於幹道旁的洞窟出口時，天色已暗，星辰閃爍。

殘餘的晚霞，微微染紅西邊角落的天空。一文抬頭遙望，呼出顫抖的氣息，深吸一口氣，呼出、吸氣，接著他哭了起來。冷得全身無比僵硬，渾身滿是傷口和瘀青。站在一旁的飛猿也和他差不多。

但這位三倉村的孩子王很堅強，他拉著一文的手，推著他的背，開始撥開草叢朝幹道的方向前進。

兩人的眼睛都因爲習慣洞窟裡的黑暗，儘管來到外頭，一時卻還看不清東西。也因爲過度疲憊，腦袋不太聽使喚。一心只想著要前往幹道的兩人，率先回過神來的是一文。

他不發一語，猛然一把掐住飛猿的後頸，將他按向地面，自己也跟著趴下。飛猿一時驚訝，馬上做出抵抗，但當他看到某個東西時，旋即停止動作，屏氣斂息。

這條幹道是橫向穿越橫島藩的大路，形成一道緩緩的圓弧，繞過三倉村這個地區的北邊。雖然離幕府設有關隘的大幹道還很遠，但鄰藩的邊境已近在眼前，所以代官所或山奉行所的人馬常會到此巡視，也常在這附近設置駐地。

其中一個就在他們面前。駐地也是形形色色皆有，有官差常駐的駐地，建築也會比較氣派，但如果是供巡邏之用，順便讓馬兒喝點水，則只會比破小屋強些，沒人進出時，向來都擱置不理。

這裡的駐地，就是「擱置不理」的那種。但現在門口掛著一盞燈籠，點亮微弱的燈光。由於只有淡淡的亮光，一直到走近才察覺。

「……眞的好險。文先生，謝謝。」

在一文回應飛猿的話之前，燈籠那一帶傳來一陣「噗——」的呼氣聲。

是馬。那裡繫著馬。一文和飛猿身子壓得更低了，整個藏身草叢中。

馬的旁邊有人。從這裡看不清楚，但此人似乎在撫摸馬匹，檢查馬具，很細心地照料那匹馬。

這時，小屋裡又走出一人。身穿筒袖服，頭戴護額，身穿皮革護胸，下身穿著騎馬褲，背後背著短弓和箭筒。全副武裝。

「那是山奉行所的走狗。」

山奉行所是維護山地村落治安的衙門。與管理領民，收取年貢的代官所的職務不同，不過，隨著代官和奉行的人品不同，他們有可能成爲酷吏，也可能成爲好官，就這點來看倒是一樣。

當飛猿很不屑地說出「走狗」一詞時，一文便明白了。現在的山奉行所裡，見領民受代官所凌虐，會想加以救助的那種有德行的官差，恐怕一個也沒有。

「是受代官使喚的鷹犬嗎？」

「嗯。不過……他們應該在追捕什麼人吧。難道說，石和屋派來的人不是只有勇哥一人，一文先生你也一起同行這件事，已經被他們發現了？」

就算不是這樣，如果十惡彈正派山奉行所展開行動，想要殺害這塊土地上的領民，那麼此行將前途渺茫。

兩人就這樣看著那名頭戴護額的官差牽出馬，執起韁繩。負責照顧馬匹的，應該是官差的侍從。他取下燈籠繫向腰間後，見主人上馬，便像忠犬般陪在一旁，一同向前跑去。

待再也看不到那兩人一馬的身影後，一文從一數到十。飛猿則是閉上眼豎耳細聽。

「應該可以了吧。」

「我們出去吧。」

兩人從草叢中衝出，奔向那處簡陋的駐地。

令人驚訝的是，這處像破屋的狹小駐地，還微微留有暖氣。形狀像小石臼，當地特有的烤火盆裡，還留有一把木炭，用一個破鐵壺燒好了開水。

拜此之賜，一文和飛猿就此恢復了活力。因為可從後方的貯水處汲水，所以他們很珍惜地圍著木炭烤火，一再裝滿那個破鐵壺，盡可能多燒點熱開水。接著喝下開水暖胃，手靠向炭火，讓凍僵的手指得以放鬆。

「再加把勁就到了，文先生。」

「嗯。我就算死，化成鬼，也要返回城下。」

日後回想，當時（最後還是不知道他們是代官所的官差，還是奉行所的走狗）兩人能遇見這名懶惰的官差，實在很走運。要不是在這裡取暖提神，喝熱水恢復活力，就算繼續走下去，也走不了多遠便會筋疲力盡。

他們前方的道路，與之前在洞窟的黑暗底端爬行一樣辛苦又危險，只比潛入一片漆黑的水中強一些。

只要在黎明前翻越這座山丘，就能看見城下町的亮光——在來到這樣的地點時，他們發現山丘上有間茶屋（勇次和一文偶爾也會去光顧的店家），官差進駐此地，拿它當臨時的哨站，他們就此遇上難關。

而在那之前，一文和飛猿在山丘前方遇見一輛載滿木箱的搬運車。拉著這輛搬運車的，是一位買陶偶的老翁，昨天他在這一帶的村子裡四處收購陶偶，今天一早出發，準備返回城下的店裡。

從昨天開始，官差便來去匆忙，看起來殺氣騰騰，這位商人看出再過不久可能就會出大事。原本還以為是農民暴動或是集體逃亡。

一文拿定主意，坦白地向那名商人說出一切。一聽到三倉村，商人大吃一驚，很替村民擔心。

「好，這樣的話，你們都躲進我的木箱裡。我帶你們去城下吧。」

就這樣，在經過那臨時設立的哨站時，一文和飛猿都藏身在裝有陶偶的人箱裡。

陶偶爲了避免破損，都事先一個一個用布包好，沒將木箱塞滿，刻意保留了一些空間。不過，現在要將人偶連同包巾布一同壓扁，把人塞進去，飛猿還是小孩姑且不談，一文雖然身材清瘦，但畢竟是個年輕人，要整個人塞進去相當費勁。

「這得來不易的陶偶都破了。」

「別在意。三倉村是上等陶偶的產地。陶偶也會想拯救製造他們同伴的村民。」

費了好大一番工夫後，終於勉強處理好木箱，商人開始爬上山丘。因爲藏了兩個人，所以比平時的搬運車重上許多。這位上了年紀的商人，明明在這寒冷的黎明前時分，卻滿頭大汗，發出吃力的呻吟。

官差發現他的異狀。

商人開始演戲，說他肚子不舒服。如果光是聽他們對話，會覺得他就像眞的人不舒服，聲音顫抖而且虛弱。

官差滿腹狐疑，緊纏著他不放。還命令商人打開木箱蓋。先打開這箱。接著開這箱。然後是那箱。官差隨意亂指，命商人打開箱蓋，似乎是在觀察他會不會因此臉色有變，或是心生慌亂。一文躲在木箱裡，雙手抱膝，低頭縮著身子，感覺到膽子再度融化，從腳底流出。他眞的感覺到自己的膽子像水或眼淚一樣，從身體流出，甚至想到陶偶會被他弄溼，很過意不去。

他暗自拿定主意。一旦被官差發現，便朝他撲過去，把他的眼珠刨出來。如果是飛猿應該能趁他引發騷動的時候逃離吧。像這種時候，只要他們兩人其中一人能平安抵達石和屋就行了。

在這短短一天之內，一文失去了勇次，自己也多次面臨性命之危。

眞是受夠了。煩都煩死了。明明受了這麼多折磨，卻還沒結束。

叩。

一文藏身的木箱被打開了。

商人之前先將裡頭的陶偶都拿出來，讓一文藏在裡頭。接著在一文身體與木箱間的縫隙塞滿用布包好的陶偶。所以此刻一文就藏在人偶底下。

一文臉部朝下，陡然睜開眼。微微一道陽光從陶偶間的縫隙處射下。

官差發出奇怪的聲音。「哦？」

——穿幫了嗎？

正當他這麼想的時候，蓋子再度蓋上，一文四周又陷入一片黑暗。

「老爺子，你是賣陶偶的嗎？」

在他的詢問下，傳來商人回答的聲音。

「怎麼不早說，害我和人偶對上了眼。」

官差的這句話，被其他官差的笑聲蓋過。

「你怕人偶啊？」

「哼，我娘就是靠這個做副業，吃足了苦頭。我對陶偶只有恨啊。」

哇哈哈。在笑聲下，商人的搬運車再度緩緩動了起來。

來到城下町後，馬上有認識的人向那名商人喚道：

「你怎麼啦？看你很累的樣子。」

商人請對方幫忙，就此抵達了石和屋。

打開木箱蓋後，第一個看到一文的人，是和勇次很熟的一名二掌櫃。一文已無力從木箱裡站起身，飛猿則是在木箱裡暈了過去。

走下搬運車時，一文很想向幫助他藏身的陶偶道謝，輕輕拆開其中一個陶偶的包巾布。

是素陶偶。沒有五官。還沒畫上圖案。咦？這樣的話，與那名官差對上眼的人偶是哪一個呢？

「我運來的陶偶，全都沒有五官。」商人說。接著他就像很自豪似地，咧嘴一笑。

「橫島藩作的陶偶，大小跟成人的手掌差不多。」

文三郎揮動著右手掌說道。

「雖是陶偶，但相當大，而且頗有重量。現在一樣買得到，希望日後有機會的話，也能讓小富你瞧瞧。作工很精細哦。」

之所以沒馬上接著往下說，想必是因爲……

——有更令人難過的事等在後頭。

不過還是得仔細聽才行。富次郎暗自朝丹田使勁，開口問道：

「官差之所以會殺氣騰騰地追來，堵住幹道，檢查通行者的貨物，是因爲石和屋的一文先生想逃出領地的事穿幫了，對吧？」

文三郎就像腦袋突然變重般，重重地點頭。

「是在哪個時間點穿幫的呢？」

「……在多多井。」

聽說代官所的官差，只比一文和飛猿他們晚一個時辰，就趕到了多多井。

「因爲那裡是知名的陶偶窯場，所以會前往那裡也是時間早晚的問題。小文，你別擺出那種神情嘛，繼續往下說吧。」

在富次郎的勉勵下，文三郎雙手緊抵自己的臉頰，接著說道：

「官差早就查出從石和屋來了兩名商人，還知道他帶著三倉村的小姑娘一起逃走。並逼迫多多井的人們說出他們逃往哪兒去，往哪個方向走，要他把知道的一切全招出來。」

當然了，肯定不光只是言語上的逼迫。

「受他們藏匿的阿敏再也按捺不住，自己走了出來，報上名字。」

——你們要找的那位三倉村的小姑娘在此。

「就這樣……被帶往人在代官所垂涎等候的十惡彈正那裡。阿敏向他請求道，只要代官大人您高興，要我做什麼都行，請饒恕其他人吧。」

她一個山村小姑娘的請求，聽在邪惡的代官耳中，只像是山裡猴子的鳴叫。

不知爲何，文三郎突然表情變得扭曲。「很慶幸我是住在江戶，在生意繁榮的商人之家長大。」

「我也一樣。」

見富次郎如此附和，文三郎問道：

「因爲是這樣的身分，我才私下這樣跟你說，你覺得武士沒那麼可怕，對吧？」

的確，富次郎沒切身感受到身分的差距。一來也是因爲身分高的武士沒住在一般市井中，所以沒就近接觸的機會。

「不過，我聽祖父說這個故事時，深深覺得武士眞是可怕。」

身分的差距很可怕。下面的人不管怎樣都不能違抗上位者，就算遭遇不合理的事，也只能默默忍受，這點實在很恐怖。

「那應該已經是很久以前的事了。現在想必有很大的改變吧。」

富次郎說完這句話後，對自己輕率的口吻感到羞愧。自己是憑什麼這樣說。那些在遠方耕田種稻，製作當地的產品，以此支付年貢的人們，是過著怎樣的生活，他明明就一無所悉。

「……一文先生完成了他的任務。」

文三郎緩緩接著道。

「石和屋的老爺向味噌批發商的工會陳情，工會的監督又向藩內的御藏官陳請，也就是統管特產品的官員。」

最後，十惡彈正的惡行，一路申訴傳進家老耳中。

「彈正想透過自己手下的商家，竊占藏入地該收取的財富，中飽私囊，這對橫島藩構成了侵占罪，算是罪大滔天。」

但在家老派出監察官，揭發彈正的所有惡行，處以應有的刑罰，三倉村一帶在新任的代官統管下，重拾往日的和平之前……。

「花了將近一年的時間。」

富次郎也為之錯愕，張大嘴巴，久久不能合上。「一、一年？」

文三郎這才從臉頰上鬆開手，垂落雙肩，點了點頭。

「嗯。所以沒人獲救。」

被代官所帶走的三倉村眾男丁，不是老早就被斬首，就是接受嚴格的拷問而喪命。之後木築村和多多井等其他地方的人也都被囚禁，遭受嚴刑拷問，或是胡亂被派去開墾山地、修造堤防，像牛馬一樣被迫做苦力的工作，陸續喪命。

「也有人和三倉村的男丁一樣，被關進水牢。」

附帶一提，水牢的囚犯在半年後得到釋放，然而……。

「他們幾乎全都死了。」

身分的差距。下位者無法抵抗的權力厚牆。在它們面前，領民的性命跟螻蟻沒兩樣。

「唯一保住性命的，只有阿敏。」

啊，阿敏活下來了。富次郎一時心中爲之一亮。但接下來文三郎說的話，馬上又滅去那道亮光。

「她被關在代官宅邸的內院裡，完全成了彈正的女人。」

可能是十惡彈正的個人嗜好吧，她明明沒出家，卻要她做女尼的打扮。

「聽說爲了防止她自盡，一直都派人嚴密監視。要是阿敏以咬舌或禁食來抵抗，就虐待在阿敏身邊照顧她的女侍當懲罰。一個不小心還會要了她們的性命，所以阿敏無能爲力。」

雖然她身上沒任何損傷，但已處在半發瘋的狀態，就算回三倉村也無法過正常人的生活。

好慘。這結局太悲慘了。

「對了，飛猿後來怎樣？那孩子該不會也被問罪吧？」

文三郎注視著富次郎。

「因爲他擅自離開村莊，成了違反鄉村規定的逃亡者。」

飛猿在市町外郊被當作罪犯，連續五天公開示眾，並接受逐出領地的懲罰。

「他才不是逃亡呢。他明明有正當的理由啊！」

「因爲他是孩子，所以才網開一面。如果是大人的話，會被視爲逃亡外加越級申訴，得受磔刑（註）。」

這也很不合理吧。

「不過，飛猿運氣很好。城下驛馬站的老大知道內幕後收養了他，他就此有了工作和住處。」

如果因爲驛馬站的工作，而擔任馬夫，或是拉著搬運車在幹道上來來去去，就不算是住在橫島藩內。符合逐出領地的條件。

「石和屋和三倉村的生意，受到接替十惡彈正的代官大人特別的保護，而失去核心人物的味噌互助會，也慢慢重振起來，不過……。」

失去的東西無法再回來。

「待三倉村一切風波都平靜下來後，一文先生前往找尋勇哥的遺骸，但都已間隔一年多了。也不知是被官差埋在什麼地方，還是扔到哪兒去了，完全沒線索可循……。」

註：把人綁在木頭搭成的十字架上，以長槍刺死的一種刑罰。

和勇哥一起遭殺害的三倉村村長夫人阿次，她的遺骸同樣沒發現。村長也在代官所被斬首，屍體丟進河內，所以他們夫妻倆的墳墓裡都沒有遺體。

空墓裡只有憎恨和悲傷。富次郎緊咬嘴脣。

「不管怎麼尋找都徒勞無功，一文先生本打算就此死心，返回城下，但阿敏的家人叫他過去，說阿敏想見他一面。」

幸好阿敏的家人都平安無事，也許是阿敏捨身解救眾人的關係吧。

她家人都很用心照顧阿敏，對她百般安慰和鼓勵。儘管如此，阿敏還是一樣眼神空洞，內心就像只剩空殼般，連正常的對話都沒辦法。

「聽說阿敏一聽到一文先生來到三倉村的消息，便突然清醒過來，說想見他。」

不光如此。她還向父母央求道「我想作陶偶」。說她只要用一整天的時間就能作好。

「阿敏說，在作好之前，希望一文先生能等我，我無論如何都要讓他帶我作的陶偶回去。」

三倉村的特產陶偶，不僅大，也很有重量，所以能作出各種形體。例如吉祥物、神佛的模樣、琴瑟和鳴的夫妻、把玩玩具的孩童。還有採美麗的藝妓站姿，衣袖因風吹而鼓起，在空中飛舞的仙女，以及身穿盔甲，手持長刀或長槍，威風凜凜的武士。

「一聽到陶偶，一般人或許會覺得外形很粗糙，圖案也不太講究，但三倉村的陶偶不一樣。尤其是多多井聚集的工匠作的陶偶，因爲他們個個都手藝高超。」

而在那裡學習的阿敏，同樣也有過人的手藝。

「急忙請人備妥材料和道具後，阿敏前往水井沖水淨身，接著前往參拜村子的鎮守神。」

她開始自己一個人著手作陶偶。

——在我作好之前，請讓我自己一個人獨處。別過來看我的情況。水和食物都不需要。拜託了。

「接著，她按照約定，用了一整天的時間製作完成後，再次與一文先生會面。」

當然了，一文也沒有理由拒絕與她見面。要是阿敏一直是像失了魂的空殼，一文會感到難過、悲傷、歉疚，沒臉見她。但既然她現在恢復清醒，一文也想見她。想與她促膝長談。

「可是……。」

文三郎聲音一沉。

「見了面之後，果然……。」

她已不再是以前的阿敏。

「她毫無生氣，且面無血色。」

一文心想，這就像阿敏的空殼坐在面前一樣。

「而說這話的一文先生自己，和那場風波之前相比，應該也完全變了個人吧。」

阿敏一看到一文，便淚如雨下。一文湊向前，執起阿敏的手，阿敏也握住他的手。

「聽說她連手指都瘦得指節浮凸，就像握著一根枯枝。」

文三郎的祖父說到這裡時，也爲阿敏感到憐憫，眼眶泛淚。

一文說他沒能找到勇次的遺骸，很不甘心。能見到阿敏深感慶幸，對阿敏的遭遇感到很懊悔。一切都不能回到跟以前一樣，教人難過。

「阿敏請一文先生將那他天的見聞和體驗，全部告訴她。」

她面露菩薩般的微笑，以枯枝般的手指，溫柔地輕撫一文的手。

「一文先生像在攪動心底的泥巴般，說出了一切。連在石和屋沒說得那麼詳細的事，也都坦白說出。包括勇哥悲慘的死狀、飛猿有多麼可靠、自己有多麼窩囊。」

他沒隱瞞，也沒添油加醋，像孩子一樣邊哭邊說給阿敏聽。

「阿敏聽完後，靠向一文先生身邊。」

以她那雙大眼注視著一文的眼睛。

「那渾圓清澈的眼眸，滿含寶玉般的光輝。她的美，不管有過多悲慘的遭遇，還是一樣沒變。」

文三郎像在歌唱般說道：

「接著阿敏向一文先生問道。」

——一文先生。在那條艱困的路上，你有幾次覺得自己會沒命？

有幾次覺得自己到此爲止了？

如果用一文的說法，便是「膽子融化，從腳掌流出」的次數有多少？

一文回答四次。也許次數更多，但過了一年回頭來看，清楚記得的一共有四次。

聽到他的回答，阿敏清瘦的臉龐笑逐顏開。臉頰微微恢復一點血色。

——是嗎？這樣的話，這個你收下吧。

她將擺在身旁的木箱移到一文面前。裡頭是陶偶。

「一文先生打開來一看，是個頭戴護額，身穿護胸的武士陶偶。」

護額和護胸？

「裝扮與那天讓一文先生和飛猿取暖的官差很像。」

這陶偶是在聽一文說出他的體驗前就做好了。如果只是剛好相似，感覺有點可怕。

「不過，這個陶偶武士不是手持弓箭，而是雙手握著短槍。」

短槍可當作投擲武器使用。

「陶偶拿著短槍，展現出一副看準敵人，隨時準備擲出的模樣。」

那是任誰看了都會爲之著迷，很俊俏的武士，一點都不像是一天趕工作成。不過，有一點很奇怪。

「陶偶的雙眼發紅。眼珠不是黑色，而是用紅色顏料畫成。」

一文收下那個陶偶武士，對阿敏說，「謝謝，我會好好愛惜它。」

接著阿敏說道：

——一文先生，你之前有幾次做好死亡的覺悟，這個武士就會守護你幾次。

她的聲音堅定、剛強，而且清亮。與一文印象中的那位小姑娘的聲音不一樣。也與剛才那瘦弱憔悴，活像病人般的聲音不一樣。

——因爲我希望它能保護你，在製作時注入這樣的意念。

阿敏的懊悔。勇次的懊悔。被邪惡代官的私欲和蠻橫翻弄的許多生命的懊悔。

——爲了避免讓許多的懊悔順著憤怒凝聚不散，就此化爲怨念。要報答一文先生的勇氣，讓念力往好的方向產生作用。

要是懊悔化爲怨念，這對遭殺害的人們來說，也是一種不幸。因爲沒人可以升天，會一直在人世間徘徊受苦。

——一文先生，二來也是爲了爲大家祈冥福，請收下這個陶偶吧。

這個小武士，在一文有生命危險時，會挺身守護他。

「而且並非只守護一文先生這一代。」

只要四次的機會沒用完，一文的子子孫孫都會受到陶偶的守護。阿敏清楚明確地這樣說道。

「不過，我第一次聽祖父說這個故事時，心裡想，既然要守護我們，那就一直守護下去不是更好嗎？」

爲什麼只有四次機會？這坦率的說法，逗笑了富次郎。

「阿敏小姐在注入念力製作陶偶時，如果許下的誓願是『永遠』、『一直持續下去』，應該就會不管用吧。」

強力的祈願，需要相對的嚴格條件和束縛。一文曾經四次賭上性命，所以才以同樣的次數來回報其恩情，這樣的決定合情合理。

「嗯，小富果然是聽過許多這類的故事，所以理解得特別快。」文三郎如此說道，吁了口氣。

「這就是我的祖先一文先生的經歷。」

一文，也就是後來一手建立丸升屋的第一代文左衛門，雖然沒能長命百歲，卻度過豐足且幸福的人生。與妻子育有三男二女，第二代文左衛門由長男繼承。第三代當家則是由這位長男的次男繼承。接著這位第三代當家的長男，便是文三郎的祖父，第四代的的文左衛門。

「後來一直到我祖父這一代之前，陶偶的四次守護已用了三次。」文三郎接著說道。

那三次都是發生在江戶人形町的丸升屋，所以不是像一文先生以前在三倉村經歷的那種情況。

「三次當中，有兩次是半夜失火。這兩次都是發生在第二代的時候。我祖父說第二代當家的命中帶有火劫。」

那兩次火災都是火焰和濃煙從上風處一路逼近，丸升屋一家人背著重要家當準備逃命時，在擠滿爭先恐後要逃離的人群中……。

「有兩個像針頭般大小，一閃一閃的東西，忽近忽遠，迴旋繞圈，發出亮光。」

——這邊，往這邊走。

「於是他們緊跟著亮光走，穿過幽暗的巷弄、屋舍間的縫隙，很自然地逃到安全的地方。」

哎呀，撿回了一條命……第二代文左衛門和第二代老闆娘癱坐地上後，那兩道光閃了一下，旋即消失無蹤。剎那間，那個陶偶的形體浮現在黑暗中。它雙手緊握的那一對短槍，正是那四處飛行的光源。

「阿敏的陶偶救大家逃離火場。第二代當家當場拜倒在地，淚流不止。」

過了十年後，第二次發生火災時，同樣的情況又發生了，已比第一次冷靜許多的第二代當家和老闆娘，引領著丸升屋的眾人跟著在天空迴旋飛行的亮光跑，並定睛細看那處亮光。這次清楚看見飛在空中的陶偶輪廓，以及它手持短槍的動作。

「聽說它就像在舞蹈般。表演威武輕靈的槍舞。並不時擺出帥氣的姿勢。」

經這麼一提才想到，文三郎在說這個故事前，誇讚扮演服裝人偶的富次郎有模有樣時，他先擺出一個像在揮動長形武器的動作後，才說「其實這也會出現在我祖父的故事中」。指的就是這個陶偶的舞蹈和架勢嗎？

「聽說第二次解救時，陶偶在讓大家平安逃難，即將消失前，它紅色的眼睛像炭火一般發出明亮的光輝。」

不管在什麼情況下，都只有丸升屋一家人看到這一連串奇異的景象。碰巧和丸升屋逃往同樣的地方，或是在丸升屋的催促下跟著跑，而撿回一命的左鄰右舍，別說陶偶了，就連飛在空中的那一對亮光也沒瞧見。

「啊，還有，不論是哪一場火災，店面和家中都沒燒毀。」

待滅火後回到家中，第二代當家馬上拿起第一代當家留給他用來裝陶偶的木箱，解開外面的繫繩，掀開蓋子查看。

「陶偶完好無缺。」

它當然一動也不動。甚至沒有動過的痕跡。短槍的槍尖也是以陶土作成，不可能會發光。不過，聽說整個陶偶微帶一股煙味。在發生第二次火災後，它的臉和手腳因沾染黑灰而顯得髒汙。

「第二代老闆娘以絲棉將它擦拭乾淨，稍微通通風，恭敬地向它道謝後，又收回木箱裡。」

接著老闆娘才露出微笑說道：

——眞是謝天謝地，好個噹噹人偶啊。

「老闆娘當初是因某個緣分，而從三倉村嫁入丸升屋。」

她是當時慘遭殺害的村長夫人阿次的姪女。因丸升屋與三倉村的味噌互助會這層關係而結爲夫妻。

「『噹噹』是當地的方言，意思是『充滿活力』、『威風凜凜』。」

手執短槍，守護丸升屋眾人，威風凜凜的陶偶武士，噹噹人偶，是吧？

「那麼，第三次守護丸升屋時，噹噹人偶大人有怎樣的活躍表現呢？」

那是第三代當家繼承丸升屋文左衛門這個名字後沒多久發生的事。

「第三代當家有位從小在家附近一起長大的玩伴，但後來對方長大成了一個吃喝嫖賭樣樣來的敗家子……。」

連他父母都放棄他，親戚也都沒人肯幫他，他投靠無門，最後只好來找第三代當家幫忙。每次都來哭求，說什麼這次再不還債，會被斬手指，或是他心愛的女人要被家人賣去妓院了，淨說一些冠冕堂皇的理由。

「第三代當家爲人善良，心裡排斥的事無法明說拒絕，所以在他的央求下無法明快地拒絕，一再借錢給他。而這位兒時玩伴很了解他這種個性，老是來向他要錢，沒完沒了。」

第三代當家挨退休的第二代當家訓斥，連大掌櫃也告戒他「你身爲一家之主，這樣做怎麼行」，連剛生下家中繼承人的妻子也向他哭求道：

「再這樣下去不行，你得拿定主意。下次你那兒時玩伴再來要錢的話，你一開始就得板起臉孔拒絕他。」

第三代當家的那位兒時玩伴，看準了他的心軟，心想，只要一再纏著他不放，他總會讓步的，就此緊咬不放。但第三代當家也沒就此認輸。他一樣拒絕。說不行就是不行。

「結果那位兒時玩伴反倒惱羞成怒。」

他亮出藏在懷裡的匕首威脅。

「這名兒時玩伴平日不走正道，很像是會帶著這種危險物品在身上的人。展現出無賴漢慣用的用刀手法。」

他不只持刀對著第三代當家，也比向在一旁查看的年輕老闆娘。老闆娘手中還抱著孩子。

這下完了。第三代當家像石頭一樣全身僵硬，無法動彈，而老闆娘則是緊抱著孩子，屏住呼吸。

「這時，突然從丸升屋的內院飛來一個東西。」

颼！那東西破空而來。

「飛來的那個東西，直接刺向那名兒時玩伴緊握匕首的右手手腕。」

已徹底淪爲無賴的這名敗家子，慘叫一聲，匕首便脫了手。

「接著又是颼的一聲。」

那飛來的東西這次改爲朝那緊按著手腕，難看地又叫又鬧的兒時玩伴眉間刺去。

「正當眾人都目瞪口呆時，那名敗家子突然雙膝一軟，在丸升屋的店門前躬著身子，就此嚥了氣。」

據說第三代當家看到了。噹噹人偶的短槍插在他兒時玩伴的手腕上。

聽說老闆娘也瞧見了。噹噹人偶的短槍插在那名兒時

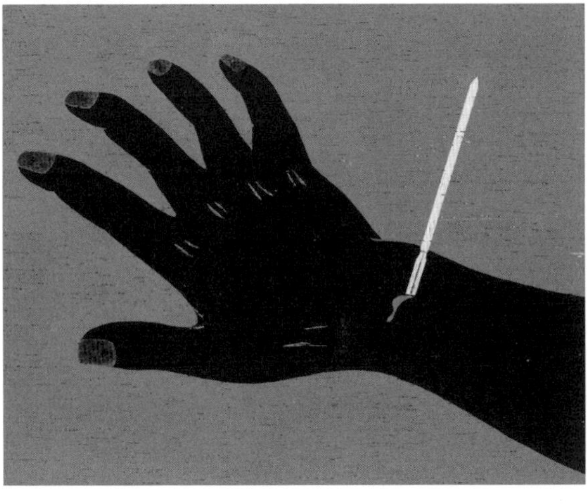

玩伴的眉間上。

「不過，神奇的是……。」

當扶起屍體時，那兩把短槍已消失不見。並非掉落。而是到處都找不到。

「當時剛好也在場的客人，都沒人看到那飛來的東西。」

大家都只看到一名男子揮動著匕首向人威嚇，接著突然躬身倒地的那一幕。

「驗屍的官員也前來查看，但屍體沒有外傷，看起來就像突然暴斃。由於找不出任何疑點，所以最後以猝死結案。」

後來那名兒時玩伴的父母還說，弄髒了丸升屋的店門口，萬分抱歉，包了一筆賠償金。

「然後呢、然後呢？」富次郎忍不住移膝向前。「第三代當家打開木箱後，這次有什麼變化嗎？」

文三郎嘿嘿輕笑。「你猜會變怎樣？」

「你就別吊我胃口了。我猜猜看……短槍的槍尖上沾了一滴血？」

文三郎嘴角仍掛著笑意，閉上眼，緩緩搖了搖頭。

「不不不，沒被無賴的血染髒。」

不過，它持短槍的手，姿勢變得有點不同。

「因爲當時噹噹人偶大人已顯然成了丸升屋的傳家寶。每逢一年一度的曬蟲日（註），店主便會將它從木箱中取出來曬太陽，仔細擦拭一番。」

一家人朝它合掌膜拜。

「然後再用乾淨的綢緞重新包好，收進木箱中。」

因爲有這樣的慣習，所以第三代當家和老闆娘也就此記住在曬蟲日時看到的噹噹人偶是什麼姿勢。

它在收拾無賴後，姿勢明顯不同。

「手舉的高度和手肘的彎曲度不太一樣。之前在曬蟲日時，雙手手指都是牢牢握住短槍，但現在則是左手小指微微鬆開。」

而且有件事只有老闆娘發現。

「它兩把短槍互換。之前曬蟲日時，握在右手中的短槍，現在改由左手握。」

——應該是因爲當作投槍使用，所以在重新握好時，左右互換了。

「我祖父是這麼說的。」

這事當眞耐人尋味。富次郎聽得很開心。「對了，發生那場風波時，老闆娘抱在懷裡的嬰兒……。」

「對對對！那就是我剛出生不久的祖父。」文三郎如此說道，笑得眯起了眼睛。「他自己還說，他記得那把朝握著匕首的無賴飛去的短槍，從當時還是嬰兒的他鼻尖掠過，發出颼的一聲。」

——還看到那飛馳而過的短槍槍尖，發出像星星般的亮光呢。

富次郎聽了，也哈哈大笑。「再怎麼說，也不可能有這種事。」

註：在夏土用這段時間，會將衣物或書籍拿出來晾曬，土用指的是立秋前的十八天這段期間。

「是嗎？我也不是很清楚，不過，那是一把擁有神通的短槍，所以純眞無邪的嬰兒，或許能用心眼瞧見。」

不管怎樣，此時的噹噹人偶救了丸升屋第三代的店主夫婦和第四代當家的性命。

「除了這種危急的時刻外，還發生過什麼特別的事嗎？例如木箱會動，或是有什麼感覺之類的。」

「聽說除此之外，就再也沒發生什麼怪事了。」

平時的噹噹人偶，就只是第一代當家遺留的傳家寶，一個用來緬懷先人，安靜無聲之物。

「接下來……終於要講到第四代當家，也就是我祖父的故事了。」

富次郎點點頭，重新沏了壺茶。故事到此告一段落，也換了新的茶香。

「去年二月二十四日，我們一樣依照慣例，將店面租借給雛人偶店，一家人前往入谷的別宅暫住。」

一棟建在田地中央的獨棟兩層樓宅邸。

「我祖父在四年前夏天，趁著祖母過世的機會，獨自搬往那裡居住。」

聽說是他自己的提議。

「有伶俐的資深女侍會跟過去照顧他起居，在那邊也會另外雇人，一切打理得很妥當。」

成爲第四代當家退休居所的那棟別宅，一年比一年更好，適合居住。

「一開始我也說過，我祖父最疼我這個多餘的豆渣。自從他搬出去住之後，我很替他擔心，雖然想有空就多去探望他，但諸事繁忙，始終難以成行。到最後，只有雛市的時候才能和祖父見面。

我一直覺得很愧疚。」

文三郎像思春女子般，顯得愁眉不展，富次郎朝他笑道，「小文，你大可不必爲這種事煩惱，你祖父應該自己也很清楚才是。」

不管怎樣，終究是相隔一年的重逢。文三郎想盡可能展現開朗的一面。

——爺爺，文三郎來看你了！

「我來到寢室一看，我祖父坐在床鋪上，披著一件棉襖，正在喝藥湯……。」

文三郎一見他這副模樣——

「我心裡想，情況不妙，看來是不久人世了。」

倒也不是像面露「死相」那麼誇張。這是只有親近的家屬才有的直覺。一直都受祖父疼愛長大的文三郎，感受到這個不吉之兆。

「儘管如此，我還是和祖父天南地北地閒聊，這時，祖父突然叫女侍退下，面露慈祥的笑容對我說。」

——看來，你似乎也看出來了。我已命不久矣。

「我佛會引領我上西天。沒什麼好難過的。」

不過，能在這個時候和文三郎你見面，眞是太好了。我想告訴你一個故事。你願意聽嗎？

——那是我年輕時發生的事，當時我剛成家，生下長男長女，好不容易學會做生意的門道，覺得做生意很有意思。

「我祖父說，那件事剛好就發生在這棟別宅。因爲很不可思議，又可怕，不能隨便說給旁人聽，所以祖父一直藏著這個祕密。」

——你的兄姊都不知道。

「他就只告訴我一個人。」

爲什麼只說給文三郎你一個人聽呢？等說完後我會告訴你。你先別問，豎起耳朵聽我說吧。

「所以我便照著祖父說的話做。」文三郎說。

✦

丸升屋第四代的文左衛門，那年春天感到春風得意。因爲他店裡的生意興隆，在味噌批發商的工會裡，大家甚至借用大富商紀伊國屋文左衛的名號，調侃他是「鹹味的紀伊國屋」。

文左衛門發明的懷中味噌湯，不光在喜歡甜食的年輕女孩中頗獲好評，就連在追求新奇事物的江戶風雅人士之間也備受推崇。商品才一擺向店門口，馬上便銷售一空，帳面上滿滿的紀錄，預約已排到一個月後。雖然也有同業想出模仿的產品推出販售，但文左衛門的懷中味噌湯要作成商品販售，得歷經一段漫長的準備時間。不是短短一兩天就能作出。顧客自然都會前來尋求「正宗」的產品，丸升屋的行情因此水漲船高。

而在他們的本業味噌方面，以前的老顧客見他們突然暴紅，也替他們高興，而被懷中味噌湯吸引來的新顧客，對丸升屋的其他產品也都有很高的接受度。

從第一代當家開始，便用心與各地的味噌互助會、釀造商建立深厚的情誼，丸升屋的生意這才得以經營。文左衛門平時不忘對他們心存感激，如果受人調侃，便紅著臉低頭行禮，要是受人嫉妒，便恭敬地低下頭，全心投入生意中，但在四下無人時，總會湧現笑意，他都極力忍住。

話說，舉辦雛市的時期，今年同樣造訪丸升屋。既然店面是開在人形町的十軒店，這便是無法迴避的慣例。

已經退休的第三代店主夫婦，會在雛市期間展開箱根七湯巡禮（註）。人形町和神田、上野一帶的味噌、醬油批發商，設立了這樣的旅行團，夫妻倆為了參加而固定存錢，今年終於得以如願。

第四代當家一家人，恭送這對老夫妻出門後，和之前一樣遷往入谷的別宅入住。有店主夫婦和子女三人。文左衛門和妻子育有二男一女，兩個兒子食欲旺盛，女兒則是愛撒嬌，總之，一家人聚在一起，熱鬧無比。想到這也是自己促成花開的人生花朵，便很自然地面露微笑。

以上一代當家那時候便已在店內工作的大掌櫃為首，店內夥計和女侍有十三人之多。當中帶往別宅的有六人，另外七人留在店內。今年打算懷中味噌湯這項生意照做，所以留在店內的夥計比往年來得多。

起初文左衛門自己也打算留在店裡掌管生意，但妻小和大掌櫃都反對。

「您就好好放鬆一下吧。」

在他們的說服下，文左衛門最後才改變想法。

今年因為會沾懷中味噌湯的光，所以除了往年出借的那家雛人偶店外，也有其他店家詢問「請

註：箱根溫泉中的湯本、塔之澤、堂島、宮之下、底倉、木賀、蘆之湯這七座溫泉。

一定要租給我們」「我願意付兩倍的租金」，費了好大一番工夫才婉拒對方。在目送上一代店主夫婦開心出門後，他也跟著鬆了口氣，結果沒想到馬上感到全身鬆軟無力。看來還是休息比較好。大掌櫃和妻子平時都很仔細觀察我，他心中暗自明白。

入谷的別宅是由第三代當家買下，其實當時也並非有特別的需要，似乎就只是在和老主顧往來的過程中，對方提到：

「丸升屋也差不多該有一棟別宅了吧。」

結果這事就這麼談成了。第四代文左衛門從十二歲開始，每到雛市的時節，都是在這裡度過，但一開始造訪此地時，見到那氣派的兩層樓建築，尤其是那寬敞的馬廄，家中還微微帶有馬匹的氣味，令他大爲吃驚。詢問後才得知，前一位屋主是一家大規模的馬力屋（用馬來運貨的行業），這樣就明白是怎麼回事了。

在該年二月二十四日的傍晚時分，如今已是丸升屋店主的第四代當家，帶著家人和夥計來到別宅。位於農田中央的這棟兩層樓房，平時窗戶都一片漆黑，現在已轉爲明亮，水井的滑輪卡啦卡啦作響，熱氣和炊煙從煙囪流出。人聲鼎沸，孩子嬉笑，發出響亮的腳步聲在走廊上到處奔跑。

文左衛門獨自在他們夫妻倆以及孩子們專屬的二樓房間裡，卸下背後的小包袱，小心翼翼地解開包巾。

裡頭是噹噹人偶的木箱。

要離開店裡時，比起金庫和倉庫的大鎖，丸升屋的當家更得小心帶在身上的，便是這個木箱。文左衛門也很清楚，當初第三代當家一直都奉行這個原則。

——今後它只能再守護我們一次。

在出發展開箱根七湯巡禮之前，第三代當家這樣說道。

——別重蹈我的覆轍，你別用掉這個機會，要將它傳給第五代當家。第五代再傳給第六代，第六代傳給第七代。因為抱持這樣的祈願，小心供奉噹噹大人，是丸升屋店主的責任。

在前來這裡的路上，人偶不能有半點損傷。文三郎將座燈拉近，在渾圓的亮光下打開木箱。噹噹人偶手持一對短槍，展現那多年不變的舞姿。

——是噹噹大人在跳著威武的舞蹈。

那天夜裡，文左衛門在睡眠中之所以會聽到腳步聲，也許是在夢中看到它的舞姿，才會聽到蹬地的聲響。

但隔天吃早飯時，他大兒子說昨天半夜好像聽到有人在屋頂上行走的腳步聲。

這時，女兒突然哭了起來，直說「是妖怪！」。女兒對別宅挑高的天花板以及裸露的橫梁感到害怕，昨晚一直哭鬧，遲遲沒入睡。

「是你們想多了。這種大宅院常會發出擠壓的聲響，這裡與市街的住家不同，四周很安靜，所以就算再小的聲響也會聽見。」

妻子極力安撫孩子，這件事算就此打住，但文左衛門心裡卻冒出小小的棘刺。那不是夢嗎……。

文左衛門還是沒忘了生意的事，他一會兒看帳本，一會兒和年輕的二掌櫃談話，一會兒獨自沉思，就這樣過了一天。

接著來到半夜，又聽到某處傳來腳步聲。是有人起身如廁嗎？就像妻子說的，因爲四周一片闃靜，所以會聽到這樣的聲響。妻子躺在從十軒店的住家帶來的枕頭上，睡得很沉。文左衛門聽著她的呼吸聲，翻向另一邊，正準備拉起棉被時。

他看到了。

二樓是打通的房間，約有十張榻榻米那般大。鋪了他們夫妻和三個孩子睡的被褥。孩子的棉被底部還有一點空間，各擺了一個圓形的烤火盆和座燈，但現在沒點火，也沒亮燈。那個烤火盆上方，有小小的一對亮光。像炭火般散發紅色光芒。

文左衛門倒抽一口氣，也沒細想就坐起身。那小小的紅色亮光瞬間消失。它消失時，看起來就像在眨眼般。

文左衛門單手撐向棉被，想站起身。這時，樓下傳來女人尖細的叫聲。發出這聲尖叫的，是睡在樓下廚房旁的兩名女侍。強盜打破廚房後門的門板闖入時，最早遇上的就是她們兩人。

前一天晚上文左衛門聽到在屋頂上行走的腳步聲，既不是做夢，也不是他聽錯了。而是強盜前來打探情況，在丸升屋一家人都入睡時，從他們頭頂上方確認屋裡的結構和闖入時該採取怎樣的步驟。

事後才得知，這些人是上州和野州出身，在流浪的旅途中鎖定富裕的商家或農家，狠狠地擄掠搜刮，花了約十年的時間，已漸漸接近江戶市。他們原本是賭徒、無賴漢、無法糊口的獵人，所以個性粗暴。不光是胃沒得到滿足，他們從未在正經的生活中得到滿足的內心更是飢渴。別說匕首或短刀了，甚至還揮舞著劈柴的斧頭、魚叉等看起來破壞性十足的武器，所到之處，光搶奪錢財無法滿足，還會吃光屋裡的食物，對男人和老人拳打腳踢，侵犯女人，凌虐孩童，最後再一把火燒了房子，揚長而去，可說是壞事做盡，就連地獄的惡鬼看了也爲之傻眼。

當然了，八州迴（註一）和火付盜賊改（註二）也很積極地追討這班人，但他們沒有一個負責指揮的首領，全是臨時起義，爲了追求利益和刺激，時而聚集，時而解散的一群人，所以就像空手要捕捉成群蚊子一樣，令人拿他們沒轍，最後往往都徒勞無功。另外，前年初春時，他們在宇都宮城下攻破一處大金庫，可能是分到不少錢財，銷聲匿跡了好一陣子，就連追查的官差也猜他們可能再也不會聚集犯案了。

很不巧，如今這班人又捲土重來了。九人當中，有五人是在攻破那個大金庫後才加入的新人，所以應該說只有一半的人捲土重來。這幾名新人，見之前那五人賺飽了荷包，不再走這種險路，心裡又羨又妒，因而更加渴望獲得財富和安逸的生活，簡直如同餓狼一般。

丸升屋的人們被這群身穿黑衣的強盜叫醒，拖出被褥，個個因恐懼而發抖，臉上血色盡失，只

註一：在關八州爲了維持治安而設立的官職。

註二：江戶幕府的職務名稱。在江戶市內巡邏，取締縱火、竊盜、賭博等不法情事。

能照強盜的吩咐行事。一名夥計被選中，神情緊繃地用麻繩綁住每個人的手腳。要是手抖綁不好，就是挨一頓拳打腳踢。女人和小孩子都被聚集在廚房的土間上，命他們坐下，由那些眼中閃動著慾火的強盜逐一挑選，他們只能別過臉去，暗自哭泣。睡在廚房邊的女侍中，一位才年僅十五的小姑娘，果然最先被挑中，一名強盜不先挑錢財，反倒是撲向這名小姑娘，想好好享受一番，結果被年長的強盜打倒在地。

文左衛門極力保持內心平靜，他一邊安慰勉勵家人和夥計，一邊向強盜說理。這裡是別宅，沒有錢財，也沒有高價的商品。你們想要錢的話，最快的方法，就是以店主我一個人當人質，回人形町十軒店的丸升屋，請顧店的大掌櫃打開金庫取錢。

有件事也是事後才知道，半數以上都換成新人的這班強盜，他們當強盜的水準也降低了。只要向左鄰右舍打聽一下，就會知道這裡是丸升屋的別宅，而他們也在事前調查中明白此事。不管丸升屋一家再怎麼大陣仗地住進這裡，只要這裡不是原本的住處，就不會帶多少值錢的東西在身上。就算這是一棟與四周孤立的獨棟房，容易襲擊，但只要無利可圖，就算行搶也沒意義。

然而，他們打聽到「丸升屋現在推出懷中味噌湯，大爲暢銷」這個消息後，無法聽過就這麼算了。既然是這種日進斗金的商家，只要向他們行搶，應該還是能拿到不少錢財吧。強盜就只是因爲這簡單的念頭，便決定犯案。

至少他們當中還有隻老鳥，在聽過文左衛門冷靜的說明後，馬上明白這次行搶是挑錯對象了。他願意聽取文左衛門的意見。

但這時候，有個貪婪的新人開始暴跳如雷。沒錢？以店主當人質，帶著去提錢？都走到這一步了，哪有那麼多閒工夫啊！既然這樣，把美酒、女人、好吃的，全部呈上來。現在馬上將那個小姑娘拖到我面前來！

文左衛門遭到捆綁，而且被壓制在地，被強盜用沒脫鞋的腳踩住背部，半邊臉緊貼著木板地，鼻樑都快折斷了，他全神貫注地祈禱，暗自許願。拜託您、拜託您，請再給一次守護我們的機會。雖然用在我這一代，對後世子孫很抱歉，但在此危急時刻，我重要的親人以及夥計即將失去性命和靈魂，這時候已容不得我再有任何顧慮。

——噹噹大人，請您現身吧！

之前在二樓寢室暗處的那一對紅光。肯定就是噹噹人偶雙眼發出的亮光。它察覺有強盜來襲，老早就醒來了。請救救我們。這是我丸升屋第四代文左衛門的請求！

颼。

廚房木板地的座燈熄滅。一開始只滅了一盞。接著是第二盞，第三盞。

「喂，怎麼了？」

強盜不約而同叫了起來，並展開行動。這段時間，第四盞燈也滅了。

文左衛門閉著眼睛。不過，他被強行壓制在地上，別說抬臉了，就連要抬眼也沒辦法。接下來發生的事，乾脆就用心眼來見證吧。

「唔！」

一聲呻吟，有人倒臥地上。文左衛門用全身去感受這樣的晃動，他的靈魂一陣狂喜。

「到底做了什麼，你這傢……。」

另一個人本想喊一聲「你這傢伙」，但還沒喊完，聲音便突然中斷。就這樣，第二個人倒下。也不知是膝蓋跪地，還是一屁股跌坐地上。

「這是什麼，是吹箭嗎……啊！」

傳來一個溼潤的聲響，是血花四濺的聲音。中了噹噹大人的短槍，第三名強盜因驚訝和疼痛而喘息大叫。

慌亂的大浪震撼了這群強盜，將他們逐一吞沒。壓制文左衛門的那隻手臂鬆手，踩在他背後的那隻腳也消失了。文左衛門一躍而起。

暗夜裡，淡淡的月光從爐灶上兩個並列的煙囪射進。在月光下，強盜就像熱鍋上的豆子，又跳又叫。每個人都極力保護自己。但他們連是誰從何方攻擊都不知道，不斷跳著這場暗夜裡的舞蹈。有人蒙面的頭巾脫落，草鞋被劃斷，黑色的緊身底褲縱向裂開，從中露出的腳有一道很長的傷口。有人可能是雙眼被刺傷，雙手掩面，連滾帶爬地想從廚房逃離，卻撞向屋柱，翻倒在地。有人被絆了一腳，髮髻被一把扯住，重重撞向牆壁，發出痛苦的呻吟。

文左衛門看到那飛舞的小光點。一閃而過，閃爍，接著飛上空中，展開攻擊後消失，接著又出現。

是噹噹大人短槍的槍尖。

「可惡，是毒蟲嗎？快逃到外面去！」

一名個頭嬌小，似乎很資深的強盜，扶起倒地的同伴準備逃離時，他低頭望向自己腹部。先是微微滲血，接著是大量鮮血往外噴灑。受他攙扶的同伴嚇得大叫，一把將那矮個子的強盜推開，最後翻了個跟斗，兩人都當場倒地。

文左衛門爬過地面，來到土間，敞開雙臂，將嚇得失聲的女人和小孩摟在懷裡。

「是噹噹大人。用不著害怕了。噹噹大人很厲害的。」

猛然回神，發現廚房木板地上已倒臥了五名強盜，牆上和門板都血花四濺，地上也沾染了血紅的腳印。看得出剩下的四人已逃出屋外。

「你們待在這裡。我去救其他夥計。」

文左衛門以發抖的雙腳站起身，順著血痕來到走廊。在漆黑的別宅深處，響起咆哮聲和慘叫聲。

那聲音不是丸升屋的男人。那難看地叫嚷著的，是其餘四名強盜。此刻一人發出臨終前的慘叫，這下子只剩三人了。

「救命啊，喂，離我遠一點。別靠近我——」

緊接在這聲怯懦的討饒聲後，傳入文左衛門耳中的，是一聲低沉厚重的「喀啦」聲。接著是地上傳出「咚」的一聲。在哪裡？是通往後院的那處走廊前方嗎？文左衛門沿著牆壁跑去，看到地上倒著一名黑衣人。文左衛門低頭一看，驚叫出聲。因爲此人的臉和後腦位置對調。噹噹大人不光只有槍術厲害，還會使出這種蠻技嗎？

當文左衛門感到敬畏時，另一個地方又發出哭喊聲，接著聲音中斷。這麼一來，第三個人也被處置了。最後只剩一人。

這個人似乎盲目地跑上二樓。荒亂的腳步聲。丸升屋的男丁當中，似乎有人躲在文左衛門他們的寢室裡。可能是雙方不期而遇，傳來哇的一聲大叫。文左衛門急忙衝上樓。

「你們到底使了什麼手段？」

在寢室前的小房間裡，最年輕的二掌櫃倒在強盜腳邊。強盜的髮髻零亂，口沫飛濺地大聲咆哮，手斧高舉過頂。

「這底是怎麼回事？到底是哪個傢伙把我們整成這樣！是你嗎？是你搞的鬼嗎？看我把你的頭砍下來！」

住手！住手！文左衛門挺身擋在手斧和那名二掌櫃中間。手斧厚實的斧刃，眼看將會砍中他的頭、脖子、背部、肩膀等其中一個部位。他已做好這樣的心理準備。南無阿彌陀佛！

緊接著下個瞬間，就像橫向遭到重擊般，一陣強風吹來，手斧從強盜手中鬆脫，一路旋繞飛走，滾向隔了兩張榻榻米遠的地方。

文左衛門維持從上面護著那位二掌櫃的姿勢，抬眼細瞧。

左右手各握著短槍的噹噹大人，雙眸亮著紅光，像在划水般，優美地彎起腳尖，落向榻榻米上。

明明是尊陶偶，落地卻安靜無聲。

噹噹大人身形嬌小。只有約莫三寸高。但他流暢地降落地面的模樣，看起來無比可靠。

「這是……玩具嗎？」

強盜高舉的手斧微微晃動。他的頭巾脫落，掛在他耳朵上。文左衛門發現，此人就是一開始想撲倒那位年輕女侍的傢伙。

噹噹人偶握住短槍的左右手，在它纖細的身軀前方畫出一道大圓弧。它小小的手指也有了動作，短槍的握柄轉了一圈，改變握法。接著左右兩邊的短槍槍柄靠在一起，兩把短槍成了一把長槍。前後都有槍尖的長槍。

噹噹人偶高舉長槍，擺出架勢，接著一個躬身，瞄準目標。

那名呆立原地的強盜，下巴都掉了，一臉憨傻。

颼。手握長槍的噹噹大人凌空而去。像流星般拖曳出一道光影，筆直地朝強盜的面門飛去。

颼！一槍刺出。強盜勉強避開，一陣踉蹌。噹噹大人腳尖朝他左肩一蹬，長槍橫向掃出，再次縱身一躍。

槍尖劃出的軌跡，像白刃般閃過一道白光。不，那正是白刃。比滿月還要明亮，比新月更銳利的槍尖軌跡，此時已橫向切斷強盜那顆張著大嘴，雙目圓睜的腦袋。

頭顱飛出。血花飛濺。強盜的人頭轉了一圈、兩圈、三圈，像一顆難看的手球般，掉落在榻榻米上。他的身體如同受到牽引，也跟著應聲倒地。

文左衛門嚇得腿軟。他摟在懷中的那名二掌櫃，已當場昏厥。

噹噹大人再度無聲地降落在文左衛門身旁。它迅速收起長槍，朝文左衛門行了一禮。

——這麼一來，我就能去見勇哥了。

文左衛門耳中傳來少女甜美的低語聲。在此同時，噹噹人偶碎成粉末，消失在黑暗中。

故事結束，黑白之間再次歸於寧靜。

文三郎略顯疲態。坐他對面的富次郎，他的「心眼」清楚看見噹噹人偶在完成使命，即將碎裂前，嘴角浮現與少女的低語聲同樣甜美而且驕傲的武士微笑。

文三郎吁了口氣，再度開口道：

「我祖父告訴我這個故事時，我一開始心裡想……。」

——感覺真不公平。

「因爲那邪惡的代官十惡彈正，不是完全沒受到懲罰嗎？他對阿敏做了那麼過分的事，還奪走三倉村那群主事者的性命，勇哥和村長夫人也遭到虐殺……。」

這故事裡，理應最重要的那筆血海深仇沒報，就這樣結束了。

「阿敏說過，遭殺害的村民，他們的懊悔不能化爲怨念。因爲這樣的話，他們都將無法升天。這我也明白。道理我懂，不過所謂的報復或是復仇，會不會是在超越這種好聽話的另一個層次得到滿足呢？」

文三郎心中似乎仍存有這樣的不滿和疑問。也許他之所以想在三島屋的奇異百物語講這個故事，也是想找一處不會對外洩露祕密的地方，將這個過於沉重，難以獨自承受的不滿和疑問，說給別人聽。

而富次郎的身分，就是聽完這個故事就忘。爲了可以徹底地聽過就忘，必須將說故事者長期背負的故事，完全移轉到自己這邊來。包括不滿和疑問，一個也不留。

這並不容易。富次郎暗自朝丹田使勁。

「那麼，可以讓我說說我個人的想法嗎。這是我在聽你說故事時，腦中浮現的想法……。」

此話一出，文三郎馬上深受吸引。

「當然可以，我洗耳恭聽。」

富次郎微微調整呼吸。

「我先坦白說，如果是只有我個人的想法，一定很膚淺，不值得參考。」

「咦。小富你是奇異百物語的聆聽者，明明就經驗豐富啊。」

富次郎面露苦笑。「很不巧，我沒什麼經驗。與我那最早擔任聆聽者的堂妹相比，可說是天差地遠，而且我也沒有我堂妹那樣的膽識。」

每次要聽過就忘的時候，便會有這樣的深切體認。阿近眞的很厲害。

「不過慶幸的是，要思考噹噹人偶這個故事，我累積了一些相關的智慧。」

而賜予他這些智慧的不是別人，正是阿近的丈夫勘一。

「他是我堂妹嫁入門的租書店小老闆。熟悉各種讀本和史書，相當博學。」

自從小梅出生後，這對年輕夫婦相當忙碌，都沒機會和他們好好聊，不過……。

「以前我常會邊吃甜點，邊聽他聊各種趣事，也從中學到不少。而現在我打算努力擠出這些聽來的智慧，不知你意下如何？」

文三郎一本正經地端正坐好，一臉認眞。「有勞你了。」

「好的。」富次郎莞爾一笑。「噹噹人偶那是很久以前的故事，對吧。」

是丸升屋第一代創始人一文先生年輕時的經歷，所以保守估計，應該可回溯到一百五十年前。

「所以未必會依照眞正發生的情況來流傳後世。會整理成容易說，也容易聽懂的故事形態。」

勘一告訴過富次郎，像這種老故事，還有傳說、歷史書，也常有這樣的情形。

「事實也許規模更加宏大，也更爲殘酷。有更多村莊被燒毀，更多人被殺害，在這些殘暴的行徑結束前，別說一年了，可能還得花上更多歲月。」

再加上三倉村等藏入地的領民極力向藩主以及重臣控訴十惡彈正的惡行，犯了越級申訴之罪，被視爲有叛亂的企圖，想必一律都會受到嚴厲的處分。這與十惡彈正是否眞的是邪惡的代官無關。理應受鄉村的法規束縛的村民，違抗身爲統治者的代官，光是這樣就已構成罪行。這種不合理的事四處橫行，也可說是這世道的常態之一。

「……說得未免也太露骨了。」

文三郎顯得意志消沉，躬起了背。富次郎也感到心痛，但這番話不能只說一半。他盡可能以沉穩的聲音，繼續這難以啓齒的說明。

「成爲十惡彈正的女人，也並非只有阿敏一人。代官對自己統治的土地，握有絕對的權力。就算他巡視各個村莊狩獵少女，那也不足爲奇。」

文三郎躬著背，忿忿不平地抬眼望向富次郎。緩緩點了點頭。

「狩獵少女，是吧。小富，虧你想得出這麼可怕的說法，但你說得也是。」

阿敏是嚐過這種苦頭的眾多年輕姑娘中的代表，被擺在這個故事的核心位置。

「我從阿敏在前一年因染上熱病而失去一頭烏黑秀髮，變成光頭的那個部分，感受到特別的含意。」

光頭表示得度——脫離俗世，遁入佛道，是最容易理解的象徵。

「我要講的意思，並非說這故事就像和尚的弘法書一樣。不過，阿敏展現出尼姑的模樣，應該有其暗示的含意吧。」

阿敏並非只是個普通村姑。她擁有堅定的意志，不因苦難而屈服，想選擇走做人的正道。

「所以阿敏面對十惡彈正的作惡多端，並不是以復仇或怨念的詛咒來回敬。」

而是想辦法拯救被邪惡踐踏的人們，向一再爲眾人冒生命危險的善人報恩，以這種形式回報。

「不論惡再怎麼擴展其勢力，善永遠不滅。噹噹人偶就是證明。」

就是爲了在人們心中映出這樣的證明，才編寫出讀本和故事。是從什麼時候開始，這世上有這麼多書呢？當初富次郎如此詢問時，勘一回答道。

——書本就像船，載著這世上該有的證明。

文三郎瞪大眼睛，讓人很替他擔心會不會就此覺得眼睛乾澀，這段時間他一直在思索。

不久，他像回過神來般眨了眨眼，挺直腰桿，望向富次郎。

「意思是說，這故事是第一代當家思考著要如何流傳給後代子孫，所整理出的故事，對吧？」

「沒錯。」

「我祖父說過。」

——噹噹人偶已經不在了。丸升屋內已失去將這個故事流傳後世的理由。

「儘管如此，他還是對我說出這個故事。當中的原因是……。」

——你是家中的么子，前面始終有哥哥在，所以你可能沒機會承受世間的大浪，就這樣長大成人。

「我祖父說他就是擔心這點。」

——成了一個得意忘形的濫好人，儘管有壞人靠近，也渾然未覺，反之，有好的緣分靠近，也不懂它的價值。

文三郎，你要牢記在心。

「這世上最尊貴的，是人的意念，人們心裡的想法。」

——然而，這世上最可怕的，同樣也是人的意念。

「別做糊塗事而惹來怨恨。別看輕自己以及別人的性命。受人恩惠不能忘。就算不能直接回報恩人，也要回報世人。」

——你的祖先是一位了不起的男人，受噹噹人偶以它神奇且尊貴的力量守護。今後你也要永遠牢記這點，認眞地過日子。

「而往後在你的人生中，萬一發生可怕到讓你的膽子融化，從腳底流出的事情……。」

也絕不要失去勇氣。

「謝謝你，小富。」

文三郎明白他要表達的意思。他向富次郎道謝，莞爾一笑。

✦

丸升屋文三郎的這個故事，要怎麼畫好呢？

面對白紙，這次他並未苦惱太久。他緩緩磨著墨，一邊享受墨香，一邊思考著腦中浮現的畫面，要從哪裡開始畫好。

一座俯瞰三倉村的山林。開滿桃花和山櫻。頭頂是蔚藍晴空。在登上山路上途中，一名身穿工作服的少女，背對著畫面駐足。綁成一束的豐沛黑髮。春天的陽光滿滿灑落在她的額頭和臉頰上。

少女背後背著一個小竹簍。裡頭有山菜和樹芽。她要前往有窯可以燒製陶偶的多多井，一路上摘採她所看到的食材。阿敏勤奮認眞，處事機靈，是一位個性有點好強的漂亮姑娘。

三倉村家家戶戶的爐灶升起裊裊炊煙。覆滿山地的梯田裡，頭戴斗笠的村民零星分布其間，有人揮鋤頭，有人用鐵鏟，認眞投入農活。

村裡最顯眼的建築是味噌倉庫。備感莊嚴的瓦屋頂，搭配白灰泥牆。一旁還有守護村子的防火望樓。這裡是村子的中心。四周蒸豆子的熱氣流動，

飄來陣陣麴香。

祥和豐足的三倉村春日景象。阿敏望著這幕景致。從這處地勢較高的地方，連森林裡的小徑都能看得一清二楚。丸升屋的二掌櫃遠從城下前來三倉村會行經的道路。

眞想早點見到他。春風溫柔地撫動少女雀躍的心。

在阿敏腳下，有個小小的陶偶隱身在她的影子裡。雙手沒握短槍，就只是靜靜地佇立。

第三話　自在筆

在秋高氣爽的吉日，開店後撐過了一段繁忙的時間後，富次郎決定外出。

阿民詫異道，「你說要在這菊花盛開的吉日出外買什麼？」

「我說要買田樂（註），娘。」

在上野池之端，有家名叫「是金」的料理店，店裡推出知名的料理書《豆腐百珍》所介紹的十三種「田樂」。並將它命名為「田樂俱全」。不是在店內販售，而是店外擺設攤位，一字排開販售，所以客人可以輕鬆地當場享用，或是裝入容器外帶。

「聽說並非每天都十三種口味齊備，一天最多只賣五種。要嚐遍每一種口味，得多光顧幾天才行。」

阿民微微瞪大眼睛。

「田樂豆腐是好吃，但吃這麼勤會膩吧？」

「我就是要確認看看會不會膩。我借用一下多層飯盒。」

他從廚房借了大小合適的多層飯盒，以包巾包好，這時大哥伊一郎往廚房探頭。

「你果然是要出門。」他一臉很受不了的神情說道，「之前在工會聽到的消息，真不應該告訴你的。」

「我也不想從大哥你那裡知道啊。這麼有趣的東西，我竟然不知道，這是我富次郎一生最大的憾事。」

「說得也太誇張了吧。」

阿島改到葫蘆古堂效力後，為了填補她的空缺，三島屋新來了兩位女侍。一人是中年婦人，一人是小姑娘。兩人都工作勤奮。不過，有趣的是，比起這位動不動就會發笑，年紀尚輕的小姑娘，另一位中年婦人更是愛笑，而且是毫不顧慮地笑。此刻她聽了這對兄弟的對話，在一旁格格笑個不停，伊一郎更加板起臉孔，返回店門口。

「眞是抱歉，小少爺。」

「不用放在心上。那麼，我出門去買好吃的田樂豆腐回來。」

雖然離中午還有一段時間，但已經有點餓了。

富次郎滿懷期待地走出三島屋。

然而……。

在他抵達目的地「是金」前，另一個地方吸引了他的注意。

「這不是三島屋的富次郎先生嗎？好久不見了。」

出聲叫喚的，是低調地在池之端街上一隅掛起招牌做生意的古董店老闆。年約三十五歲左右。他個性豁達，模樣帥氣，擁有像水一樣平靜無波的過人膽識，富次郎很清楚這點。

「眞的呢。從那次之後……對吧。」

富次郎所說的「那次」，指的是富次郎在奇異百物語中得到一個「難以處理之物」，最後請這位古董店老闆接收。應該是去年夏初的事。

從那之後，富次郎也曾多次路過這一帶。不過，富次郎刻意提醒自己，如果不是有事的話，還

註：將切成長方形的豆腐刺成一串，塗上味噌燒烤而成的一道料理。

是盡可能別靠近這家店比較好。因爲當時的情況，他感覺自己日後如果會造訪此地，只有在別的地方無法勝任，只有這家店才有辦法的時候，或是這位店主主動邀約時。

現在應該算是後者吧。因爲常坐在店內帳房裡的店主，偶爾也會來到店門口，看到富次郎便會與他寒暄。

「當時收下的一文錢，我都掛在根付（註）上，隨身帶著走呢。」

「那可眞是感謝啊。」店主如此說道，接著頭微微一偏，莞爾一笑。「看您拿的包袱，莫非是正要去『是金』，或是正從那裡返家的路上？」

哦，一眼就看穿啦。

「接下來正準備去。您一就看出來，可見那家店果然大獲好評啊。」

「田樂俱全昨天上午就開始了，我一個一個數，數了半天也累了，就沒再數了。」

店主數的是從他古董店門前路過，手裡拎著容器的人數。

「看來大家有志一同啊。」富次郎也靦腆地笑了。

「因爲盛況空前，現在去肯定大排長龍。我可以請您喝杯茶。就到我店內歇會兒吧。」

富次郎接受了店主的好意，走進古董店內。店內沒有做二手商品生意常有的那種塵埃味，聞得到一股淡淡的薰香。對了，就是這種感覺，莫名地讓人感到心安，富次郎想了起來。

去年夏天，他之所以第一次在這家店門前停下腳步，就是因爲被擺在店門口當裝飾的大酒杯所吸引。今天在先前的那個位置擺了大中小三個信樂燒的狸貓。富次郎看了猛然想到。

「老闆，你這邊可有陶偶？」

經他詢問後，店主馬上從裡頭的抽屜裡拿出幾個木箱。

「現在我們店裡保管的，只有花卷陶偶和相良陶偶兩種……。」

有耳朵呈三角形豎起，身上穿著漂亮的仙女羽衣的貓咪。身穿寬袖服，髮髻上插著一支大髮簪，懷抱琵琶的女人。拖著搬運車，車上滿是花籃的男子。身穿鮮豔藍色短外罩的相撲力士。

「眞漂亮呢。」

富次郎逐一細瞧把玩。

「這隻貓眞可愛。要是我們店裡的商品也有這樣的圖案，可能不錯哦。」

「以前我店裡有狆犬的陶偶，那也很可愛。」

爲什麼會對陶偶感興趣呢？這是因爲……。富次郎無法在這裡說出丸升屋文三郎的故事。那是富次郎自己也聽過就忘的故事。

有點遺憾。人偶中棲宿著人的靈魂，同時棲宿著勇氣，才會發生不可思議的事。他很想用這樣來起頭，與店

註：以繫繩連結印籠、菸盒、提袋等物品，吊在腰帶上用來固定的道具。

主好好暢談，但他知道不能這麼做。
富次郎還不知道這家古董店的屋號。放眼所及，都沒看到像樣的招牌和匾額，就只有店門口掛著一塊古色古香的木板，以毛筆字寫著「古董」二字。
而且他也不知道店主的大名。這單純只是沒機會向店主請教。不過店主知道他是提袋店三島屋的富次郎。
當然了，店主並非刻意隱瞞自己的名字和屋號。只要詢問，他應該馬上就會說。但就算沒問，等時機到來，自然會知道。根據過去這樣的發展，富次郎覺得，與這家店就應該採取這樣的往來方式。
「謝謝。雖然每個都很想要，但想必價格不菲，硬要從中挑一個，又很難抉擇……。」
「無法馬上做決定沒關係，隨時都歡迎您來慢慢欣賞。」
店主如此說道，用一塊乾淨的布將懷抱琵琶的女性陶偶重新包好。
「奧州生產許多優秀的陶偶。我一直多方留意，加以收……。」
店主說到一半停頓，包裹陶偶的動作也跟著停下。
店門口出現一道人影，傳來渾厚的聲音。
「打擾了，請問店主在嗎？」
富次郎爲之一驚。因爲感覺到與他之間隔著可愛人偶的店主，突然變得全身緊繃。
轉頭一看，只見一名頂著光頭的男子，身穿十德（註），拄著一根握把粗大的手杖，就站在店門口。明明就只是站在那裡，卻占去了很大的空間。也不知道該說是身材肥胖，還是身形厚實，那顆光頭也大得出奇。

「哎呀，是榮松師傅啊。」

店主手指撐向帳房，無聲地站起身，接著穿上鞋，走向店門口。

「歡迎光臨。請到這兒坐。」

他拉出一張小凳子，招呼對方就座。但這名身穿十德，名喚榮松的男子，卻搖了搖他那碩大的腦袋。

「店主，那東西現在怎樣？」

男子以帶刺的聲音，緊迫盯人地問道：

「一切安好吧？要是讓其他客人看到，我可傷腦筋呢。你該不會已經賣掉了吧？」

古董店的店主靠向榮松師傅身旁，態度平靜地應道，「我沒賣。我很小心地替您保管著。」

榮松一把揪住店主的衣袖。「你可別忘了約定哦。那支筆是我的。一定要收好，絕不能交給別人。」

店主任由他揪住衣袖，也沒因此感到不悅，點頭回了一句「是，我知道」。

「我會保護好它，等日後師傅您想留在自己身邊時，隨時都能奉上。請您放心。」

儘管是從帳房這裡望去，一樣可以看出榮松這個男人那顆油亮的光頭。上頭冒出豆大的汗珠。

——他說到「那支筆」，對吧。

註：儒者、大夫、畫師、茶道師傅常穿的服裝。

筆能當古董？不是用舊了就得扔嗎？

——那位怪老僧是何來歷？

會穿十德的人，有商家的老太爺、町內的大夫、占卜師、俳人，還有呢？

榮松師傅似乎還帶著一名隨從。店門口站著一名年輕男子，身上穿的是主人給的衣服，店主正與他談話。這名男子單手扶著榮松的肩膀，另一隻手搭向手杖粗大的握把，一臉歉疚地頻頻向店主鞠躬，就此離開店門口。榮松師傅緩緩甩動他那滿是涇汗的光頭，一臉茫然地被帶離。

——他是病人嗎？

富次郎多方揣測，那隻貓的陶偶就這樣握在他手中，整個人僵在原地。

「啊，眞是抱歉。」

店主返回帳房。雖然沒苦著一張臉，但嘴角微微垂下。

「那是一位好主顧嗎？」

「也算不上是主顧，算是一位和我有奇緣的人。」

店主簡短地應道，接著微微睜大眼睛，望向富次郎。「對了，這故事正適合三島屋呢。」

這麼說來，算是怪談嘍？聽他這麼一說，富次郎也爲之全身緊繃。

「他是榮松師傅，對吧。他所背負的過去，是適合到我們奇異百物語說的故事嗎？」

古董店店主點了點頭，回到帳房裡，以溫柔的動作抬起包到一半的陶偶。

「雖然他現在已經退休，不過以前是一位小有名氣的畫師。」

富次郎思緒紛亂，陷入沉默。

——眞不希望他是畫師。

雖然明白那是個無法如願的夢想，但富次郎對畫師充滿憧憬。說到靠筆爲生的行業，首先想到的也就是畫師了。的確，大夫和俳人也常穿十德，但畫師和書法家上了年紀後，就算穿上十德，也不足爲奇。

不過，剛才他是刻意不那麼想。可見他對榮松這位肥胖又光頭的老太爺有多反感。那滿頭大汗的模樣給人不潔感，抖動著一雙厚脣緊纏著店主逼問的模樣，就像被逼急了似的，看了不會寄予同情，反倒是先感到厭惡。

而另一方面，店主說他是「小有名氣」的「師傅」，儘管已經退休，卻還帶著隨從到處跑，這令富次郎好生羨慕這位滿頭大汗的怪老僧。以作畫謀生，一路活到這把歲數。究竟是怎樣的出身，經歷過怎樣的學習，累積多少的努力，才能達到這樣的成就？不，我可不想像這位怪老僧一樣滿頭大汗。

「那可能已經是四年前的事了。在冬天最嚴寒的日子裡，榮松先生中風倒地。」

雖然撿回了一命，但右半邊身子行動不便。慣用手舉不起來，連要彎曲手指數一二三都有困難。

「腳後來逐漸恢復，已能拄著枴杖四處走動。右手也能動了，要伸手握住東西已沒有問題。」但最重要的繪畫，他已無法再動手畫了。

「他在倒下前，有入門弟子，也有出門指導，收取束脩的弟子。」富次郎當初在別的店家學做生意時，也乘著店主個人嗜好之便，向固定到店裡指導的畫師學畫。謝酬肯定不便宜。

「他都採用懾人的構圖，與近乎炫目的用色，所以坦白說，我並不喜歡榮松師傅的畫風，不過……。」

古董店店主一邊將可愛漂亮的陶偶收進木箱裡，一邊嘆息。

「有些風雅人士就喜歡那樣的華麗和大膽，指名要他作畫。雖然還不至於替江戶市內的名寺古剎作畫，但一些新興的小寺院裡的隔門畫和正殿的天井圖畫，都委託他負責，或是在一些財力雄厚的商人委託下，畫奢華的屏風畫，價格相當於我這種小店半年的營收。」

榮松老人確實是位成功的畫師。而在他病倒，無法盡情揮毫後，他過往人生中所握有的財富、名聲、滿足，一口氣全沒了。

對那滿頭大汗的怪老僧的厭惡感，並未從富次郎心中消失。它就像淡淡的焦臭般，緊黏在他的鼻子深處。儘管如此，有句話還是不自主地脫口而出。

「……真教人同情。」

他聲音中帶有藏不住的顫抖，店主聽了，表情為之一變。富次郎也對自己的心痛感到吃驚，像要替自己解釋般，望向店主的臉。

「我很喜歡畫。」

不過，自己對畫師很憧憬，懷抱著想成為畫師的夢想，這些話他實在說不出口。

「人世百態、人心的模樣、照亮佛道的指引之光、凶猛的地獄烈焰，只要透過優秀的畫師之手，應該沒有畫不出來的東西吧。我深深覺得，這麼出色的技藝，可說是再也找不到了。」

聽了富次郎坦率又充滿熱情的一番話，店主回以微笑。

「您第一次往我們店窺望時，我記得您的目光是停在後面的那幅掛軸，對吧。」

沒錯，當時帳房的牆壁上擺出一幅風格奇特的掛軸，畫的是南蠻的女妖。不管從哪個方向看，感覺都會和女妖四目交接，很奇妙的一幅畫。

「當時我和富次郎先生您聊天……雖然那時候還不知道您是三島屋奇異百物語的富次郎先生，但我無來由地覺得，這位年輕的客人應該也是一位懂畫的人物。」

「哦？」

「不是嗎？難道您只是因為喜歡而欣賞，沒有繪畫的才能？」

富次郎急忙伸指拭去鼻頭冒出的汗珠，含糊帶過。

「呃，這個……。」

見富次郎如此慌亂，店主笑逐顏開。在這樣的笑容前還說謊，三島屋的小少爺可沒這麼不成熟。

「我就只是依樣畫葫蘆，學過一點皮毛而已。」

「果然沒錯。」

「爲什麼您看得出來？」

能讓對方看出，心裡也有點高興。

「我說過，只是無來由地覺得。您現在沒畫了嗎？」

富次郎難以回答，再度冒汗。爲了對奇異百物語「聽過就忘」，每聽完一個故事，就會畫一幅水墨畫，這是三島屋內部才知道的祕密。富次郎告誡自己，這個習慣絕不能在外頭隨便宣揚。因爲這也算是「聽過就忘」的規矩之一。

「不、不管我再怎麼學習，始、始終還是沒有才能，所以就不畫了。」

舌頭打結。

「不、不過，看到出色的畫作，對於憑一支畫筆將想法轉化爲形體的畫師，總還是會興起一股尊敬之情。很羨慕對方這樣的才能。因爲我就沒有。」

正因爲這樣，想到對方失去這項能力的痛苦，便靜不下心來。

「曾經盡情揮灑自己的才能，以此謀生的人，後來因某個原因而失去這個才能，不知道會有多不甘心，多麼難過。曾經得到卻又失去，比起打從一開始什麼都沒得到過，應該會更加懊悔吧。」

一想到這點，儘管榮松老人的模樣令人感到不舒服，但富次郎還是因同情而感到心痛。

「……富次郎先生，您說得對。」

店主以平靜的口吻說道。開朗的笑意消失，轉爲靜謐的表情。

「說到小店與榮松師傅的奇緣，也是這樣的懊悔與難過所促成。」

店主可能是感覺到自己處在全身緊繃的狀態，猛然一驚，抬起手打斷這段談話，就像在說「我又不自主說溜嘴了」。

「我就別再多說了。我還不至於那麼厚臉皮，在這裡就要求您聽我說奇異百物語。雖說純屬湊巧，但畢竟讓您目睹了榮松師傅那古怪的言行，所以我爲了解釋，也爲了道歉，才忍不住脫口說了那番話。」

富次郎第一次見識此人露出一絲的慌亂。

「這樣啊。那我就不過問了。」

「謝謝您。我也眞是的，三文錢買來信用，卻因爲一文錢而全耗光，實在太多話了，慚愧。」

「他提到筆，對吧？」

——那支筆是我的。

店主面露痛苦的表情，抬手緊按著額頭。「您聽到啦。」

「我會把它忘得乾乾淨淨。」

富次郎如此說道，接著從圓形坐墊上站起身。

「託您的福，我已不再口渴。那麼，我去參加那場田樂的肉搏戰了。」

富次郎左手拎起多層飯盒的包袱，右手擺出像是手握長槍的姿勢，朝店主微微一笑。

「眞教人在意，在意得不得了啊。」

由於過度用力低吼，聲音聽起來很混濁。阿勝一如平時，對這樣的富次郎嫣然一笑。

「很傷腦筋，對吧。」

「到底是怎樣的筆，又有怎樣隱情，一旦開始想這個問題，就停不下來，甚至連晚上都睡不好覺。」

從那之後已過了五天，富次郎勤跑池之端終於如願以償，那十三種田樂，三島屋的人們全嚐過了。油炸的田樂味道濃郁，風味絕佳，但不好消化。尾張名護屋的紅味噌口味獨特。京風白味噌佐芝麻粉，與烈酒是絕妙組合。味噌拌山椒，很合大人的口味。拌入雞蛋，最受孩童歡迎——諸如此類，大家你一言我一語，樂在其中。老闆娘阿民看傻了眼，笑著說道：

「馬上就成了一群田樂大爺了。」

見眾人如此高興，富次郎當然也很滿足。當中尤其是他大哥伊一郎，自從去年年底回到老家三島屋後，就像變了個人似的，動不動就板著一張臉，說話總是冷漠無情，連他也很享受這場田樂盛宴。

「之前說不該告訴你這件事，是我錯了，抱歉。謝謝你每天都去『是金』報到。」

——大哥還是一樣傷心。

伊一郎比原本預定的時間提早回老家，但背後其實是因爲一樁婚事告吹。

——只要讓他吃好吃的東西，多準備一些歡樂的事，他應該就會慢慢恢復成原本的哥哥。

他心想，這正是小少爺富次郎該認眞出力的地方，手臂肌肉鼓足了勁，但另一方面，古董店那件事也一直在他心頭縈繞不去，甚至在他心中不斷擴大。

他認定這也算是奇異百物語的一環，因此在第二天便向阿勝說出此事。

擁有瘟神強大守護力的這位奇異百物語的守護者，就算是別人聽了會嚇到腿軟的事，她也都只是從容不迫地回一句「哎呀」或是「那可眞是辛苦呢」。見富次郎因榮松師傅的畫筆之謎而興奮無比，她百般安撫，但始終不見小少爺有冷靜的跡象，於是她提出一個妥適的提案。

「如果您眞這麼在意的話，就邀那位店主到黑白之間做客如何？」

富次郎倒也不是沒想過這個方法。但就算鄭重邀約，那位店主想必也不會來。

「當時他說自己是不小心說溜嘴，一臉尷尬。」

更重要的是，請店主說這個故事，根本是搞錯對象。因爲這是畫師榮松的故事。

「那麼，就請那位畫師吧。」

「這固然可行，但有點可怕。」

阿勝這才露出驚訝的眼神。「您說可怕的意思是……？」

富次郎自願接替阿近，擔任奇異百物語的聆聽者。但他沒有過人的膽量。每次都被說故事者恐怖的內容嚇得身子蜷縮，或是眼中含淚，渾身不舒服。而隔著一扇隔門在一旁守護的阿勝，比誰都清楚他的情況。

所以富次郎不會現在才感到「可怕」。但阿勝推想，富次郎之所以會清楚說出這句話，必定有其原因。

「因爲這一定會談到與畫師這個職業和才能有關的內容，我怕知道詳情。覺得自己在知道之後……心中某個重要的位置會開始動搖。不然就是被激起欲望。」

妳不覺得嗎？他像孩子般逼問後，阿勝點了點頭。

「對，我也這麼認爲。」

富次郎更進一步，毫不客氣地繼續說道：

「那支畫筆大概能讓那位因爲生病和上了年紀，才能和技藝都衰退的畫師，重拾他往日的力量吧。」

或者應該說，單純只是賜予沒有繪畫才能的人（不論是原本就沒有，還是後來失去）這樣的能力吧。讓他能隨心所欲地作畫。

但這麼好的事，不可能不付出代價。而且是很可怕（或是沉重、嚴苛）的代價，所以榮松也無法將那支筆擺在身邊，而轉賣又捨不得，所以就寄放在古董店店主那裡。

——那支筆是我的，絕不能交給別人。

「應該是他曾經提出那樣的請求吧。」

富次郎雙手掩面。他和阿勝長期舉辦奇異百物語，所以才會對這方面情節的推測特別敏銳。

「別說得這麼明白嘛！」

「不過，也只能做這樣的推想。」

「所以我才不想聽啊。」

——我會把它忘得乾乾淨淨。

之前對店主那樣說，確實是眞心話。這也是爲了保護自己遠離自身的欲望。

「可是一旦在意起來，就沒完沒了啊。」

阿勝抬起手在胸前拍了三下，說道「是是是」。

「身爲守護者的我，也是第一次遇見這種例子，雖然地點不是在黑白之間裡，但既然聆聽者聽到了這個故事，就算是奇異百物語之一吧。小少爺，請像之前一樣，聽過就忘。」

要拿一張白紙，將這個故事畫成水墨畫。然後交給阿勝封印起來。收在名爲「怪奇草紙」的木箱中。

「……我連畫都提不起勁。」

「這樣的話，不管過再多天，您都一樣會這樣悶悶不樂哦。」

這我明白。我當然明白。

「好吧，就靠吃美食來忘卻煩憂吧。」

「田樂俱全已經結束了哦。」

聽說因爲盛況空前，「是金」從全國收集來的食材已全部用光。

「現在正值這個好時節，也許有其他活動。我去葫蘆古堂問問看吧。」

就這麼辦，順便抱抱小梅，逗她玩，這樣心裡的鬱悶

也會隨之消除。一定會，一定可以的。要是沒能消除，那可傷腦筋呢！

「而且要是沒能消除的話，會一直覺得很尷尬，而不敢靠近那間古董店。」

儘管前往葫蘆古堂，見了阿近和勘一夫婦，富次郎還是極力忍住，沒向他們吐露詳情，大吐苦水，尋求慰藉，露出這樣的醜態。奇異百物的規矩是聽過就忘。就算是面對第一代聆聽者阿近，這個原則同樣不能讓步。

不過，請她睜隻眼閉隻眼，應該沒關係吧？於是富次郎邊逗小梅邊說道：

「我在其他地方聽到像怪談般的故事，不乾不脆的，一直淤積在心裡，為此很傷腦筋。」

他話說到一半，小梅尿布溼了，哭鬧起來，所以富次郎也就此收手。小梅那可愛的笑臉，以及頭頂散發的甘甜氣味，讓他覺得心情舒暢些許。

✦

為江戶的秋天劃下句點的神田明神祭與赤坂的山王祭，每年輪流交換舉辦。兩者都是幕府將軍會親臨觀賞的大祭。

今年輪到神田明神舉辦，排在氏子（註）的商家（據伊兵衛所言）末座的三島屋，從今年盛夏開始，便忙著進行各種準備工作。和上次不一樣的是，這次伊一郎以小老闆的身分坐鎮店內。拜此之賜，伊兵衛才能以祭典主辦人之一的身分，離開店內，而相反的，他以伊一郎當代理人，自己也能一邊學習如何當祭典的主辦人，一邊拓展生意。

而置身事外的富次郎，則是受阿民委託，負責祭典當天的供膳以及便當的安排，忙得不可開交。

也許明神大人都在一旁看著。從那之後一直說要忘掉，卻一直忘不掉，像針一樣扎在富次郎心頭的「榮松畫筆」之謎，也因爲這份工作而得以解開。

祭典在九月十五日，三島屋照常營業，但工房暫停一天。工匠和裁縫女工得到一天假，可以隨意出外參觀祭典，而富次郎奉命安排的便當，這時都拿在每個人手上。

像神田一帶這種講求華麗的場所，如果從事的是像提袋店這種漂亮商品的生意，卻說出「夥計的便當只要給個握飯團就行了」這樣的話來，那可就不及格了。如果穿著印有屋號的短外衣，在人潮中欣賞山車和舞蹈舞臺的工匠和裁縫女工，打開來吃的便當完全上不了檯面，肯定有損三島屋的名聲。再也沒有比這更丟人的事了。此外，世上就是有一些記性好的人（而且不懷好心），如果訂購的是和之前同樣的便當店，就會引來「眞是一成不變啊」這樣的酸言酸語。也就是說，不能向同樣的店家訂購，就算對方再好也一樣。便當就是這樣，既重要又麻煩，所以阿民才會找富次郎商量。

富次郎不光出點子，還造訪各家店，從他能張羅的店家當中，安排最好的便當。阿民就不用說了，最重要的享用便當的人，見他們都吃得開心，富次郎便覺得自己的辛勞和苦心都得到最大的回報。

註：在氏神周邊生活，並參加其祭典的人民，稱爲氏子。

祭典平安落幕的幾天後，就在他準備前往道謝時，便當店的年輕二掌櫃反倒先自己跑來三島屋拜訪。

「感謝三島屋的各位在祭典當天打開我們的便當享用，拜此之賜，小店就此大獲好評。之後訂單增加了兩成左右……。」

他還說以後睡覺都不敢腳朝三島屋的方向，怕有所不敬。

「哪兒的話，我才要感謝您呢。」

當富次郎以簡單的茶點招待這位二掌櫃時，這名年輕男子的長相令他感到在意。

——感覺好像在哪兒見過。雖然他有一對濃眉，還有張國字臉，但還算是長得帥氣。而且不是什麼多特別的長相，會是我自己想多了嗎？

富次郎若有所思的表情，對方看了似乎也猜到了幾分，噗哧一笑。

「不好意思，請容我冒昧問一句。您是不是覺得我有點面熟？」

果然在哪兒見過。腦中才剛這麼想，便像摘下眼罩般，閃過一個念頭。

「對了，是田樂俱全！」

「沒錯。」便當店的二掌櫃也笑得開懷。「我之前奉店主的吩咐，天天到『是金』報到。」

可能是方便去的時間重疊，他有四次與富次郎一同在店門口排隊。

「這可眞是奇緣啊。會是明神大人的指引嗎？」

話說出口後，「奇緣」一詞的餘味殘留在舌尖。最近已巧妙淡忘，古董店與榮松師傅那件事的苦味。

不過，這位年輕二掌櫃接著說道，「對，沒錯。不過，說到奇緣的話，還有另一件事……三島屋少爺，您知道從神田這邊前往池之端的路上，有一家雅緻的古董店，對吧？就位在下谷廣小路前面一點，對面有一家很大的陶瓷店。」

富次郎的心臟猛然跳了起來，然後又回歸原位。

「是店外只掛著一塊木牌，上面寫著『古董』的那家店嗎？」

對對對，便當店的二掌櫃用全身力氣點頭回應。「他們擺在店門口的商品都很有趣。像大中小三個信樂燒的狸貓，很想直接買下，擺在自己店門口。」

啊，是那家店沒錯。「您知道屋號嗎？」

「我記得好像是叫『古田庵』吧。」

古老水田上的草庵，是吧？沒想到是這麼中規中矩的屋號。

「那家古田庵怎麼了嗎？」

富次郎掌心冒著冷汗，開口問道。

「說來令人同情，店裡要賣的商品被人偷走了。偷的人是一位上了年紀，以前很有名氣的畫師……。」

「咦！」

富次郎大叫一聲，茶碗裡喝到一半的番茶，表面激起了波紋。

「三島屋少爺，您沒事吧？」

「我沒事。請接著說。那位畫師是位個頭高大，頂著光頭的老翁，對吧？如果是的話，我之前

也看過他。」

「對對對！聽說個頭高大，而且光頭，記得他的雅號好像叫松還是竹的。」

這位便當店的二掌櫃，不只在前往「是金」買田樂時才路過，也常會因出外辦事而在那條路上往來，所以常從古田庵前路過。儘管如此，他從沒看過那位老翁。

「發生那件失竊風波時，我沒在場，但有位老主顧是古田庵的貴客。他事後告訴我這件事。」

那位（不知雅號是松還是竹）老畫師從古田庵偷走的，是一個存放在扁平的小紙箱裡，用蠟封住的物品。

「行竊的畫師，連滾帶爬地逃出店門口，等不及找一處安穩的地方，便直接拆除封蠟，打開紙箱蓋。」

取出一隻筆。

「周遭人看了，只覺得那是一支筆。老畫師右腳微微拖行，但還是極力奔跑，模樣著實驚人。」

富次郎的冷汗，幾乎都快從他緊握的手中滿出了。
「那位畫師取出筆之後，做了什麼？」
他呀——二掌櫃壓低聲音。
「他逃到池之端仲町，前往不忍池畔時，突然將那支筆折成兩半。」
塞進嘴裡嚼碎，然後嚥進肚子裡。
富次郎大感錯愕，並感覺到一道冷汗從鬢角滑落。
「聽說不是很粗大的筆，但畢竟不是食物。他在硬呑時，不斷作嘔呻吟，但還是不停地往嘴裡塞，想呑進肚裡，最後當場倒下。」
看熱鬧的人群戰戰兢兢地靠近查看後，發現那位呑筆的畫師緊緊咬牙，就這樣斷了氣。
「這時，古田庵的店主趕了過來。見畫師已死，他很同情地嘆了口氣。」
因爲引發那樣的風波，而且最後還出了人命，所以附近番屋（註）的守衛也趕來查看，甚至捕快也來了。不過，不管再怎麼嚴厲訊問，古田庵的店主都不爲所動。
——這位死者，是與在下有一段奇緣的客人。
「那支筆也不是被偷走。他說那原本就是老畫師所有，古田庵只是代爲保管而已。」
古田庵店主向守衛鞠躬，請他們別把事情鬧大，讓畫師入土爲安。
「不久，也不知是畫師的兒子，孫子，還是下人，接獲通報後趕來，可能是給捕快包了一筆補

註：江户時代，由町人自己組成類似義消、義警的組織，他們值勤的地方稱作番屋。

償金吧，順利將屍體領回。」

古田庵的店主也陪同一旁，對畫師的家人說道。

——師傅從我那裡離開時，似乎就已經有所覺悟，知道自己命不久矣。

聽說他一把握住那裝著毛筆的紙箱，回頭望向店主，向他喊道。

——請務必將我的屍體火化。連同它一起化成灰。店主，過去對你多有虧欠。這東西由我來善後。

啊，一個沉重的領悟落向富次郎心頭。

榮松師傅選擇了這樣的結局。

「富次郎先生，您不要緊吧？您的臉色……。」

爲了不在替自己擔心的便當店二掌櫃面前展現慌亂之色，富次郎只能極力調整呼吸。

數天後，確認過自己的膽子已回歸到它原本該在的位置後，富次郎前往古田庵。

這天，古董店門口擺了好幾個童子嬉戲的陶偶。有放風箏、打陀螺、摘筆頭菜、抓蟲、釣魚、手持圓扇乘涼。每一個都和富次郎的拇指差不多大，但表情鮮活可愛。擺在一起，看起來栩栩如生，煞是有趣。

店主人在店內的帳房。他手握毛筆，似乎正在記帳，但發現富次郎到來後，旋即停筆。

「三島屋少爺，請坐。」

富次郎坐向他手比的圓形坐墊，望向店主。

「……我聽聞榮松師傅的事了。」

店主似乎馬上明白他的意思，點了點頭。

「因爲引發了不小的風波，所以我猜想也會傳到三島屋耳中。」

他也希望富次郎能知道老畫師臨終前的情形。

「聽說榮松師傅拿走那支筆時，對老闆您說『這東西由我來善後』。」

店主再次點頭，垂落雙肩。

「所以我也沒全力追向前去。」

很沉重的一句話。榮松是位老翁，而且右腳行動不便。店主只要撩起衣服下擺追上前去，想必可以輕鬆追上。應該也能從畫師手中拿走那支筆。

但店主卻沒那麼做。因爲他接受了榮松的叫喊，聽了他的請求。

這東西由我來善後。同時也有「讓我用自己的方式來收拾這個東西」的意思。

店主說道，「那支筆有個名字。」

叫自在筆。

不知道是誰取的名字。話說回來，是什麼時候在什麼地方製作而成，也始終是個謎。

「不管怎麼使用都不會變得老舊，筆尖也不會變得分叉零亂。筆毛是灰白色，聽說只有在交到新的主人手上，一開始使用時，會微微飄出野獸的臭味。」

它的特別功效與富次郎和阿勝的推測一致。自在筆能賜人才能，或是讓衰退的才能再次復甦。

「而且對於使用毛筆的一切技能一律有效。」

不光書法和繪畫。對於用毛筆來寫字或數字學習的各種學問，這支筆也能發揮驚人的能力。

「甚至流傳著一個軼聞，有個許多學者花了十幾年的歲月也解不開的複雜數學算式，一名十四、五歲的年輕人，一拿起這支筆，三兩下就解開算式。」

不過，它也伴隨著很大的代價。

「自在筆會吸取人們的生氣，對象不是使用者本人，而是他周遭的人。」

傷害周遭的人，使人流血，最後奪走其性命。而且模樣慘不忍睹。

「以榮松師傅的情況來說，師傅開始使用那支筆後過了幾天，先是災難降臨在他夫人身上。」

丈夫中風倒地，之後都無法隨心所欲地從事繪畫的工作，夫人考量到他的心境，比誰都擔心他。

「師傅得到自在筆後，重拾往日的技藝，別說是病倒前了，甚至和他畫技最好的時候一樣，他就此流下歡喜的眼淚，然而……。」

某天早上，畫師妻子的右眼大量流血，緊接著發出啪的一聲，右眼球破裂。

「正在驚訝慌亂之際，接著口鼻也流出鮮血，夫人當場倒地昏厥。」

家人和入門弟子急忙趕來，扶起榮松的妻子時，這次改爲左眼破裂。鮮血噴飛，濺向一旁的弟子臉上。

「夫人便臥病不起。」

榮松的妻子因高燒和疼痛而呻吟，原本眼球所在的位置，成了空洞的眼窩，並不時流出膿血。她因此精神失常，只能勉強沾水幫她潤潤脣，臥床第十天，她整個人瘦成皮包骨，就此撒手人寰。

「而在那十天的日子裡，榮松師傅也像發狂似地持續作畫。」

想畫什麼都畫得出來。他重拾往日的力量，再加上多年累積的經驗和智慧。榮松就此擁有他畫師生涯中最充實的時光，廢寢忘食地投入繪畫中。

儘管同住一個屋簷下的妻子已命在旦夕，他也沒費半點心思在妻子身上。

「由於夫人的遺體過於瘦弱，所以不是放入桶棺安葬，而是送去火化。」

榮松望著收納妻子遺骨的骨灰罈說「這可是難得一見的東西呢」，拿起自在筆就展開素描。

榮松的妻子就這樣從宅邸裡消失。在畫師手中持續工作的自在筆，馬上尋求下一個活人的血。

「畫師已出嫁的女兒，爲了替母親弔喪而返回娘家，而且還挺著臨月的大肚子。」

女兒這是第三胎，先前兩個孩子都順利生產，活潑健康。而這第三個胎兒，一直到昨天爲止，都很平安成長，沒任何狀況。

「女兒爲母親送葬的那天夜裡，突然有了產兆，歷經可怕的難產，折磨了三天三夜，最後母子都喪了命。」

好在是在阿近生產後才聽到這個故事。富次郎忍不住暗自慶幸，吁了口氣。

「臨時充當女兒產房的房間，流了一地的鮮血，過了好幾天仍舊乾不了，最後連木板地都爛了，再也無法使用。」

可見血量有多驚人。

自在筆嗜血。喜歡許多溫熱、濃密的血。

「之後，與榮松師傅同住一個屋簷下的人們，一個一個倒下。」

繼承家業的兒子、媳婦、入門弟子、女侍、下人。有人是雙腳腐爛發黑，無法站立，有人是肚子長出大顆的腫瘤，無法行動，有人是耳朵和眼角流血，一邊胡言亂語，一邊朝牆壁猛撞頭。

「最後，每個人都化成了皮包骨。」

因爲所有的生氣和鮮血，都被那支詛咒的筆給吸走了。

「全家人都……變成那宛如置身地獄般的模樣，但榮松師傅仍繼續作畫，不予理會嗎？」

面對富次郎的詢問，店主神情痛苦地瞇起眼睛。

「這是我後來聽他本人說的。」

榮松當然也知道他周遭慘事連連，家裡的人陸續喪命。

「他也知道這樣不行，全是那支筆害的。」

但手指就是放不開那支筆。要是硬將它扯走，就馬上會有一股焦躁感行遍全身。

——我要是放手的話，自在筆就會跑到其他地方去，成爲別人的東西。那迷人的神通力、不像是人間該有的神力，失去太可惜了。我不想給任何人！

「他腦中滿是這個念頭，完全容不下其他想法。妻子喪命，兒子也差點丟了性命，媳婦流著血痛苦呻吟。這全是他重要的家人。非救他們不可。」

——只要放掉那支筆就行了。

不，不行。我怎麼可能放開它。

解救畫師脫離這個苦惱的，是透過別人聽聞他們一家人的怪事，特地趕來探望的榮松兒時玩伴。他以前和榮松一樣以當畫師爲目標，擁有才能，前途一片看好，卻因爲眼疾而棄筆，改以當灸師爲業，治癒了許多爲病痛或身體障礙所苦的人們，自稱「爐庵」。

爐庵師傅檢視榮松的身心情況後，一眼就看出這不是一般的疾病或是身體障礙，明白有一場非比尋常的災禍蹂躪著畫師一家人。他耐性十足地面對榮松，向他問話，最後終於得知和自在筆有關的一切。

——榮松，那支筆是邪惡的妖魔。

那力量不是神力。你也不是重拾以往的能力和技藝。就只是被妖魔蒙蔽了雙眼，產生錯覺，以爲自己重拾了能力。

爐庵師那失去光芒的雙眼潸然淚下，緊握榮松的手一再說服他。還搬出兩人小時候的共同回憶、年輕時在師傅底下一邊學藝，一邊聊到的夢想，努力讓榮松重拾人性。

花了三天三夜的時間，榮松緊握自在筆的手指終於鬆開。自在筆落向榮松膝前後，像一條小白蛇般扭動著身軀，滾到一旁的爐庵師面前。

爐庵師冷靜沉著。他喚來仍勉強留在畫師家的一名老女侍，吩咐她拿一雙火筷來。

「他以長火筷夾起自在筆，收進事先準備好的紙箱後，纏上繩子，封上封蠟。」

——我以前也曾立志當一名畫師。我沒把握能保管它。榮松，你有能託付它的適合人選嗎？

「於是就送到古田庵老闆您這邊了。」

「對。我就此被託付這個既可怕，又愧不敢當的責任。」

富次郎同樣也倚賴這位店主冷靜過人的膽識，所以他相信榮松的判斷沒錯。

不過，有件事令他感到納悶不解。

「爲什麼當時不一把火燒了自在筆呢？」

用火筷夾起後，直接扔進烤火盆或爐灶裡不就好了嗎？

「因爲不確定災禍是否會就此平息。」店主說，「它是奪走多條人命的妖魔。如果隨便就想滅了它，而引來更嚴重的災禍，那可就傷腦筋了。」

當時榮松師傅和爐庵師傅一同來到古田庵，向店主說明與這支邪筆有關的梗概後，三人有過這樣的討論。

「榮松師傅瘦得像只剩一張表皮的骷髏，我驚訝得連開口問候都忘了，但聽他說明情況後，見他眼神清明，神情開朗，我便鬆了口氣。」

爐庵師傅胸前捧了一個大木箱，打開木箱一看，裡頭有個小一圈的小木箱，而打開後，裡頭又一個更小號的小木箱，就這樣，那個存放自在筆的小紙箱，就收在那五個層層交疊的木箱裡。

「當然了，我是在封蠟的狀態下代為保管，所以我並未見過自在筆的模樣。」

完全沒過目，這也有助於讓店主保持內心的平靜。

「不過，令人在意的是，榮松師傅當初得到自在筆的經過。」

很不巧，榮松對這方面的記憶模糊。

「他不是買來的。而是有人賜贈。而且不是熟人賜贈，是某天有位客人前來買畫，就帶著那支筆，遞向他面前。」

畫師偏著頭，摩娑著下巴，一副努力想要憶起的模樣，接著他突然全身緊繃，開口說道。

——對方是一位擁有過人的美貌，會令人看得入迷的年輕武士，不過，他和我交談時，眼睛從沒眨過。

果然不是人，是妖魔。

「從那之後，我便一直保管著自在筆。」

在古田庵裡，同樣也當作封印之物處理，擺在倉庫深處的層架高處，平時不會進入人們眼中。

「榮松師傅也已重新振作，在那些倖存下來，沒逃離的忠心弟子以及夥計的幫助下，接受爐庵師傅的治療，過著安穩的日子。」

但古田庵保管自在筆不到一年，爐庵師傅病倒了。他那好像是原本的宿疾，而非受到自在筆的詛咒。

「失去爐庵師傅的支持後，榮松師傅再度心志動搖。」

——我想要自在筆。

「因爲他知道筆就在我這兒，所以他頻頻來找我。」

每次榮松前來，店主便會告訴他，當初保管這支筆，是三個人一起決定的事，並搬出爐庵師說過的話當證明，極力讓老畫師冷靜下來。榮松也在店主的說服下清醒過來，頻頻向他道謝後，就此離去。但過沒半個月便又會前來。

「日子久了，這間隔的時間也變得愈來愈短。」

過沒五天，便拖著行動不便的腳前來古田庵的榮松，表情扭曲，滿頭大汗，淚眼汪汪，模樣看了不舒服，也令人心痛。

「他肯定有一場可怕的內心糾葛。」

外人無法理解，唯有知道自在筆力量的人才懂的喜悅和恐懼展開交戰——。

「不過，前些日子，他內心的交戰終於失去了平衡，榮松師傅吃了那支筆。」

聽富次郎這麼說，店主頷首。

「爲什麼直到現在才下定決心，要與自在筆同歸於盡呢？我無法從榮松師傅口中問出合理的緣由，不過……。」

畫師在拿出那支筆，搖搖晃晃地走出店外時，曾大聲喊道。

——爐庵說得對，我被騙了。

「被騙了？」

「我也很想確認這句話的意思，所以在前往替師傅弔唁時，我曾經問過他的入門弟子。」

榮松近來取出當初緊握自在筆不放的那時候所畫的作品，細細逐一檢視。

「聽說就連他的入門弟子也看得出來，這些都是不入流的作品。」

咦？不是重拾往日的才能和力量所完成的作品嗎？

「剛畫好時，看在他本人以及周遭人眼中，是很像那麼回事沒錯。」

可是一旦自在筆的力量離開後，過了一段時日重新細看會發現……。

「原本以爲自己畫了很出色的作品，但那全是虛幻的誤會，是噩夢一場……。」

比孩童的塗鴉還不如的拙劣線條。明明是爲了得到鮮豔的色彩，不惜成本使用昂貴的顏料，但現在不光全部褪色，還變成骯髒的顏色，如同抹了什麼腐爛的東西般，散發惡臭。

「在確認過是這種情況後，榮松師傅馬上做出決定，這自在筆非收拾不可。」

爲了替喪命的家人報仇。也爲了避免再有人被這支筆迷惑，他要將自在筆徹底粉碎，一把火燒了。

富次郎暗自低語，「連同他自己。」

因爲被妖魔誆騙，造成那麼多人淒慘的死去，這同時也是他對那些人的贖罪。只能以這種方式贖罪，說起來既遺憾，又可悲，但總比什麼都不做來得好。

富次郎低下頭，微微嘆了口氣。

古田庵的帳房圍欄塗的是黑漆，當初剛塗好時，想必烏黑亮麗，現在則是充滿古意。邊角處留有一個小小的指印。

是店主的孩子留下的指印嗎？還是有哪位帶著年幼的孩子一同前來的客人？當他茫然望著指印時，一股情緒湧上心頭。

——如果因爲我的緣故，而害小梅喪命的話……。

或是造成家人受傷流血，在痛苦掙扎中死去。

富次郎肯定會發瘋。

不惜以如此悲傷和駭人的後果作交換，也想要得到的東西，富次郎完全想不到。他沒有這樣的覺悟。

「我……。」猛然回神，他發現自己正小小聲低語道，「原本很憧憬當一名畫師。」

他低著頭，凝望自己擺在膝上的雙手指甲。「覺得要是能當畫師不知道有多好，能畫自己喜歡的畫，以此維生，眞教人羨慕。」

但要踏上藝術之路，可沒那麼輕鬆。

「發揮自身的才能謀生，可不光只是幸福而已。當一度失去這樣的才能，或是光靠自身的才能還無法勝任時，想必會深受靈魂極度的飢渴折磨吧。」

自在筆就是以這樣的飢渴當誘餌來將人吞噬的妖魔。不過，明知它是妖魔，卻還是想得到它的力量，如此脆弱的人心更是可怕。

「不論是怎樣的謀生之路，都會有它背負的業。」店主以沉穩的聲音說道，「這並非只限於走藝術之路的人，我們們原本生來就是如此。」

這句話聽在富次郎耳中，既不像安慰，也不像勉勵。也沒化爲曉悟或智慧滲入心底。

「我已不再抱持這種不切實際的憧憬。」

說到這裡，富次郎這才抬起頭。店主的嘴角微微掛著笑意，清晰的眉毛尾端垂落。富次郎對他那溫柔的眼神說道。

「我決定選擇適合我能力的謀生之路，當個孝子。」

如果要完全捨棄當畫師的夢想，就要戒掉作畫當娛樂的習慣。等日後到了父親伊兵衛這個年紀，如果還有作畫的意願，到時候再重拾畫筆，當作是退休的嗜好吧。所謂的「娛樂」，原本就是這個含意吧。

自在筆一事不是在黑白之間聽到的故事，不算在奇異百物語內，就努力忘了它吧。決定從下一位說故事者開始，不再刻意作畫，直接聽過就忘。沒

有做不到的道理，這樣做就對了。

因爲也想讓阿勝明白此事，富次郎在黑白之間告訴她這件事。這位擔任守護者的女侍並未露出驚訝之色，就只是溫柔地說道：

「就照小少爺您心裡所想的去做吧。」

「謝謝。這裡的書桌和書信盒也幫我清掉吧。」

然而，從那之後，富次郎夜裡都睡不安穩。每當昏昏沉沉時，就會做夢。夢見自己手持自在筆在做畫。或是有位不認識的畫師握著自在筆向人炫耀。

——只要有這支筆，就能畫出揚名天下的名畫！

望著他那喜不自禁的模樣，富次郎心中又嫉妒，又焦急。「別再說了！」他放聲大喊著醒了過來。渾身滿是溼汗。

這種情況持續了五、六天後，某天大哥伊一郎在吃早餐時問道：

「你幾乎每天晚上都做噩夢，是不是遇上什麼不好的事？」

沒事的——富次郎笑著含糊帶過。我發現有本很罕見的繪本，翻閱之後才發現是個奇怪的故事，所以才做噩夢。哥，抱歉，讓你操心了。

之後他獨自走進黑白之間，發現書桌和書信盒還在。墨壺裡也裝滿了墨汁。是阿勝的安排。此刻富次郎的感覺，也不知道該說是生氣，還是心事被看穿，深感難爲情。

富次郎花了整整一個時辰的時間，畫了一幅畫。畫完後，他逃也似地離開書桌，拍手喚阿勝前來。像之前一樣，請她把畫封印收好。
這是最後一次。以後再也不畫了。

第四話　針雨村

十月初，伊兵衛與阿民出外賞紅葉去了。並非只有他們兩夫妻單獨出外遊山玩水。還有今年藪入（註）剛過便從夥計統領升任掌櫃的平吉，以及代替資深的阿島住進店內，已即將滿一年的女侍阿吉和阿里，三人也一起同行。三島屋爲了慰勞夥計平日的辛勞，以及教導他們應有的儀態舉止，讓他們日後不管何時以何種形態前往他處，都不會丟三島屋的面子，會看準各個夥計適合的時期，像這樣帶他們一起出遊。就連童工新太，幾年前也曾陪同阿近出外賞梅，到料理店用餐。

這天，由繼承人伊一郎負責顧店。說到八十助，他本人因爲愧不敢受，總是以「掌櫃的」自居，但是就身分來看，他無疑是店內的大掌櫃，這天他也決定將帳房的位子讓給伊一郎，不到店內。

「你偶爾也放一天假，好好休息，做自己想做的事吧。」

聽老闆娘阿民這麼說，八十助馬上請求道：

「那麼，我想到葫蘆古堂去叨擾一下……。」

經這麼一說才想到，八十助至今仍未前去探望已成爲老闆娘的阿近，以及她的女兒小梅。

「當然好啊。我先跟他們通報一聲吧。你就好好抱抱小梅吧。」

八十助早在三島屋有今日的店面規模前，就已忠心耿耿地在伊兵衛和阿民底下效力。平時沒人注意，不過，其實八十助的年紀也比伊兵衛長兩歲，在經商方面當然是八十助更有經驗。對伊兵衛來說，有一段時期八十助可說是他做生意的師父。他們夫婦倆之所以能一手創立今日的提袋店，八十助的功勞比誰都還要高。

要是能當畫師就好了……如此夢幻又悠哉的憧憬，富次郎已徹底斬斷。做出這樣的決定後，他的注意力才會不自主地轉到過去一直都沒放心上，也沒特別留意的事情上。

想到八十助這位一直待在身邊，很理所當然的人物所擁有的過去。

——像他這麼勤奮，熟悉生意和算盤的人，爲什麼沒想過要自己開店呢？爲什麼甘於在爹娘底下當得力助手，一過就是三十多個年頭？

八十助對於自己的未來，應該也曾經想這麼做、想那麼做、想要那個、討厭這個，有他自己的欲望和好惡。只要是商人，應該都曾經懷抱過想擁有自己店面的夢想。但從眼前的八十助身上，完全感受不到這種感覺。

比一般的和尚還要無欲。

這位大叔個頭矮小，一對往兩旁垂落的八字眉，就像總是有煩心事般，外加腰痛的老毛病。不，他都快成爲老頭子了。但八十助別說孫子了，就連妻兒也沒有。他的人生全奉獻給了三島屋。

身爲三島屋店主的兒子，對他只有感謝。不過，身爲一位終於開始懂得認眞思考自己人生的年輕人，他心裡想，像八十助這種人生，他是否一點都不後悔呢？這個疑問始終無法從心裡抹除。可能是因爲想到這個問題的緣故，每次與八十助打照面，就會感到既難爲情又歉疚，爲此傷透腦筋。

話說，三島屋一行人賞完紅葉後的用餐處，依照慣例，阿民都會請富次郎幫忙安排挑選。他只要挑選知名的料理店，便可省事許多，但這麼一來，受人委託辦事一點意義也沒有。平吉和女侍是和店主夫婦一起同行，所以想必不管去哪兒都一樣覺得開心、驚訝、受之有愧吧。如果只是這樣，

註：住在商家工作的夥計和女侍，能在一月十六日及七月十六日兩天回家探親。這兩天稱之爲藪入。

未免太無趣了。

他找葫蘆古堂的勘一商量，收集近來各家飯館的風評，連賞紅葉搭乘的船隻上下船的便利性也考慮進去，最後選定位於兩國柳橋的料理店「一文字」。接下來正當令的馬頭魚，整尾下去炸，以及淋上用魚的頭和尾熬出的高湯作成的山吹飯，都頗獲好評。店面小巧，不顯浮誇，這點也很合適。

附帶一提，店名「一文字」是來自於「三十一文字（註）」。店主的老家，是專門製作江戶甜味噌的一家味噌倉庫。這種甜味濃郁的白味噌是高級品，平時難得一嚐。而「一文字」提供了好幾道以這種白味噌料理而成的燒烤和涼拌菜。

在進行這樣的安排時，富次郎很樂在其中，一點都不覺得累。他多次前往勘查，耐心十足地展開事前確認。就算自掏腰包也毫不吝惜。只要大家能吃得開心，他便心滿意足。

待一切都安排妥當時，隔天便是賞紅葉的時刻。天氣看起來不錯，這樣就不用擔心明天會下雨了——眾人圍在一起邊聊邊吃晚餐，之後富次郎見大哥伊一郎喚來八十助，兩人走進屋內的衣櫃間。

之所以用衣櫃間這種籠統的稱呼，是因爲這個由六張榻榻米大的空間，再加上一張榻榻米大的木板地構成的房間裡，家中的衣櫃和茶盒幾乎集中擺在這裡。這是奉阿民的指示，爲了在同一個地方對家人穿的衣物進行整頓和管理，而想出的辦法。

這房間雖然日曬足，通風好，但沒有緣廊。在阿民的指揮下，女侍動作俐落地在這個房間裡進出，一年只有兩次，也就是在換季的時候。身爲家中繼承人的長男與大掌櫃，去那個地方做什麼？

伊一郎腦袋聰明、長相俊俏、聲音好聽、人品又好，可說是沒點陰影，宛如滿月般的男人。這不是做弟弟的偏袒他，而是世人都這麼認同。他深獲夥計的信賴，八十助平時對伊一郎也很尊敬，就像對店主伊兵衛一樣，旁人也都看得出來。

這兩人現在是怎麼了？富次郎之所以會感到有點心神不寧，是因爲這位像滿月般完美的哥哥，現在有時會顯得喜怒無常。由於去年夏天伊一郎的婚事告吹，他爲此傷心，就此帶著受傷的心，從學做生意的店家回到了三島屋，所以現在偶爾會惡意整人，或是態度冷淡。

富次郎至今仍不曾有爲了心上人而傷心難過的經驗（應該說他還沒遇上這樣的對象），所以伊一郎心中存有怎樣的利刺，那利刺扎在心頭會有多難受，他完全無從想像。不過他相信，隨著時間過去，伊一郎應該會重拾他天生的爽朗吧。如果有新的邂逅，那場沒能如願的婚事，將成爲往事，甚至是微不足道的小事，就此消失。

但現在他很擔心，所以躲在走廊角落窺望他們兩人。這條走廊盡頭的牆壁，擺了一個小層架，阿勝會擺上插花，或是偶爾從某處找來形狀好看的石頭，擺在那裡當裝飾。因爲是阿勝的安排，所以一定有她的理由，但一直都沒機會詢問。富次郎假裝現在正是詢問的時候，把玩著插在窄口花瓶裡的水仙花。碰觸之後他嚇了一跳，原來這不是鮮花，而是布作的人造花。阿勝是從哪兒得來這種東西？

註：指日本的短歌。短歌字數採五、七、五、七、七，加起來一共是三十一個字。而「三十一文字」念作「みそひともじ」，剛好音同「味噌一文字」。

伊一郎走出衣櫃間，匆匆走向起居室。他沒注意到富次郎，步伐略顯急促。

那麼，八十助呢？富次郎躡著腳走近衣櫃間。他悄悄伸手搭在隔門的圓形金屬門把上，拉向一旁，衣櫃間裡點亮的座燈亮光，逸洩向前方那三張榻榻米大的小房間。可能是燈芯拉長的緣故，顯得特別明亮。

富次郎繼續躡著腳走，伸長脖子往衣櫃間內窺望。

在座燈形成的溫暖光圈裡，八十助側臉朝向他端坐著。膝蓋前方攤開一張包裝紙，正在折衣服。

「咦？」

糟了。富次郎不光心裡想，甚至還叫出聲。八十助馬上轉頭望向他，富次郎就此被發現。

「你在做什麼啊，八十……。」

名字叫到一半，富次郎發現八十助雙眼泛紅，臉頰兩道淚痕閃動。

哎呀呀呀。大哥也眞是的，喜怒無常的毛病又犯了，特地把八十助叫來這裡訓斥嗎？雖然從懂事起就和八十助一起生活，但是看掌櫃的哭得這麼慘，也就只有阿近結婚的時候。

「你是怎、怎、怎、怎……。」

我到底是怎麼了？竟然舌頭打結。

一看到富次郎的臉，八十助神色慌張地擦拭臉上的眼淚，轉身面向他，整個人平貼在地上，深深鞠了一躬。

「我難看的模樣讓您見笑了，眞的很抱歉。請您見諒，富次郎少爺。」

經這麼一提才想到，儘管富次郎多次開玩笑道「請叫我小少爺」，但唯有八十助一副沒聽見的模樣，仍舊叫他「富次郎少爺」。

——他小時候都叫我「小哥」。

明明處在這種情況下，卻想起了往事。八十助在他們兄弟倆小時候，都叫富次郎「小哥」，對伊一郎則是和現在一樣，都稱呼「伊一郎少爺」。想必是因爲富次郎是比長男小的次男吧。

「沒、沒必要對我道歉啦，八十助先生。」

富次郎同樣也無法直接叫這位資深夥計總管的名字，不加尊稱。至於伊一郎，則是打從返回老家三島屋的那天起，便以上對下的姿態說一句「今後請多指教了，八十助」，氣度與富次郎截然不同。

「到底是怎麼回事？你竟然在流淚……。難道說阿近又要再辦一次婚禮？」

富次郎刻意加上誇張的肢體動作如此說道。八十助的表情就此緩和，呵呵笑了起來。

「要是眞發生這種事，葫蘆古堂的勘一先生可就麻煩大了。」

「如果是那小子，大概會厭世而出家吧。」

這次兩個人都笑了。接著八十助以恭敬的手勢，將他攤在膝蓋旁的包裝紙和衣服呈向富次郎。

「……這是我剛才獲賜的。」

「這些衣服？啊，連短外罩和襯衣都有。」

有秩父絹的冬季窄袖服、絹紬襯衣、黑皺綢的短外罩。短外罩在左右衣袖及背部繡有三島屋的屋號。

富次郎問，「這是我大哥送你的？」

「對。」八十助深深頷首，再度眼眶泛淚。

「他對我說，你明天可以穿著它去葫蘆古堂。」

哦。富次郎圓睜的雙眼眨了幾下，深吸一口氣後呼出。大哥，你這事幹得漂亮。

這衣服和短外罩，都不是昨天想到而臨時張羅來的。就算是前天才張羅也來不及。也就是說，這是很早以前就準備好的。

「大少爺還說，這不是爲八十助你特別準備的，我只是將別人送的衣物轉讓給你而已，所以別覺得過意不去。」

「咦，是這樣嗎？」

這事又更教人納悶了。是誰在什麼時候爲伊一郎作的衣服？爲什麼要事先珍藏著還保留著假縫線（註）的新衣？

不過，這可能已經不重要了。因爲八十助看起來開心極了，連富次郎看了也差點要跟著哭了。

「眞是太好了。」

「是啊，謝謝。」

「等你折好，我替你拿去你的寢室吧。你偶爾也抬頭挺胸跟著我走嘛。」

住在店裡的八十助，就住在東側角落一間四張半榻榻米大的房間。離廚房和女侍房間很近，而且就在廁所邊。但他卻說這房間早上晨光照進來很舒服，而且上了這個年紀後，上廁所方便眞的很慶幸。任誰再怎麼勸說，他都不肯換去更好的房間。

「這樣我就放心了。剛才乍看還以爲你挨我大哥罵呢。」

富次郎將包裝紙疊好，站起身，八十助朝他一笑。

「不，我也挨他小念了幾句。」

什麼嘛，大哥果然罵人了。

「明天一整天都是大少爺坐帳房。他說這剛好是個分界點，是個好機會。」

——就以這次當契機，稱呼八十助你爲大掌櫃吧。我也會叫我爹我娘，以及其他人也這樣稱呼你。店裡的身分排序很重要，請你也改掉像烏龜一樣縮著脖子的習慣，展現出符合身分的架勢來。

「哈哈」，富次郎忍不住說道，「講得那麼跩，但最後倒是不忘加上一句『請』字。」

「是啊。」

「那麼，你就好好休息吧，大掌櫃。」

註：日本的新衣服爲了保留縫線或折線，會先大致以線縫上，同時也爲避免衣服版型跑位，會一併保留在衣服內。衣服保留了假縫線，表示還沒人穿過。

「您也好好歇息，富次郎少爺。」

沿著長長的走廊返回的路上，富次郎原本哼著歌，但他旋即停下。這個時候哼歌，要是讓伊兵衛聽見，肯定會挨罵。

✦

一夜過去，賞紅葉的一行人順利地出門了。

三島屋的眾人吃完早飯後便為開店做準備，在店外巡視打掃、灑水，就連對鄰居問候「早安」，也一律由大少爺伊一郎指揮，雖然和之前沒什麼不同，但店裡突然瀰漫著一股年輕許多的氣氛。

大家也都很喜歡這種感覺。

儘管店主仍健在，但到了一個年紀後，便換人接班，這樣的商家時有所見。因為店家需要煥然一新的感覺。這樣的時刻，也一步步朝三島屋接近中。

在接班之前，伊一郎得先娶媳婦才行。由於受到先前婚事告吹的影響，本以為短期內不會再談到這方面的事，但也許不然。如果有這個必要，伊一郎應該會很乾脆地與自己心中的鬱悶切割。

仔細想想，在阿近出嫁前，他與大哥一同共飲時，伊一郎很明確地說道。他會繼承三島屋的家業。想讓店裡的規模比爹那一代更大。伊一郎有欲望，有野心，也有他想做的全新生意構想。

一位像樣的第二代店主，既然需要一位妻子，能成為像樣的老闆娘，就得娶一位合適的女子。

喜歡和迷戀，都只是一時的感覺，是年輕時綻放的花朵。花開花謝，成爲回憶，這樣便已足夠。商人的人生，還有很長的路要走。伊一郎有足夠的膽識和智慧，能割捨無法實現的戀情。

富次郎一邊準備開店，一邊想著這件事，結果右腳前脛骨重重撞向接下來販售時要用來展示披肩和圍巾的裝飾層架外緣，痛得眼淚直流。

「哎呀，眞糟糕。」

阿勝朝富次郎紅腫的小腿望了一眼，如此驚呼道。

「用水冷敷，再貼上貼布吧。能走到廚房嗎？誰來扶一下小少爺吧。」

當場只感到疼痛和丟人的富次郎，漸感沮喪。我這到底是在做什麼啊。無端惹出風波，也不能替穿著正裝出門的八十助送行。雖然葫蘆古堂與這裡只隔了兩條街，但富次郎推薦八十助買來當伴手禮的點心，是位於淺草御門旁的菓子店。雖然刻意繞遠路感覺有點蠢，但阿近和勘一看了一定很開心，所以還是去買吧——最後他只能託阿勝代爲這樣轉告。

他獨自待在黑白之間，坐在緣廊上，腳上貼了貼布，裹上白棉布，望著自己的腳，像極了還不夠成熟的大蘿蔔，他嘆了一聲，接著又嘆了一聲。

他已決定，不再爲了聽過就忘而作畫，書桌和書信盒也已清走。今天可能是阿勝很忙碌的緣故，空蕩蕩的黑白之間裡沒擺花。向來在迎接說故事者時會貼上白紙的壁龕處，現在掛著一幅很普通的紅葉山掛軸。

最近奇異百物語都沒開張。人力仲介的燈庵老人始終都沒送人來，而富次郎也順著他，沒催他送新的說故事者來，就這樣過了這些時日。

這也是因爲一旦迎接新的說故事者，到了要聽過就忘的階段，他擔心自己還是會想畫。如果不畫，便無法聽過就忘，聽過的故事或許會一直留在心中，這令他感到不安。

不過只是擔任怪談的聆聽者罷了，何必這麼鑽牛角尖呢。百物語只是在酒宴時乘興說說故事，算是一種玩樂。竟然爲此感到不安、害怕，又不是小孩子。

不懂內情的人或許會這樣嘲笑。雖然腦中這麼想，但是對富次郎而言，與奇異百物語有關的一切都無比認眞，絕非只是玩樂。

——如果要繼續下去，得拿出勇氣。

面對人們帶來黑白之間的所有故事，必須學會不靠畫筆便能聽過就忘的技能。我辦得到嗎？我有這份幹勁嗎？

他望著壁龕的那幅紅葉山，如此自問，這時，走廊傳來新太的聲音。

「小少爺，您情況怎樣？」

軟膏發揮藥效，原本的陣陣刺痛已好多了。但右小腿還是腫得很難看。

「我已經沒事了，就只是覺得很丟人。」

富次郎如此應聲，想從緣廊移往房內的方向，卻無法順利站起身，連他自己也嚇了一跳。

「抱歉，讓你操心了。進來吧。」

隔門發出開啓關上的聲響，新太露出他那張圓臉。他朝富次郎那裹著白棉布的右小腿望了一眼，自己也露出彷彿很痛的表情。

「是這樣的，燈庵先生那裡派人來，說待會兒想送說故事者前來，詢問我們這邊是否方便。」

富次郎一時無法答覆，雙脣緊抿。

竟然偏偏在這時候有新的說故事者。

——感覺就像看準了似的。

現在富次郎就像這樣，根本無法自由行動。因爲深感羞愧，想自己一個人靜靜，才關在黑白之間裡，無法出去。而暌違許久的說故事者，偏偏在這時候前來，就像老早就在等候這種情況般。

燈庵老人雖然總愛刁難富次郎，但關於自在筆的軼聞，只有富次郎和阿勝知道。任蛤蟆仙人再神通廣大，也不可能看出決定捨棄畫筆的富次郎內心的糾葛。

這麼說來，這是黑白之間的意思嗎？你給我振作一點，扮演好聆聽者的角色。不然就去找下一個聆聽者。

這怎麼可能，想太多了。雖然心裡這麼想，胸口卻有股沉重的感覺。

——當初我是自願當黑白之間的聆聽者。

我這時候如果逃走，更是丟人。

「……我知道了。」

他只能發出輕細的聲音。他用力清咳幾聲，挺直腰桿，重新說道。

「我知道了。先暫時帶說故事者到我爹的起居室去。我這就換衣服準備。」

「小的明白。」

新太離去後，馬上換阿勝走進。

「那麼，我幫您準備。」

阿勝幫忙富次郎更衣後，爲了讓富次郎可以直接坐不用盤腿，她搬來一張跟矮凳差不多高的和室椅。

「妳從哪兒找來的？」

「就放在置物間裡。我聽說是以前老闆娘腳踝受傷時，請一位熟識的木匠特別製作，好供她在工房裡使用。」

眞是服了她。阿勝果然厲害。

讓富次郎坐向和室椅，確認沒有任何不便後，阿勝像小鳥翩然飛舞般，開心地忙進忙出。她撤掉那幅不起眼的掛軸，改將一個看起來沉甸甸的長筒形備前燒花瓶擺向壁龕，插上一支紅豔的紅葉枝椏，與一支偏黃的紅葉枝椏，以這樣的搭配呈現出不同的風情。

「花店的人這麼快就來啦。」

「不不不，這紅葉是從庭園裡剪來的。」

咦，眞的嗎？這色澤這麼剛好的紅葉，是種在哪兒啊？

三島屋的庭園算不上寬廣，但在伊兵衛的個人嗜好下，混雜種植了各種反映季節之美的花草和會結果的樹木。身爲懂畫之人，富次郎自認平時都是望著這些花草來滋潤自己的靈魂，但這次他竟然沒看出來？他對自己感到失望。

「那麼，我這就去請客人過來。」

阿勝將裁剪下的枝葉整理好，就此站起身。

「可以嗎？」

「嗯，我既不躲，也不逃。」

富次郎本想發出渾厚的聲音，但因爲伸長腿坐在很高的和室椅上，不太習慣，結果走音了。

阿勝望著富次郎，突然面露微笑說道，「我之所以詢問您，是因爲擔心您的傷。您沒發燒吧？」

「我沒事。」

「這樣我就不再過問了。因爲小少爺現在已和阿近小姐一樣，是獨當一面的聆聽者。」

阿勝離去後，富次郎仔細思索她那句話的含意。那不是謊言，但也非事實。是阿勝看出富次郎的猶豫，而出言勉勵。要是明知如此，還不能加以回應，那就稱不上男子漢了。

「小少爺，我帶客人來了。」

傳來新太的聲音。面向走廊的小房間隔門開啓，接著黑白之間的門也開啓。爲了讓緣廊這邊的亮光可以照進屋內，採用的是中間爲紙質的隔門，所以隱約可看出人影。富次郎發現後，心頭一震。不行不行，要冷靜一點。

對了，得先針對我這副難看的模樣，向今天的說故事者道歉才行。因爲在店門前，小腿撞到層架外緣，痛哭流涕，眼睛和臉都快冒出火來。如果講得太輕浮，反而失禮。得一本正經地向對方道歉。在這短暫的時間裡，他左思右想，調整呼吸。

「**初見深幸**（註），萬分感謝。」

拋來一句罕見的問候語，接著走進黑白之間的男子，他右手衣袖頹然垂落。富次郎馬上眨了眨

註：粗體字皆爲說話者使用的方言。

眼，但他沒看錯。男子的右手衣袖底下顯然是空的。這位說故事者沒有右臂。

他雖然個子不高，但肩膀寬闊，一身結實的體格，從他的凸額頭到方正的下巴，全都曬得黝黑。還不至於像「豬脖子」一樣粗大的脖子，可能也是日曬的緣故，有好幾道深邃的皺紋。之所以不覺得是年齡的關係，是因爲他的雙眸明亮清澈，嘴角還帶著些許稚氣。應該還未達不惑之年。

「請、請進。」

富次郎大爲吃驚，再度走音。眞是的，要是就這樣變成習慣，那該怎麼辦。

「我是奇異百物語的聆聽者，名叫富次郎。請坐。」

他請對方坐向壁龕前的坐墊，說故事者微微點頭致意。他的視線移向阿勝插的雙色紅葉後，就此停住。

「啊，多美的紅葉**打肧**啊。」

對方又使用了沒聽過的用語，而且面朝的不是富次郎，而是花瓶裡的紅葉。

「打擾了。」

他先以柔和的口吻說了一句，往衣服下擺一拂，就此坐下。

他沒穿短外罩，也沒拿在手上。雖然穿著白色足袋，但一身輕鬆打扮，仔細一看，他衣服的質料應該是本結城縞吧。

嗯。這如果是在我們三島屋的話，算是身分接近掌櫃的夥計會穿的布料。髮髻是採常見的對折方式，刻意將髮尾弄亂，這是工匠常見的髮型。

——他是做哪一行的呢？

感覺不像是整天盯著帳本和算盤，或是從精細手工業的人。從他黝黑的皮膚來看，似乎是從事肉體勞動的工作，但又不像是做大汗淋漓的工作。

然後，不知是因爲受傷還是生病的關係，他右邊衣袖裡頭沒有手臂。

「您是三島屋的……少爺，富次郎先生，是嗎？**初見深幸**，要再次謝謝您。」

他左手置於膝上，端正坐姿，行了一禮。富次郎受了一禮，在和室椅上轉動身子，極力想端正坐好。

「您太客氣了。但說來慚愧，我現在這副模樣，連要好好回禮都做不到。」

「不不不，您不用起身。」

看不出職業的這位說故事者，朝手忙腳亂的富次郎伸出左手。

「剛才已經聽那位小兄弟說過了。您是今天早上才受傷的。千萬不能勉強。請不用在意**這個**，少爺您就以**叔輔**的姿勢坐吧。」

嗯。富次郎的好奇心就此在心底蠢動。打從剛才起，說故事者不時會說出罕見的用語，想必是地方口音吧。他說話並非完全都用方言，而是在用江戶用語交談時，不時會冒出幾句地方方言的特殊用語。

「請您告訴我。您剛才說的『叔輔的姿勢』，意思是『舒服的姿勢』對吧？」

面對富次郎的詢問，說故事者猛然張開嘴巴，幾乎都可以聽到「啵」的一聲了，接著他維持這個嘴形發出「噢」的一聲。

「您說的一點都沒錯。是在下疏忽了，抱歉。」

他靦腆的表情顯得很率眞，相當討喜。

「請不用道歉。是我沒禮貌，我才抱歉，不過，因爲覺得有趣，所以才向您請教。」

「這是很罕見的用語嗎？」

當然罕見。富次郎很開心，此刻的心境就像將美味之物送入口中一樣。

「您說的『這個』，意思是指『我』對吧？」

說故事者這次改爲睜大眼睛，難爲情地縮著脖子，指著自己鼻頭。「是的。在下出生的地方，都稱自己爲『這個』，稱對方『那個』。」

不分男女老幼，一概都用這種稱呼方式。

「這麼說來，『誰』叫作『哪個』對吧？」

說故事者用力點頭，「例如說，今天早上哪個要和這個一起推貨啊？」意思是今天早上誰要和我一起搬貨。不過，這指的是以搬運車或手推車來載貨的情況，如果是用雙手抱著搬運，則說成『背負』。當眞耐人尋味。

「您一開始說的『初見深幸』又是什麼意思呢？」

「意思是初次見面，有這個機會與您見面，深感榮幸。」

「原來如此！以後我也模仿您這樣用用看吧。這樣說起來既順口，又帥氣。」

雙方聊得正愉悅時，新太端來了茶點。雖然有熱茶，但因爲今天的說故事者來得突然，所以富次郎沒辦法像平時一樣仔細挑選點心。這臨時湊合來的，是事前買來準備給店裡的夥計當點心吃的簡單地瓜菓子。是將蒸好的地瓜搗碎，加上酒香，灑上芝麻，再用紙包成像包子般的大小。

「小兄弟，給您添麻煩了。」

對新太也很客氣的這位說故事者，聽了富次郎對地瓜菓子的說明後，大爲開心。

「每年的這個時節來到江戶，總覺得烤地瓜特別好吃。」

他的故鄉也能採收地瓜，但可能是與江戶販售的品種不同，纖維較多，也比較硬。

「那可眞是遺憾。這裡能買到的炭烤地瓜，有些也不好吃，看來眞的是因爲地瓜的品種呢。」

這個地瓜菓子，是店主爲了讓蒸地瓜涼了變硬後一樣好吃，苦心鑽研而成。雖是以「黃金地瓜」的名稱販售，但因爲食材便宜，所以價格不貴，吃起來又有飽足感，算是很划算的點心。

今天富次郎無法親自沏茶。新太特別留意這點，分別將小飯桌擺在說故事者和富次郎身邊，上頭有茶具和點心盤。他懂得將說故事者的小飯桌擺在他左側，讓他方便拿取，這點表現很好。

待童工離去，只剩富次郎和說故事者兩人，他們還是續享用茶點。說故事者很自然地使用左手，動作流暢無礙。他們針對近來江戶市內發生的事，以及當令的景物，天南地北地閒聊，富次郎逐漸聽出在對方的地方口音中，像「做」會說成「捉」，至於「請○○」則是說成「慶○○」。

「在步入正題前，在下有可能會因口音而暴露出藩國，這會令在下感到尷尬。」

因爲是說故事者自己開口提，富次郎這才重新擺出聆聽者應有的態度。

「我們這裡的規矩，您想必已從燈庵先生那裡聽說了吧。」

在三島屋的奇異百物語，包括說故事者本身在內，與故事有關的人名、地名、屋號等，全都可以不用照實說。如果爲了隱瞞而需要假名，富次郎也可當場幫忙想。

「光憑目前所聽到的內容，猜不出您的藩國是哪裡。這點請放心。」

說故事者聞言，微微瞇起眼睛。

「就算知道在下的藩國，其實也不會有什麼困擾……。」

他瞇起的眼睛深處，想必是浮現藩國的景色吧。話說到一半突然中斷。

「等少爺您聽完在下的故事，一定會很嫌棄在下的藩國。也許還會認爲那是個充滿不祥之氣的藩國，住的都不是人，而感到鄙夷。」

這就教人有點難過了——他說。

富次郎再次仔細端詳這位說故事者。雖然沒有右臂，但他能自在地操控左臂。談吐不會令人不悅，個性開朗，好相處。姑且不論他的職業，就算受雇於人，想必也是指揮下屬的身分，應該是備受倚重。換句話說，是個良善的好人。而此時從他良善的內心，說出「是個充滿不祥之氣的藩國，住的都不是人」這樣的話來。這也只在奇異百物語才會發生。

「說故事者像您這樣，在故事的一開頭說出這樣的話，在黑白之間已不是什麼稀罕事。」

富次郎這番話，聽得說故事者直眨眼。剛才他一直圓睜的率眞雙眼，現在微微浮現擔心和猜疑之色。

「而我本人在聽過故事後，從來不曾有過那樣的念頭。」

會覺得害怕。也曾感受過撕心裂肺的痛苦。以及因可怕而顫抖。

但對於生活在故事裡，體驗過歡笑和淚水的人們，從來不會感到討厭。更別說是鄙夷了。

「人們眞實的一面，就散布於我在這裡所聽過的故事中。」富次郎說，「我只會予以尊重，絕不會瞧不起或是鄙夷。倘若我曾擺出過這樣的態度，這黑白之間就不會認同我擔任聆聽者。」

沒錯，黑白之間有它的意識。富次郎毫不躊躇地如此說道。

「這樣的話……。」

說故事者如此說道，左手抵在腦後，點了點頭。

「那就讓在下說出這個故事吧。首先，**這個**名叫門二郎。」

是那年在城池的不淨門（註）邊撿到的第二個孩子，所以取名門二郎。

「走失孩童、佯裝成走失孩童的棄兒、打從一開始就不掩飾的棄兒……。**這個**的藩國，就是這種無依無靠的孩童特別多的土地，所以這種命名方式就此成了慣習。」

話題突然一下子沉重起來。被拾獲的孩子有命名的慣習，想必是沒取名的嬰兒被丟棄，或是已經有點年紀的孩子沒有名字（不記得名字），背後牽扯了不好的原因，這種情況相當常見。

「爲了您方便說故事，可以的話，要不要先取個地名？」富次郎說，「要替城池取名也沒關係。在故事裡會陸續出現的場所和人名，如果在提到的時候才取名，我也會牢記的。」

這句話似乎令門二郎頗爲驚訝。「眞細心。」

「我只是希望盡可能讓專程前來的客人能輕鬆地說出自己的故事。」

門二郎注視著富次郎，接著露出凝望遠方的眼神，望向阿勝插的紅葉。

「……在下一直希望哪天能坦白向其他地方的人說出一切，請對方好好聆聽。」

從很久以前就這麼想了——他接著道：

註：用來搬運死者、罪犯、水肥的小門。

「看在陌生土地的人們眼中，將在下這種孩子養大的故鄉會是什麼樣子呢？」

富次郎語氣平穩地說道，「謝謝您選擇三島屋奇異百物語來實現您多年的心願。」

門二郎像猛然回神般，視線重新移向富次郎。接著他用力點了點頭。

「那麼，呃……藩國的名稱該取什麼好呢。那是遠比江戶暖和，盛產桃子、柑橘等水果的地方。」

靠海靠山，又有水量豐沛的河川，充滿綠意的原野，四季都會綻放不同的花朵。是一處產米之鄉，同時也有各種水果和樹果。

「是一處豐饒的土地，對吧。那就直接叫作『豐之國』如何？或是叫作『豐作藩』。」

聽到富次郎的提案，門二郎馬上展露歡顏。「豐之國這名字好。只要決定好名字，在說故事時就可以不用提到藩名和主君的名字，關於町或村的名稱，**這個**會陸續幫它們想名字，如果有不易了解的地方請儘管詢問。」

「我明白了。」

富次郎在心裡暗忖，這個豐之國到底是在南國的哪個地方呢。他剛才說的條件，北方沒有任何一個地方齊備。

「豐之國並不是多廣大的藩國。」門二郎說，「藩主家是自古一路流傳的譜代大名（註），但以大名的領地來說，算是相當小。如同彈丸之地。」

鄰近諸藩也都是差不多大小，同樣豐饒的土地。拜此之賜，自從在德川將軍家的治理下，進入太平盛世，便不曾發生過戰亂。也一概沒有任何內訌、叛亂、民反，或是因國境和水源引發的紛爭。

「因爲是這種土地的緣故，豐之國一帶有許多祭神儀式和祭典。當然了，神社也是大小皆有，多到數不清。」

「原來如此。因爲守護那塊豐饒的土地，賜予豐收恩惠的神明相當多，對吧。」

有多少位神明，就有多少祭神儀式和祭祀，想到這點，就不足爲奇。但富次郎這句話，似乎令門二郎相當感佩。

「哎呀，眞是博學多聞。眞的就像少爺您說的，**這個**也是在長大成人後，稍微了解其他土地的情況後，這才明白當中的道理。」

直接受人這樣誇讚，眞有點難爲情。於是富次郎和先前一樣打岔道「我是個生性悠哉的次男，所以請別叫我少爺，叫我小少爺就行了」。

「自古便沒與周遭的藩國起衝突，且生意往來繁盛，在道路通行上，也沒有會構成險阻的險峻山勢，所以幹道維護完善，河路和海路都能以船隻通行。因爲各方面都很完善，所以許多其他地方的群眾也都會來參觀當地的祭神儀式或祭典。」

「就像參拜伊勢神宮和金比羅神社一樣。」

「哎呀，拿來與那麼偉大的神明比較，會受神明懲罰的！」

門二郎揮著左手加以否認，但眼睛卻開心地瞇成一道細縫。

註：德川家對大名的分類之一，譜代大名是德川家康昔日的家臣。

「如果是江戶附近，會想到川崎大師和江之島的弁天大人。」

祂們原本都是當地的神明，但因爲歷史和由來廣爲人知，許多信眾不辭遠道而來。同時也是很適合遊山玩水的名勝。

「沒錯。當外地的客人在此聚集後，便有了茶屋、飯館、旅店，形成一處驛站町，雖然規模不大，但也有花街。街頭藝人和表演劇團也都會順道前來，搭舞臺表演。」

「那裡有溫泉嗎？如果有的話，似乎還能泡湯療養呢。」

門二郎就像在說「你說對了」似地用力點頭，「有。有一處岩石溫泉，那裡湧出的白湯，對跌打損傷特別有效，眞希望能帶小少爺去。」

眞好，好想去。因爲聽故事聽得太入迷，一時忘了右小腿的傷，現在猛然一陣刺痛。

「還有買來當伴手禮的工藝品——許多是仿效祭神儀式和祭典作成的吉祥物，作成這類的東西販售，生意相當好。」

這時門二郎突然左手搭向自己胸前。

「**這個**也是以此爲業。」

在一家批發店裡當夥計，專門經手豐之國山上採集的玉石以及以玉石作成的工藝品。

「一開始沒先說自己是靠什麼維生，小少爺想必覺得不舒服吧。抱歉。」

比起這個，富次郎倒是對他這門生意的內容很感興趣。

「都是採集怎樣的玉石呢？又是怎樣的工藝品？我聽了之會知道是什麼嗎？您也是爲了做這門生意才到江戶來，對吧。」

門二郎被他積極詢問的氣勢所震懾，面露苦笑。「說到最主要的商品，是念珠。」

用於法事，以圓形的石頭或玉串成的念珠。

「豐之國產的玉石，像櫻蛤一樣呈淡淡的暗紅色。而且在陽光以及座燈或蠟燭的亮光下，顏色會變化。」

在陽光下紅色會增豔，在燈光下則會強烈地浮現青色或紫色。由於玉石原本的色澤會產生變化，所以這種玉石人稱七色石，以它作成的念珠稱作「七色念珠」。

富次郎沉吟一聲「嗯……」，仰望天花板。「我家開的是提袋店，所以對漂亮的東西應該是消息靈通才對，但說來慚愧，七色念珠我還是第一次聽聞。家父家母或許知道。」

「因爲它少之又少……。」

可能是引以爲傲吧，門二郎的鼻翼抽動。

「以前大奧的女侍對七色念珠特別鍾愛，只要御用的雜貨商人帶進大奧，馬上便會搶購一空。」

「現在情況又是如何？如果我們店裡想賣的話，可以向門二郎先生您進貨嗎？」

因爲門二郎沒回答，富次郎急忙接著道。

「啊，因爲是這麼貴重的商品，所以沒辦法擅自和人做生意，對吧？」

「……是的。得先取得城內的許可。」

它的材料七色石也一年比一年難以取得。

「領地內的礦床可能已即將挖光了。」

「那可眞是遺憾。」

「**這個**的工作，一年有一半的時間，都在四處探尋新的礦床和玉石。會在各個探索處膜拜山神，所以也會做跟修行者一樣的事。」

原來如此。富次郎暗自在心裡往膝蓋一拍（要是眞的做這個動作，右小腿肯定會發疼）。門二郎是玉石批發店的商人，同時也是找尋玉石、尋寶的山林修行者。難怪難以從他外貌的印象猜出他的職業。

也許門二郎失去右臂的原因，就在於這一點都不輕鬆的山林探索。不過，用不著急著問，他應該要不了多久就會提到。

「慶幸的是，在豐之國裡，不光七色石，還能採集到好幾種罕見又漂亮的玉石。」

這些玉石不光能用在工藝品，也能充當顏料或化妝品的材料。

應該是顏料吧，繪畫時用到的東西。將珍貴的玉石磨碎，運用它的顏色。豐之國原產的顏料一定很昂貴。雖然這與富次郎無關。

「這種生意，按規定得先取得豐之國城內的許可證，與透過江戶藩邸（註）簽約的對象展開交易……。每當有新的生意上門，**這個**就得上江戶藩邸晉見。」

門二郎應該是千里迢迢展開旅行，來到江戶。

「眞是辛苦您了。哪天這些生意的合約全部由門二郎先生負責時，請記得想起我們三島屋。」

富次郎伸著那纏了白棉布的右腳，竭盡所能恭敬地行了一禮。

「謝謝您。」

門二郎也回了一禮。

「不過，眞的很抱歉，**這個**出身低微，在這項生意中無法爬到那麼重要的職位。」

啊。他是在城池的不淨門撿來的孩子。

「請不必流露出那樣的表情。」

門二郎自己主動先笑了。富次郎感到難爲情，不知道自己剛才臉上是怎樣的表情。

「在此要先聲明一點，在其他事情上，因爲**這個**的出身而受到惡意的對待，這種事在豐之國的領地內從未發生過。」

只不過，身爲玉石商人，無法成爲一位大人物。

「就像**這個**剛才說的，有許多外地人頻繁地在豐之國進出。」

而且不只限於藩國交界、幹道沿途、大型商家聚集的城下町。因爲人們看準祭神儀式或祭典，會在領地內四處參觀。

「豐之國因爲來遊山玩水或是參拜的群眾在這裡的花費，而更加富裕。倒也沒什麼壞處……。」

許多人在此出入後，走失孩童增加，這是唯一令人傷腦筋的問題。

「而且不只限於眞正的走失孩童。」富次郎說，「因爲各種理由，而失去依靠的孩子，全被送到豐之國的領地內了。」

如果是這裡，應該能代爲養育。如果是這裡，應該能活下去。如果是這裡，會有好心人肯收養

註：江户時代，大名在江户城内的宅邸。

吧。因爲這裡就是如此富裕、豐饒的土地。

門二郎點了個頭，繼續往下說。

「這些孩子……當中也有十二、三歲就被賣去窯子，拚死逃出來的小姑娘。」

在豐之國的領地內，規定了幾處專門收留這些「走失孩童」的地方。

「如果在城下町，是由當初收養**這個**的城池後門收留。如果是在橫向貫穿領地的幹道上，則是兩邊客棧町的驛站收留。如果是北邊的山地，則是山林奉行的駐地收留。如果是西南方的海邊，則是規模最大的船東家收留。」

而在那裡被收留，暫時扶養的「走失孩童」們，很快就會交由養父母照料。養父母不見得是附近的居民。需要（日後的）人手或夥計的商家或農家，在領地內各個地方皆有。

「有時在『走失孩童』被拾獲的場所，一直沒機會遇上好的養父母，相當麻煩……。」

不久，一種類似人力仲介的生意就此成立，他們接受養父母（有時也只是藉這樣的名義）的委託，代為找尋合適的走失孩童。

「它有個漂亮的稱呼，叫作『孩子撮合所』，當中確實也有善良的商人，但也有不少壞蛋，和那些把年輕姑娘賣去妓院的傢伙沒兩樣。凡事只要牽扯到錢，什麼事都會發生。」

一旦成了買賣，就無法只挑「善」來做。當中多少也會摻雜「惡」。有時「善」會漸漸變成了「惡」。

「門二郎先生，您遇到好的孩子撮合所嗎？」

一時性急，忍不住開口問了。門二郎瞇起眼睛。

「一家再好不過的孩子撮合所收留了我。」

那家孩子撮合所來自領地北方的山村。店主在孩子撮合所的同業當中，向來也是位出了名的怪人。

「他名叫千三。是一位長得很瘦弱的男人。」

乍看年紀很小，跟臉上還掛著鼻涕的小鬼差不多。但是看他的舉止動作、聲音，以及說話口吻，馬上就知道他不是小鬼。而且還是個近乎老年的男人。

「他個頭矮，骨架纖細，頭也小，手掌看起來就像紅葉一樣。」

一聽他提到紅葉，富次郎問道，「剛才您看到壁龕的雙色紅葉，說了一句『多美的紅葉打胚啊』。打胚這兩個字，可以解釋成搭配的意思吧？」

「對，沒錯。這是豐之國的說法。」

「這樣啊。一時想到，打斷您的話，眞不好意思。」

但門二郎卻頭偏向一旁。

「不，您提到**打胚**一事，正剛好。從事孩子撮合所的千三先生，相當在意他要帶走的孩童**打胚**。」

這又是什麼原因呢？富次郎偏著頭，試著說出他的猜想。

「例如一次收留不同年紀的孩子，讓他們當兄弟姊妹，或是爲了孩子長大後能成爲夫妻，而刻意挑男女的搭配……。」

他似乎猜中了，門二郎雙目微微圓睜。

「小少爺，難道您知道類似的故事？」

「不不不，我是第一次聽聞。」

「但您可眞清楚。佩服。」

那是坦率的讚嘆。富次郎今天因爲粗心而受傷，巴不得鑽進洞裡躲起來，就此展開這一天，但自從迎門二郎進門後，似乎運勢就改變了。

「而且千三先生帶孩子前往的山村裡，有很昂貴的珍奇產物。」

而採集這項產物的工作非常危險。

「一個人無法勝任，通常都是兩人一組展開行動。從小就得先決定好這樣的搭檔，一同學習，磨練技藝，等到長大成人後，才會有絕佳默契。」

這兩人一組的搭檔，並非一定得是男女的搭檔，兩人都是男生或女生也無妨。年紀差距也沒多大問題。

「只要個性合得來，有默契，這樣就行了。不過，如果是男女的搭檔，兩人在工作上相處和睦地長大，日後結爲夫妻也是很自然的事。」

「眞教人羨慕。」

富次郎說這話，其實並沒有多深的感慨，但聽在門二郎耳裡，似乎不是這麼回事。他再度嘴角輕揚。

「小少爺，您娶妻了嗎？」

「連對象都沒有。」富次郎如此應道，莞爾一笑。「我的搭檔，現在大概還走失在外，沒人認領吧。」

話題再拉回門二郎身上吧。

「**這個**在城池後門被人拾獲時，也不確定是多大年紀。」

聽說當時是夏天，門二郎穿著一件像是成人的浴衣改成的單衣窄袖服，繫著一條破破爛爛的腰帶，頂著一顆光頭。

「已會走路，氣色也不錯，長得還算豐腴。但不會說話。不管問什麼，都不會回答。既然還沒有會說話的智慧，應該只是大個頭的三歲孩童，人們大致做出這樣的判斷後，暫時將**這個**交由紙店照顧。

在豐之國，透過孩子撮合所決定好養父母之前，當地富裕的商家、地主、農家，有義務暫時收留走失的孩童。

「要扶養無家可歸的孩子，既花錢又花時間。要是規定都由同一戶人家負責，負擔過重，所以當時城下主要的商家平均每幾年就會聚在一起討論，決定輪流負責。」

眞要說的話，也有商家根本就不想接這種燙手山芋。因爲是城內命令，才不得不從。有的甚至將這些寄養的孩子當貓狗一樣對待，只給他們吃少量的飯菜，不讓他們餓死也就夠了。

不過，這家紙店生意興隆，收入豐厚，原本就是熱鬧的大家庭，所以對這些無家可歸的孩子很親切。

「在**這個**之前，他們已收留了一位十歲左右的女孩，以及和**這個**年紀相近的男孩，兩人都臉頰圓潤，雙目晶亮，身上穿的衣服也都乾乾淨淨。」

「您和那兩個孩子都運氣很好。」

「您說的一點都沒錯。」門二郎眼中帶有溫柔的光芒。「他們兩人不是千三先生負責，而是在其他孩子撮合所的安排下，由遠方的養父母收養，所以只從傳聞中得知，那名男孩後來成了商人，有自己的店面，女孩則是飛上枝頭當鳳凰，過著美滿的生活。因爲她人長得漂亮。」

聽了這故事很想說一句，這世上很多事物是不該丟的。

「經過他們用心的照顧，**這個**漸漸開始會說話。這時，店裡最年長的女侍總管觸摸**這個**的腳掌。她從腳跟的硬度判斷，說這孩子不只三歲，已經六歲了。」

——之前之所以都不說話，可能是因爲想隱瞞什麼吧？

有意思。富次郎趨身向前，一時用力過猛，右小腿疼了起來。

「是什麼情況？」

之前門二郎的描述口吻，都像是在講別人的事一樣。

「門二郎先生，您記得自己的身世，以及被拋棄在城池後門前的生活嗎？」

門二郎猛然望向富次郎。富次郎也毫不怯縮地回望他。兩人展開眼神的較量。

「……很多都還記得。」

門二郎微微聳了聳肩，坦白說出。

「不過，**這個**不會明確地用話語來表現。雖然腳跟長全了，但腦袋還沒長全。」

他有片段記憶的，是自己居住的場所。在俯瞰大海的懸崖上，有一棟大房子，總是傳來浪潮聲。

與他一起同住的，應該是他母親吧。一個很常哭泣的女人。雖然浪潮聲也很吵，但女人的哭聲更吵。屋裡還有幾位髮髻梳得很高的女侍，以及穿著工作服的男人，照顧母親與門二郎的生活起居。

「當時的生活中，一概沒有像冷、熱、肚子餓、口渴、疼痛、發癢，這些不舒服的感覺。」

某天，成天哭的母親突然消失，接著門二郎就被換上簡陋的衣服和腰帶，原本好不容易留長，準備理成奴頭(註)，梳成髮髻的頭髮，也全都被剃光。

「接著被人塞進竹籠裡帶走，抵達某個地方後，被拖出竹籠，當**這個**眨著眼抬頭仰望城池的石牆和不淨門時，已被單獨留置在那兒。」

他從竹籠裡被放下時，一個男人的聲音冷冷地說道。

註：江戶時代的幼童髮型，頭髮剃光，只留兩耳上方及後腦的部分頭髮。

——今後要是有人問到名字，就說你是從樹幹分叉處生出的樹之子。除此之外，什麼也不能說。明白了嗎！

「只記得對方是這麼吩咐的。」

富次郎低聲沉吟。對方這種說話方式，對當時還年幼的可憐門二郎實在很過分，但耐人尋味。

「也許您其實出身尊貴。」

有身分地位的男人在外的私生子，無法對外公開身分的兒子。

「說什麼出身尊貴，這也太誇張了。」門二郎面泛苦笑。「不過，在下的母親確實是見不得光的身分。受某個空有財力，卻薄情的男人圈養，生下了**這個**，卻無法得到幸福。不，也許就是因爲生下了男孩，才無法掌握幸福。而不小心生下的兒子，也被當作燙手山芋處理掉了。」

初次見面的富次郎，就算沒這樣多方揣測，門二郎自己想必也在他過往的人生中仔細想過這個問題。他應該是藉由剛才的那套說法，讓自己的千頭萬緒有個結論吧。他的口吻不帶半點尖銳，始終顯得很平淡。

「儘管如此，在那之前，畢竟也度過一段舒適的生活。這樣如果還抱怨的話，會遭天譴的。**這個**知道自己就算想回到原來的地方，也不可能回得去了。」

雖是個年幼的孩子，卻有明確的判斷力。

「不過，就算**這個**是傻孩子，也覺得從樹幹的分叉處生出來的樹之子這種說法太不可信，不想這樣說。」

他佯裝什麼都不記得，什麼都不懂，一直閉口不語。但逐漸融入紙店的生活後，比起以前的事，他更懂得思考現在以及往後的事，所以又慢慢開始會說話了。

「門二郎先生，不管怎麼看，您都不是傻孩子。」

倒不如說，比一般人還聰明，是個很成熟的孩子。他父親肯定是個身分不凡的大人物。

「謝謝您的誇獎。以前的**這個**聽了很開心。」

門二郎的左手掌抵向胸前。就像要告訴現在仍待在他心底深處的那個頂著大光頭的孩童般。

「就這樣……**這個**就在紙店裡受他們關照了。學習讀寫和算盤，幫忙打掃洗衣，逐漸成爲可以獨當一面的童工。」

剛才提到的女孩前往養父母家，男孩也走了，店裡又陸續收留了新的走失孩童，成了他的夥伴，門二郎照顧他們，目送幾家孩子撮合所的人前來挑選孩子帶走，但就他一直留在紙店。

「不知能否就這樣待在店裡當夥計。這樣也不錯。**這個**開始抱持這樣的期待。」

這時，孩子撮合所的千三前來造訪紙店。

「**這個**當時第一次看到他的長相。之前千三先生都沒來過。事後詢問才知道，他認爲那家店的孩子都很安全，不用急著幫他們找養父母沒關係。」

紙店很用心照顧走失孩童，此事在城下也廣爲人知。

——不過，今天無論如何也需要一名男孩。要一位前往御劍山狹間村的養子。兩人搭檔的小弟人選已經決定，但獨缺大哥。聽說有位寄住在這家店的童工，名叫門二郎，工作認眞，力氣又大。覺得是很適合的人選，便親自跑這麼一趟。

「就像一開始說的，他個頭矮小到會引人多看一眼，不過，該怎麼說好呢……他是個充滿男子氣慨的人，就連小孩子看了也會爲之著迷。所以**這個**一點都不討厭他。」

不過，這要求實在太教人意外了。當時才剛過完年，紙店甫才撤下門口裝飾的松枝。門二郎已十二歲（來到這裡之後的大致估算），店主賞了他一件全新的前掛圍裙當紅包，他開心極了，正充滿幹勁，想更加賣力工作呢。

「紙店的老爺聽了千三先生的要求後，幾乎沒任何猶豫。」

——門二郎，快去收拾一下行囊。

門二郎心中，想必至今仍留有當時的驚訝與悲傷吧。雖已不再是傷口，而是傷疤，但想必尚未消除。他眼眶微泛淚光。

「**這個**邊哭邊準備，這時，那名檢查**這個**腳跟的女侍總管悄悄走近，輕撫**這個**的頭。」

別哭——她說。

「她說，讓千三先生看上，是很光榮的事。御劍山是寶山，只要在狹間村好好工作，要過上比這裡好的生活絕不是夢。」

——每天都有白飯可吃哦。

「嗯。」富次郎頷首，聽得津津有味，不自主地把手揣進懷裡。「那座叫御劍山的地方，能採集到昂貴又稀有的產物，對吧。」

所以才會叫「寶山」。

「對。採集那種產物的人，全都聚集在一起生活，狹間村是那裡唯一的山村。」

險峻的地形、多變的天候、頻頻發生的土石流和山崩。以御劍山爲中心的這一帶山林，如果不是能採集到寶藏，人們別說在這裡居住了，甚至連靠近這個地區都排斥。

到底是什麼奇珍異寶呢？

見富次郎因好奇心而雙眼發亮，門二郎微微露出尷尬的表情。

「請您聽了之後別失望。是鳥的羽毛和蛋。」

據說是一種名叫山渡的燕子，其幼鳥的羽毛和蛋殼。

「其他地方都沒有山渡。牠們只在那一帶的天空來回飛翔，而且只在御劍山內築巢孵蛋。」

御劍山形狀奇特。形狀宛如覆碗的綠色山脈，從八合目（註）開始變得地形險峻，綠意消失，褐色的山壁和岩壁裸露，陡峭聳立，山頂更是高聳入雲。換言之，看起來就像一把劍插在碗上一般，所以才得到這個名稱。

「美麗的寶藏就位在危險的地方，眞像是童話故事呢。」

富次郎發出悠哉的感嘆。

「抱歉，潑您冷水，其實山渡的羽毛一點都不漂亮。」

「咦？」

「它極爲防火，這就是它的價值所在。」

以它的羽毛紡成的絲線織成布，就算遭遇大火，也絲毫不會燒焦。

註：將山分成十等分，依序從山底到山頂，以一合目、二合目……十合目的方式來稱呼。

「因此，除了作成身上穿的短外罩和短外衣外，也用在城裡的圍屏、道具、寢具上。因爲這是最好的防火用具。」

哎呀，原來是實用品。

「……可是蛋殼呢？不是色彩鮮豔的蛋殼嗎？」

門二郎呵呵輕笑。「是暗沉的土色蛋殼。不過，能作爲藥材。」

對於伴隨咳嗽的肺病，它是很有效的良藥，不光煎藥，也能作成藥丸。

「它名爲『寶命丸』，一度還賣到江戶和京都。」

受惠於豐富收成的豐之國，拜這兩項產物之賜，得以賺取大筆錢財。

「也曾多次上貢給將軍家，而獲得褒獎。」

這兩項產物的名稱，富次郎都是初次聽聞。耐火的布料，或許會用在滅火隊穿的短外衣上。至於寶命丸，說來慶幸，過去富次郎身邊沒有受肺病所苦的人，所以無從得知有這項藥物。

門二郎接著說，「**這個**就這樣由千三先生帶著離開了紙店。」

打從在城池後門被拾獲，一直到這天爲止，照顧門二郎的生活起居，教他童工的做事方法，和他一起生活的夥計同伴，以及最近改由門二郎負責照顧的「走失孩童」，大家都來爲他送行。

「甚至還收到餞別禮。是用一個謝儀袋裝著扁扁的東西，正納悶著裡頭裝的會是什麼東西時，原來裡頭放了一張風舞。」

風舞？

「在豐之國的祭神儀式中，有一種消災解厄的咒術，名叫『風驅』。」

在剪成人形的紙上，用紅色顏料寫下「厄」字後，從高處讓它隨風飛向空中。簡單來說，就是隨風驅散的一種做法。

「所謂的高處，如果是在山上或海邊，像懸崖上、大樹的樹頂等等，多的是這樣的地方，所以會規定合適的地方作為風驅之用。」

在城下町和客棧町，則是使用防火望樓。

「用來進行風驅的防火望樓，為了讓腿力虛弱的老人、女人、孩童也能爬上去，設有堅固的梯子。」

儘管如此，當想要解厄的人無法爬上梯子或高處時，只要派代理人就行了。聽說在人多的市町，甚至有收跑腿費代為處理的生意。

而這種剪成人形的紙，叫作「風舞」。

「哦，我知道流雛（註），不過這種解厄方式倒還是第一次聽聞。不記得曾在諸藩國的評論集中看過。」

註：於三月三日這天進行的儀式。以雛人偶來代替自身的汙穢，放入河中隨著一起沖走。

富次郎大爲感佩，但門二郎倒是慌了起來。

「不，因爲那不是足以寫在評論集上的大事。說是祭神儀式也略嫌誇張了點。就只是一種習俗。每當有人遇上小災厄，例如發燒、草屐帶斷裂、做噩夢之類的，就會讓它隨風遠去的一種儀式。有人說這是因爲豐之國是一整年都颳著強風的土地，才會有這種做法，這在人民的生活中並不是什麼稀罕的事。」

而且，呃……。門二郎顯得吞吞吐吐。

「現在已沒人會做風驅的儀式了。停止這麼做，已經有二十年了吧。而那個……停止這麼做之前的故事，就是**這個**要說的故事。」

富次郎在和室椅上端正坐姿。今天眞是糟糕。是因爲太久沒當聆聽者，展現不出幹勁嗎？還是因爲擦了帶有止痛功效的軟膏，腦袋變遲鈍了？

「原來是這樣。一直頻頻打岔，眞是不好意思。」

見富次郎一本正經，這次反倒換門二郎不好意思了。

「哪兒的話，是**這個**不善說明，才應該檢討。要將自己知道的事說給別人聽，讓人了解，實際試過之後，眞的不容易啊。」

他取出懷紙，緊按鼻梁的汗水。他的表情看得出他的好性情和耿直，富次郎忍不住面露微笑。

「那麼，我慢慢向您詢問可以嗎？」

「那就太感謝了。」

「既然這樣，關於風驅，請您再進一步詳加說明。對了……作成風舞的紙，用一般的白紙可以嗎？」

門二郎挺直腰桿說道「不不不，有風舞專用的紙」。

要將一種名爲「根細」的樹雜枝用水煮過後，抄出纖維，作出名爲「野風」的粗紙。

「在戰國時代，會以它作爲兵糧貯存在倉庫裡，一旦遇上戰事，便將它煮成粥來吃。」

「哦。原本是食物啊。」

「對。放入熱水中馬上便會融解，變得像米湯一樣。吃了後出奇地耐餓。會從肚子裡暖起來，所以當地人都很珍惜這種東西。」

「味道如何？好吃嗎？」

對身爲老饕的富次郎來說，這才是他最在意的事。

「呃……。那不是人們會主動想吃的東西。」

只知道風驅這種解厄的習俗，起源相當古老。不過，用「野風」來作風舞，肯定是戰爭結束，太平盛世到來後的事。

「因爲聽說在豐之國的風土記中也有記載。」

「因爲已失去當作兵糧的用處，所以改爲出現其他用途，是嗎？」

「野風」製作容易，且價格低廉。而風舞每年的用量都多到難以估算，所以這樣正合適。

「而且它是用來載走災厄的東西，所以從高處隨風飛行的風舞要是就飄落在附近，那可就傷腦筋了。」

最好盡可能飛遠一點，在人們看不到的地方因風雨而融解消失。就這點來說，柔弱的「野風」

也很合適。

「店內夥計送給**這個**的風舞，是從店內販售的商品當中剔除的，有點髒。」

但這是他們眞心的餞別禮。

「今後將和紙店的眾人分開，在其他地方生活的門二郎先生，要是遇上什麼災厄，就由風舞來代替，他們是這麼想的吧。」

可能是想起當時的情景，門二郎緩緩眨了眨眼。

「拿給千三先生看了之後，他給了**這個**一張油紙。」

——要連同謝儀袋一起包起來，好好塞進肚圍裡。因爲這風舞將會是門二郎的護命使者。

護命使者，很美的詞彙。

「**這個**背著一個小小的包袱，雙手緊抓包袱的繫結——不是怕它掉，而是完全仰仗它，緊抓著繫結，就這樣跟在千三先生身後。」

千三還看上一名女孩，順道前往那處商家，但

很不巧，那家店留住千三想要的那名女孩，不肯放人。

「對方冷冷地拒絕，說這孩子不給狹間村。」

千三也沒堅持，就此放棄，離開那個商家。但門二郎微微害怕起來。

「當時**這個**偷偷轉頭往後望。」

那個商家門口，有個像惡鬼般滿面怒容的女侍，不斷朝門外撒鹽。

「**這個**心想，狹間村是這麼可惡，令人感到忌諱的地方嗎？雙膝就此顫抖起來。」

是不是該這時候轉身逃離比較好？這該不會是人生重要的分歧點吧？千三跑得快嗎？就算逃跑，也會立刻被他追上嗎？

「千三先生是從狹間村所在的深山來到平地，所以工作服外面穿著棉襖，頭戴遮陽的圓笠，下半身是緊身底褲外加皮革綁腿。」

他的皮革綁腿已相當老舊，許多地方都泛白磨損，那雙感覺還算新的草鞋，千三每走一步，就會出嘎吱聲。看起來硬邦邦的男性腰帶，插在裡頭的一整串銅錢，也配合他的步伐發出金屬碰撞聲。門二郎聽著這些聲響，感到愈來愈緊張。

——好，就逃吧。

「這時，千三先生背對著**這個**，開口說道。」

——我說，門二郎，之前都沒人來找**逆**嗎？

逆應該是「你」的意思吧。

「**這個**嚇得舌頭縮進喉嚨裡，什麼話都說不出來。」

千三步履未歇，面朝前方繼續說。

——有人前來找尋的孩子，是走失孩童。不管過了幾年，長大幾歲，都沒人來找尋的孩子，則是棄兒。

「不過，用不著沮喪。千三先生這樣說道。」

——如果是棄兒，就自己撿起自己，這樣就行了。

「接著他轉頭望向**這個**，咧嘴一笑。嚇壞**這個**了。」

千三的嘴裡沒半顆牙。

「牙齒掉光後，說起話來會漏風，對吧？但千三先生沒這種情形。他說話聽得很清楚，聲音也強勁有力。」

門二郎就像失了魂似地，一直跟著千三走。不知不覺間，來到城下的客棧町外郊。

來到一間彷彿只要大風一吹就會垮掉的簡陋旅店前，一名男孩背後掛著一頂和千三一樣的圓笠，坐在空酒桶上，晃動著雙腳。一發現他們，男孩馬上從空酒桶上躍下，朝他們跑來。

「明明是初春時節，但他卻曬得全身黝黑，骨瘦嶙峋。就像又瘦又薄，沒什麼肉可吃的小魚一樣。」

千三朝男孩走近，伸手搭在他頭上。兩人站在一起後，男孩更顯嬌小，所以個頭特別矮小的千三，這時看起來十足的大人樣。

——門二郎，這孩子叫無名。今年八歲。

接著他望著那孩子的臉，手伸向門二郎。

——無名，這位小哥是門二郎。今年十二歲，對吧？

門二郎的目光完全被這位全身黝黑，只有眼白特別明顯的小不點所吸引。

——從今天起，你們兩人就是兄弟了。要和睦相處哦。

「對，那孩子就是我的搭檔。」

✦

喂！在大橡樹的樹頂，無名大聲叫喚。

「哥，眞猜中了！這個鳥巢裡有好多寶藏啊。」

時序已來到盛夏。森林裡的樹木，長滿涼爽的綠葉，幾乎覆滿頭頂的天空。門二郎別說山渡的鳥巢了，就連人在樹頂的無名，他也看不到。

「有—多—少—個—」

門二郎雙手靠在嘴邊，朝聲音傳來的方向詢問。

無名馬上應道，「八個！」

「這樣的話，拿七個就好。知道了嗎？一定要留一個。」

「是！」

無名的聲音在森林裡的樹葉間引發一陣騷動。

「先收集羽毛，蛋殼之後再處理，這也說過很多次，對吧。」

「是！」

只要爬到樹上，無名總是很興奮，像個傻瓜一樣。他打從心底喜歡高處。門二郎面露苦笑，以纏在脖子上的手巾抹了把臉。

山渡不僅帶來珍貴的寶藏，還會吃黑斑蚊之類的毒蟲，對狹間村的人們來說，可說是感激不盡的益鳥。公鳥與母鳥感情融洽，連鴛鴦都自嘆不如，一旦湊成一對，除非少了其中一方，不然終生都是同一對夫妻生蛋、孵蛋、餵養幼鳥。產卵一年只有一次，在初春時節，一次生三到五顆。所以一次八顆相當少見。

山渡平時都住在御劍山的山崖處，出入於岩縫間，在空中翱翔。只有在產卵時才會往下來到山崖下蓊鬱的森林裡，在樹木的高處，以雜草、枯葉、樹枝拼湊築巢。那是深度和大小幾乎跟小鍋一樣的鳥巢，幾乎都能在道具店當簸箕賣了。

在鳥巢裡孵蛋，養大雛鳥後，山渡一家會再飛回御劍山的山崖。等到隔年產卵的時節，才又來到森林裡，回到去年築的鳥巢，以全新的雜草和樹葉修補，再次孵蛋。

同一個巢會使用兩、三次，這是山鳥的習性。不過，要是去年雛鳥留下的蛋殼和羽毛一個都不剩，公鳥和母鳥便認不出這是自己的巢，而到其他地方另築新巢。

對拿取蛋殼和羽毛當寶藏的狹間村村民而言，兩、三年都到同一個鳥巢查看即可，與每年都得從頭找尋新的鳥巢，這當中花費的力氣可說是天差地別。因爲鳥巢都位在高處，連在樹下仰望都會脖子發疼，一旦開始攀爬，更是賭上性命。能省點力氣自然更好。因此，不管覺得再可惜，都得考量到未來的利益，事先留個蛋殼在巢內，這是規矩。

先採集緊貼在巢內的羽毛，之後再取蛋殼，這也是作業順序的規矩，不過，這麼做的原因很單純。山渡雛鳥的羽毛極輕，會因爲人們的鼻息而亂飛，所以要是不先採收可就虧大了。

門二郎來到狹間村已整整兩年，現在十四歲，無名十歲。這兩人的搭檔從事採集蛋殼和羽毛的工作，收穫豐碩。

無名和門二郎不同，他是在那年前一年的夏天，因爲豐之國部分地區流行的熱病而失去父母和兄弟的孤兒。他住在佃農長屋裡，所以直接由鄰居照料，就這樣被千三發現。他當然不是眞的無名，有父母替他取的名字，但他似乎不想說，不管誰問他叫什麼名字，他都回一句「無名」。就算在狹間村住下後，也還是一樣，於是千三說：

「既然這樣，你的名字就叫無名。」

他自己似乎也不反對，總是自己跟人說「**這個**叫無名」。

無名輕盈靈活，喜歡爬高，不知害怕爲何物。若說是膽大或勇敢，又有點不同，他似乎完全不會去想，自己有可能會因此喪命，或是受傷疼痛。

找尋山渡的鳥巢，在狹間村稱作「山林活兒」。爲了找尋鳥巢而爬向樹木高處的人，稱作「天空」，而留在樹下的人，稱作「地基」。天空會在身上綁上繩子，邊爬樹邊在樹幹上的重要位置釘上木樁，把繩子掛在上頭，避免萬一不小心踩滑而倒栽蔥跌落。而緊握著這條重要繩索的另一頭，在地上踩穩腳步的，是地基。

門二郎和無名，當然是門二郎當地基，無名當天空。剛開始學習的前半年，門二郎吃足了苦頭，常哭喪著臉。他緊握繩子的手粗糙破皮，血跡斑斑。一會兒因爲沒踩穩，被天空的動作牽動，腳下踉蹌，一頭撞向樹幹，或是跌倒扭傷了腳。每次都被負責掌管山林活兒的老大或是狹間村的村長臭罵一頓。

「不行不行，這樣太糟糕了。」

「門二郎，你這個蠢材。罰你沒飯吃哦。」

有許多次都因爲連續被罰不准吃飯，肚子太餓，而頭昏眼花。

——爲什麼**這個**非得受這種罪不可。

眞想待在城下町的那家紙店。又不是他自己要跟著千三來。他還搞不清楚狀況就被趕了出來，再也回不去了。

雖然覺得紙店的人對他很好，但他終究是個累贅。是個多餘的人。明明有的商家還對千三撒鹽，不把孩子交給他（那家店的人應該很清楚狹間村是這樣的地方吧），但紙店的人卻主動將他交給門二郎。看不出有一絲的猶豫——由於地基的練習苦不堪言，所以他甚至回想起以前的事，懷恨在心。

至於他的搭檔無名，則和他完全不同。就算沒學過，也能像猴子一樣靈活地爬上樹，從這個枝頭邊向另一個枝頭。繩索的用法也一教就會，老大常誇他。

開始練習後過了一個月左右，天空的無名與地基的門二郎兩人的差距之大，連周遭人都不忍卒睹。村裡有些大人甚至開始說「門二郎不適合這項工作，最好把他送回去」、「千三先生也會有看走眼的時候」。

至於千三和老大，則不管別人怎麼說都不在意。只是一味地向他訓斥道「門二郎，你應該做得到才對，繼續練習」。門二郎則是一直想不開，甚至想乾脆逃走算了。

也不知道天空無名是否知道他心裡的想法，只見他來到雙手滿是鮮血，氣喘吁吁的門二郎身旁說道：

「**這個**不需要這位哥哥，無名想要換個地基。」那是天眞無邪，十足孩子氣的口吻。

門二郎羞得幾乎從臉上冒出火來，感覺胸口都快要爆開來了。雖然很不甘心，卻差點就這樣哭了起來，他咬緊牙關。

緊接著下個瞬間，天空輕盈瘦小的身軀就這樣飛了出去。他被老大打飛。

「無名，快向你門二郎哥哥道歉。你們從現在到死都是搭檔。要將性命交到對方手上，互相守護彼此。以後再也不准說這種話。明白了嗎？」

無名嚇得臉色發白，慌張地向門二郎道歉。他渾身顫抖，連話都說不好。剛才被打飛出去，頭和胸部撞向地面，臉擦破了皮，嘴角破裂。

啊，應該很痛吧。門二郎第一次爲這位搭檔的弟弟感到可憐。

「請原諒他。**這個**也在此道歉，日後會更加精進。」

他在老大面前雙手撐地，磕頭請求。愣在一旁的無名，也急忙想跟著照做，這時他發現從門二郎手中的傷口滴落的血，將地面都染黑了。接著他像打嗝般，抽抽噎噎地哭了起來。

「明白了就好。你們兩人要好好努力，培養感情。」

老大離去後，無名仍繼續哭。門二郎輕撫他的頭。

因為那次的契機，兩人漸漸開始有默契。

他們深入御劍山山腳一帶廣闊的森林，找尋雛鳥離巢後的山渡鳥巢，爬到樹上調查，收下寶藏。一整年下來，山林活兒做的都是固定的事，不過，要怎麼進行，全憑各組搭檔自行決定。接獲他們的報告後，老大會記下鳥巢的位置，製作地圖，並不時更改重畫，至於要不要另外抄寫一份，同樣也視各組搭檔而定。

狹間村是一座約有二十戶人家的村莊。包含千三收養的孩子在內，約有四十人之多。

村長的地位最崇高，接著是負責山林活兒的老大，再來是千三。之後每個人的地位平等。不會因為誰在山林活兒中賺最多，就耀武揚威，受人奉承。食物都會均分，身上穿的衣服要是有破損，只要請村裡的婦女幫忙，馬上就會縫補好，或是弄來新的衣服。

這村莊位於森林西南角落的位置，附近有一座水質清澈的小沼澤，以及從那裡向外流出的幾條小溪。似乎有清水從沼澤底部湧出，沼澤從不乾涸。

但這裡的土質貧瘠。森林裡明明草木蓊鬱，但不知為何，任憑再怎麼辛苦耕種，始終收成欠佳。頂多只能種出僅夠村民自己吃的地瓜、豆子、蕎麥。

支撐村子生計的是山林活兒。採集到的羽毛和蛋殼，會在村裡的工房裡加以清楚區分，清除髒汙，運往有批發店的附近村莊或市町。而擔任這項工作的，是一位名叫增造的老翁，他是狹間村裡最老的長者。頭髮和眉毛都已雪白，背部彎駝，但他駕著一匹名叫「鳶」的褐色馬（若換算成人的年紀，是年紀與增造相當的老馬），拉著一輛貨車，輕鬆地走過陡峭的山路，前往批發店，回程時貨車上載滿了村民的食物以及生活必需品，堆積如山。

增造爺爺不畏夏天的炎熱和冬天的酷寒，始終獨自行動，從不發牢騷。他平均每兩、三天就會出門一趟，黎明前出發，日落前返回。但要是臨時有需要，他會留下貨車，直接跨上鳶的馬背上出外採買。而非得到城下才能買到的藥品，他會決定好每隔幾個月一次的日子，大老遠跑一趟採買。

僅次於增造爺爺的年長者，是村長和掌管山林活兒的老大，聽說他們兩人以前也是搭檔，現在仍默契十足。兩人都單身，沒有妻子，也沒孩子。應該說，狹間村原本就沒有理所當然的「家庭」。不是過這樣的生活方式。

村裡四十個人當中，成人有二十三人，當中男性十三人，女性十人。雖然也有幾位年輕人，但整體來說，以年長者居多。

不過成人雖然不像千三那麼誇張，但每個人也都年齡不詳。舉例來說，明明滿臉皺紋，眼睛卻和孩子一樣晶亮，明明長期從事嚴苛的山林活兒，但手掌卻像嬰兒般柔嫩，增造可說是最具代表性的人物，他明明背都駝了，卻體力充沛，俐落地四處奔忙。沒人會因爲「上了年紀」而退出山林活兒。此外，山林活兒不分男女，女性組成的女性搭檔，收穫比男性搭檔還多的情況也不算少見。只要身體輕盈，動作俐落，擅長消除氣息，不驚動山渡，耳聰目明，就能勝任這項工作，無關男女。

剩下的十七人是孩童——年紀都比豐之國的男性行成年禮的十六歲還小，當中十人是男孩，七人是女孩。目前最年長的是十五歲的女孩阿宮，而十四歲的門二郎排第二。再來是十三歲的女孩阿靜。接下來年紀就有點差距了，與無名同樣都是十歲左右，而最小的是連路都還走不穩的幼兒，名叫春市。她是在春天七草的市集上被人拾獲的「走失孩童」，所以取了這個名字。

在狹間村，每個成人都是孩子的祖父母、父母，或是兄姊。負責調度一切物品的增造、擔任孩子撮合所的千三、管理山林活兒的老大、領導眾人的村長這四人，就像是地位崇高的長老。

這裡住的是簡陋小屋。在御劍山山腳的森林深處，一處不知爲何，長滿青苔的偃松林立的地方，屋子比鄰而建。以木板牆搭建，屋頂鋪設的是木板或茅草，連用來當鎮石的小石頭也沒放。

這種房子還這麼耐住，全都是拜御劍山之賜。由於有這座朝天際聳立的巨大山體，環繞狹間村的山腳森林一帶，全年幾乎都平靜無風。強風會在上空環繞山壁吹拂，不會往下吹落。所以雲也只會湧向上空，幾乎都不降雨。有些季節會湧現霞霧，但眞正像樣的雨，平均每隔數年才下一次。儘管如此，因爲有豐沛的湧泉，村民的生活不會受乾渴所苦。森林裡的樹木和花草，也因爲地底下的水脈，總是保有溼潤。

離村子有一大段距離，中間隔著山，幾乎位於另一側的地方，有幾座溫泉。御劍山似乎是一座古老的火山，現在雖已停止噴發，但地底深處似乎仍保有熱源。

村民搭建不需擔心風雨侵擾的簡陋小屋，大致分成七、八組人，一同生活起居，但並非都是同樣的人長住。有時會因爲孩子吵架，或是合不來，而暫時分開，讓頭腦冷卻一下，所以時常更換。只要有男有女，應該就能結爲夫妻，而實際上也確實有幾對看起來像夫妻的男女，但這樣的男女卻未必會一起同住。而對這樣的情況，他們也不覺得詫異。

在十二歲前都是在城下的紙店裡生活的門二郎，很自然地學會一般世人的常識，所以他心想，這村子裡都沒有嬰兒誕生，可能是因爲夫妻沒一起同住的習慣吧，接受了這樣的現象。

不過，他的搭檔無名年紀更小，對這種情況似乎總是想不透，今年初春，千三帶春市回來時，他突然說道：

「春市眞可愛。不過，村子裡好像沒有比她更小的幼兒呢。」

「是啊。」

「這裡的女人都不生孩子嗎？」

他偏著頭，似乎覺得很不可思議。

「無名以前待的長屋，女人總是一再地生孩子，組長每次都會生氣大罵。」

無名說出自己的成長環境，這還是第一次。門二郎很感興趣。

「你家也有很多兄弟姊妹嗎？」

經他這麼一問，無名猛然皺起眉頭。他雖是個孩童，卻流露出「說了不該說的話」這樣的神情，模樣很滑稽，所以門二郎忍不住笑了出來。

「別笑。」

「抱歉、抱歉。」

可能是因爲門二郎坦然道歉的緣故，無名的小鼻子哼了一聲，恢復孩童的表情接著說道：

「**這個**有七個哥哥姊姊。」

無名是家中的第八個孩子。

「**這個**爹娘說，不需要這孩子，別給他東西吃，也別取名字，太麻煩了，直接就叫**這個**『八』。」

就像狗一樣——他說了這麼一句，又暗哼一聲。

「明明有很多孩子，卻都死於瘟疫。最大的姊姊在臨死前說，八是八幡神的八，是個吉祥的名字，所以你撿了一條命，但記得這件事教人心裡不舒服，所以叫無名就行了。」

在山林活兒的空檔休息時間，兩人來到得抬頭仰望的高大杉林裡。

「該開始爬了」，門二郎說完結束了談話。門二郎在心中暗忖「等無名再大一點，我再告訴他，夫妻得蓋同一條棉被睡覺才會有孩子」，但因爲平時忙碌，也就忘了這件事。

拜山渡之賜，狹間村總有好東西吃。這點確實跟紙店的女侍總管說的一樣。衣服和屐鞋，得適合山林裡的生活，以堅韌耐穿爲首選，不過女孩子還是會在身上穿戴彩色飾品，過年時也會託增造買髮飾。

不過，要讓人知道這村子的富裕情況有多非比尋常，那就非談到「安家費」不可。

男孩和女孩長到十六、七歲，最晚到二十歲前，就得離開狹間村。長到這個年紀，男孩的骨架會變得健壯，女孩的身體會開始長肉，體重增加。這麼一來，就不能再從事這種過於危險的山林活兒。這一帶沒有其他謀生方式，所以只能離開村子，另外展開新生活。

事實上，孩子撮合所的千三，負責替這些以前的「走失孩童」找尋出路。

這些年輕人喝乾淨的水，吃營養的食物，充分鍛鍊身體，在充滿溫情地接納「走失孩童」的「大家庭」裡長大。還從年長者那裡學習讀書寫字和算盤，以及最基本的禮儀規矩。不管去哪家店裡當夥計，或是與人成親，都不會丟臉。不過，爲了彌補他們曾是「走失孩童」的出身，狹間村會讓他們帶上一筆高額的「安家費」。千三會根據這點，找尋可以放心託付往後人生的對象，讓他們結婚成家。如果自立的年輕人有從商的資質，還會以這筆安家費幫助他們開店做生意。

在村裡生活的「走失孩童」當中，也有人到了這個年紀仍不想離開村子。山林活兒雖然危險，但充滿成就感，而且這美麗的景色與悠閒的山村生活，有其他地方所沒有的平靜感。我希望能在這裡工作生活，就算沒辦法工作到增造爺爺那樣的年紀，至少也希望能一直做到村長或老大這樣的年紀。如果爲了山林活兒，得保持身體輕盈，我可以忍著少吃點飯。儘管有「走失孩童」像這樣哭求讓他繼續留在這裡，但村裡從沒破例接受這樣的請求。

當門二郎和無名的山林活兒漸漸上手時，老大告訴他們這項村裡的規矩。

「因爲不能只留搭檔的其中一人，所以你們等到無名十六歲後，就一起下山去吧。」

要做好這樣的心理準備，別虛擲在這裡度過的歲月。

老大與千三截然不同，有一身結實的體格。長相也很剛硬，頭髮和眉毛都很稀疏。雖然長得很凶惡，但他輕撫孩童頭頂的手指，卻像白魚一樣。他算是充滿不協調感的其中一位村民，但一點都不會讓人覺得討厭。無名也跟老大很親近，就像跟千三一樣。

「老大，無名想永遠待在村裡。」

無名也不知是被蟲子叮，還是對什麼過敏發癢，一直搔抓著脖子，如此說道，「**這個**哪兒都不想去。」

「這可不行。」老大稀疏的眉毛像毛蟲一樣蠕動，對無名露出可怕的表情。「你得離開村子下山去，當個好男人。」

什麼是好男人啊。門二郎忍不住笑了，但無名卻嘟起了嘴。

「無名要待在村裡，成爲像老大一樣的男人。」

這下連村長都笑了，接著他伸手撫摸無名的頭。

「在這個村子裡，能當一個好男人，活到這個歲數的，只有原本就在這裡出生的人。像無名和門二郎你們這種外地來的人，長大之後就不能待在這裡了。」

「爲什麼。」

沒錯，爲什麼？門二郎腦中同樣也燃起一把疑問之火，緊盯著老大那張剛硬的臉龐。

老大承受了門二郎的目光，接著視線移回無名臉上，以帶有笑意的溫柔聲音說道，「這是很久以前，**這個們**的祖先住在這塊土地上時，與御劍山的神明所做的約定。」

御劍山是一處神域。要是在此居住的人數增加，人氣的汙穢將淤積不散。

「因爲這個緣故，只許身爲祖先後裔的**這個們**能在這塊土地上終老一生。」

不過，能提供來到這裡的「走失孩童」衣食和居住，他們離開這裡時，還能給他們一大筆錢。

門二郎過去從未想過離開村子的情況，但現在重新聽聞這個故事後，頓時覺得合情合理。

無名不再嘟嘴，而是開口問道，「之前千三先生說過，只要住在這個村子裡，大家就不用擔心會染上瘟疫。這也因爲這裡是神明的土地嗎？」

村長用力點頭。「對，沒錯。無名眞聰明。」

弟弟受到誇獎固然高興，但還是很希望自己也能跟著沾光。門二郎就此說出他想到的事。「老大和千三先生不時會聚在一起喝濁酒，那難道也和御劍山的神明有關？」

村裡的大人偶爾會辦酒宴。一律都喝純白的濁酒。上了年紀的婦女，平均一年一次，會用大酒桶來釀酒，而確認釀造的情況，是村長的工作。

「門二郎也觀察很敏銳呢。」村長瞇起眼睛。「那是供奉過山神的貢品。**這個們**喝了之後，能強健身體。」

村長還說這也是與神明的約定之一。

「無名也好想喝啊。」

「那不是什麼好喝的東西。小心吃壞肚子。而且無名是來自外地，喝了也沒效用。」

存放濁酒酒桶的小屋出入口，外頭上鎖。想必是爲了防止孩童惡作劇，或是覺得有趣而偷喝吧。

村裡大人的酒宴，都是在晚上孩子熟睡後才舉行，但並非嚴格保密，不讓人知道。門二郎也曾經半夜醒來，前去如廁時看到。大人一邊談笑，一邊喝著濁酒，神情愜意歡愉。但掀開酒桶蓋，微微從裡頭飄出的濁酒氣味，實在教人無法領教。那是像煎藥般的臭味。

——多花點錢買更好的酒來喝不好嗎？

門二郎當時捏著鼻子，趕緊回到被窩裡，但如果說這充滿藥味的酒是神明所賜，那就說得通了。經這麼一提才想到，在酒宴的場合中，完全沒看到像下酒菜的東西，想必也是這個緣故。

話說回來，村裡的大人都不太重吃。一天三餐都是先讓孩子吃飽後，他們才用餐，每次也都是一下子就吃完。門二郎和無名都還在打嗝時，他們已著手收拾碗盤。

與御劍山的神明許下約定，受神明守護的村內成人感覺已近乎仙人。趁著這次與老大交談的機會，門二郎開始這樣思考。仙人擁有不可思議的神通，不會受傷，也不會生病，以霞爲食，長生不老。之前在紙店時，曾聽一位愛看故事書的女侍說過。想成爲仙人，必須一再累積艱困的修行。但在狹間村出生長大的大人，打從一開始就受山神的加持，所以才會這麼特別吧。

——像**這個**這種從別的地方領養來的人，沒辦法和他們過一樣的生活，也是沒辦法的事。

他已漸漸能以地基的身分工作，提高收穫，獲得大人的誇讚，吃到好吃的食物。雖然這裡同樣有寒暑，但不必擔心受惡劣天氣的威脅，能一夜好眠。無名也說過，瘟疫不會靠近這座村莊。就連眼疾或感冒這種小病，也都沒人得過。

這裡的生活眞好。很慶幸自己能來這裡。但門二郎和無名不同，他心裡的角落存有對城下那家紙店的回憶。而在心裡的更深處，還存有他被丟棄在城池後門前的記憶。

自己究竟是哪裡的人，他現在已不想知道這個問題。而門二郎也從未想過違抗村裡的規矩，當一個仙人，過著永遠都不離開狹間村的人生。他想過更寬廣的日子。無名也是，等他再懂事一點，應該就會明白人生道路不光只有山林活兒，會對外面的世界產生興趣吧。到時候就像老大說的一樣，一起下山去。

——在那之前，就好好工作吧。

好好報答村裡大人的恩情吧。先認眞賺錢，好讓日後收取大筆安家費時，不會受之有愧。

門二郎該肩負的責任，就是以地基的身分守護無名的性命。不讓他有絲毫的擦傷。話雖如此，這小子常被蟲咬，咬傷的地方會腫脹，所以全身滿是腫痕。每次看了，雖然明白這不是自己疏忽所致，但還是不免覺得過意不去。足見無名已完全變得跟門二郎的親弟弟一般。

春市來到村裡的那年，平安無事地度過了一年。一過完年，他們當中最年長的女孩阿宮已十六歲，新年剛過便趕往城下的千三先生，爲阿宮前去談婚事，就此成了喜上加喜的開端。

「你說的流流亭，是主君和藩夫人（註）在御旗祭時充當休憩所的店家，對吧？」

不光門二郎知道，只要是從城下帶回來的「走失孩童」，都知道這家料理店。流流亭擁有豐之國內能取得的各種山珍海味，由一流的廚師掌廚烹調，這是他們店裡最大的賣點。御旗祭是神社的祭典，祭祀昔日守護豐之國的諸位知名武士的個人旗幟，華麗的旗海飄揚，威武的祭神歌舞，很值得一看。藩主在欣賞時，一定都會順道前往流流亭，這已成爲慣例。

「阿宮要成爲那家知名料理店的媳婦？」

這是求之不得的良緣，村裡的人們歡欣鼓舞。很不巧，阿宮不適合山林活兒，過去一直都負責煮飯、洗衣、照顧孩子，但她膚色白淨，相貌出眾，個性也溫順。

不過，阿宮是在哪兒令對方一見鍾情呢？御旗祭就不用說了，狹間村的孩子從不參加豐之國領地內舉辦的任何祭典，也不會去參觀。打從由村裡收養的那天起，一直到離開這裡爲止，從來不曾下過山，這就是「走失孩童」的生活。由於平日生活忙碌，根本沒時間對其他地方抱持憧憬。

註：江户時代，在參勤交代的制度下，大名和正室以及繼承人都是住在江户，而大名的妾則是住在領地內，人稱「お国様」，在此譯爲「藩夫人」。

「一定是因爲對方很信任千三先生。」

面對門二郎這個單純的疑問，村裡有位婦人處之泰然地笑著回答，她是阿菅。因爲沒問過她，所以不知道她的年紀，但她和其他村民一樣，同時兼具老人般的辨別力和女童般的可愛。她很用心照顧這些孩子，就像母親一樣，所以阿宮搭檔的妹妹阿靜，甚至都直接喊她「娘」。

當時她與阿菅兩人正在曬衣場晾起堆積如山的衣物。山林活兒用的筒袖服和緊身底褲，爲了防止受傷，縫得特別厚實。清洗後吸飽了水，變得很沉重，所以門二郎常幫忙她進行這項工作。

「不過阿菅姊，城下也有人很討厭這座村子，甚至還撒鹽呢。」

阿菅聽了之後直眨眼。「什麼時候的事？朝你撒鹽嗎？」

門二郎就此坦白說出離開紙店那天，千三先生爲了迎接另一名女孩，而被狠狠拒絕的事。

「哎呀，你想必很害怕吧。這件事你跟誰提過？」

「……沒跟任何人說。」

「你眞應該說的。這種事千三先生不會在意的。」

世上各式各樣的人皆有，想法也是千差萬別——阿菅說：

「這個村子位於御劍山的神明跟前，村民就像神官一樣，能採集以高價賣出的珍貴物品過日子，所以也有人認爲該對村民抱持敬意。」

不過，也有人認爲這個村子和其他地方的差異太大，住在這種地方的人根本不是人，而深感畏懼——阿菅說。

「說不是人也太過分了吧。」

「你們明明都是工作勤奮的好孩子啊。」

阿菅深感驕傲地說道，這反倒令門二郎難爲情起來。

「你們比一般人更有膽量，遠遠勝過常人，你就往好的方面去看待這件事吧。畢竟你們是賭上性命從事山林活兒，而且更重要的是……。」

阿菅說到一半，突然像是把舌頭嚥進肚裡似地，閉口不語。

「更重要的是什麼？」門二郎反問。比起阿菅說到一半的話，門二郎反而更在意她的神情。

阿菅雙脣緊抿，嘴角微微垂下，深有所感地注視著門二郎。接著她嘆了口氣。

「小門，你來到這裡已經快三年了吧。過去都沒看過下雨，對吧。」

門二郎爲之一怔。雨？狹間村這附近一帶，不是都不下雨嗎？

「雖然有時有濃霧，會像下小雨一樣滿是溼氣，但沒看過降下雨滴。」

「可曾有人告訴過你，要小心下雨。」

「沒有。」

阿菅可能是略感意外，臉上的柳眉微蹙。這村裡的女人都不會剃眉，但她們都有纖細好看的眉形。

「坦白說，這一帶也不是完全不會下雨。大概三年會下一次雨。就**這個**的記憶，也曾半年間下了兩次，大家都叫苦連天。」

爲什麼這裡的雨會讓大家「叫苦連天」？

「因爲降下的不是雨滴。而是像繡針一樣，又細又尖的冰柱。」

人稱「針雨」。

「要是直接淋上那種雨，就算是從事山林活兒的強壯男丁，也會馬上全身被穿出洞來。眼睛失明，抬不起手臂，馬上渾身無法動彈……。」

阿萱曾看過老大和村長收拾像這樣喪命的村民屍體。

「當時因爲天冷，那個人穿著鋪棉厚背心。全身被刺得破破爛爛。連身上的工作服和緊身底褲也像遭蟲蛀似地，布滿小孔。」

那可怕的光景，至今仍深深烙印在她眼裡，揮之不去。

「幸好，只要提高警覺仰望天空，當有可能會下針雨的烏雲靠近時，馬上就能看出。」

這時，發現的人一定會大聲叫喊，敲響鍋子通報村民。就算看錯了，或是烏雲改變方向，最後沒下雨，大家也不會責罵最早出聲提醒的人。

——只要當作是一場笑話就行了。小心謹愼準沒錯。

「這句告誡，在什麼事都沒發生時，就算先跟你們說，也會不小心忘記。村長和老大也許是打算等日後快下雨的時候，再告訴你們這件事吧。」

怎麼可能忘記，門二郎嚇得渾身發抖。從天空降下數不清的細針，這簡直就是噩夢。

「在城下沒聽過這樣的下雨傳聞。只有這一帶會下針雨嗎？」

「沒錯。」

在門二郎開口問「爲什麼」之前，阿菅雙手捧起空的洗衣桶，來到他身旁。

「剛才不是也說了嗎？這裡是山神的腳下。爲了讓不知分寸的人不敢太囂張，御劍山的神明監視著這塊土地。村民都很懂得分寸，所以不會遭受針雨的懲罰。大家都是潔身自愛，過著山神賜予的豐足生活。」

狹間村和其他地方不一樣。村民也和其他地方的人不同。是要加以尊敬，還是畏懼撒鹽，全憑看待者的心境而定。不過，不管怎樣，這都不是能隨口跟人說的事，這點大家都有同樣的想法。

「流流亭不愧是代代都受主君賞識的老店，果然有智慧。他們一定是心想，既然是在御劍山神明跟前長大，容貌姣好，爲人勤奮的姑娘，娶進門一定會帶來更多福分，期望她能成爲家中的至寶。他們一定會好好善待阿宮。」

阿菅的表情開朗，聲音也很興奮。但這時有一條吊在晾衣場的溼手巾因風吹而翻動，有個短暫的瞬間，影子落向阿菅臉上。這時，不光阿菅的臉，她整個人的身形看起來就像那條溼手巾一樣單薄。

那剎那間的景象鮮明地烙印在門二郎眼中，久久無法忘懷。儘管日後經歷過遠比這更難忘懷的事，但不知爲何，仍老是會想起當時阿菅臉上的暗影，深感不可思議。

✦

「之後過沒十天，阿宮便和千三先生一起下山去了。」

不是直接嫁入流流亭，而是先由某個身分相當的商家收爲養女，學習新娘的禮儀後，再舉辦婚事。

「就像阿菅姊說的，對方相當厚待阿宮。她日後育有四子，現在仍是流流亭的老闆娘，過著幸福的生活。」

這理應是可喜可賀之事，但門二郎的嘴角卻略顯扭曲，這是爲什麼呢？富次郎保持沉默，等他自己解釋。

門二郎略微壓低聲音，接著道：

「……阿宮對**這個**來說，就像姊姊一樣，很照顧**這個**，所以**這個**和她感情很好。」

因此，在即將離開村莊時，阿宮偷偷告訴門二郎一個祕密。

「從事山林活兒的村內男丁當中，有個叫辰松的年輕人。」

雖說年輕，但也只是比村長和老大年輕，看在門二郎眼中，似乎也有些年紀。不過，辰松五官鮮明，身輕如燕，舉手投足都很帥氣，風度翩翩。

「阿宮說她一直都單戀辰松先生。」

適婚年紀的女孩，正從少女轉爲女人，對成熟的男人懷抱憧憬。

「先聲明一點，在狹間村沒有固定的夫妻形式。辰松先生沒娶妻，似乎也沒特別親近的女人。」

帥氣的辰松，不論是對老太太還是對小姑娘，都一樣親切。

「他也很疼愛阿宮，所以阿宮才會那麼痴迷吧。」

她忘了自己最晚得在二十歲前離開村子的「走失孩童」身分，愛上狹間村土生土長的男人，暗自在心中描繪各種夢想。

「**這個**告訴她。妳一定會離開村子。辰松先生則無法離開這裡。因爲他很能勝任山林活兒，就算日後成爲老大的接班人也不足爲奇，不可能去別的地方。所以你們兩人也不會結爲夫妻。別說傻話。」

接著阿宮露出哭笑難分的表情說道，說得也是，我眞傻，不過夢想就是這麼回事。這句話現在從門二郎口中說出，仍帶有一股酸中帶甜的悲切。

——村裡的大人都絕不會離開這裡嗎？大家以前應該也是從其他地方來的吧。

「阿宮的那句低語，不知爲何，一直在我耳中迴蕩。」

就像蜘蛛網纏住了臉一樣，這疑問緊纏不放。大家以前也是從其他地方來的。

「沒錯，狹間村的大人應該是從某個地方來的。既然老大、村長、千三先生是在這裡出生，應該會有父母。他們的父母又是從哪兒上山來到這個地方，構築出現在的生活呢？」

在平日豐足又忙碌的生活中，沒空抱持這種嚴肅的疑問。也許是阿宮的婚事帶來這股變化的浪潮，沖刷著正開始學會像大人思考的門二郎內心，讓他因此覺醒。

「當時**這個**就像突然清醒似地，發現另一件事。那就是狹間村沒有墳墓。附近也沒有寺院。自從離開城下後，**這個**在這裡從沒看過和尚。」

沒舉辦喪禮，可能只是湊巧沒遇上。得先做好心理準備，這是今後早晚會發生的事。山林活兒是賭上性命的工作。事實上，無名也曾經有幾次差點從高處跌落，嚇出一身冷汗。要是運氣不好墜落，要由誰來誦經，又該葬在哪裡呢？

「**這個**感到內心紛亂，但在阿宮順利離開村子前，一直都很安分。因爲在全村都爲這件喜事雀躍歡騰的情況下，並不適合問這個問題。」

而當祝賀的熱潮冷卻，恢復普通的生活時，剛好有個好機會到來。

「村長說要出外巡視。」

大概每隔半年一次，村長會到御劍山的所在地巡視，確認有無任何異常。會查看落石或打雷引發火災的痕跡，測量沼澤的水量，有許多事要做。

「對村長而言，或許就像是到庭園散步一樣，但獨自一人前往還是會有危險。一定都會有人隨行。」

這時門二郎自告奮勇。

「**這個**說想對御劍山以及這一帶的森林、沼澤、小路，有更進一步的了解。試著向村長低頭懇求。」

依照慣習，村長巡視都是由狹間村土生土長，慣於在山林行走的男丁隨行。不會找「走失孩童」同行。但門二郎一再央求。

「**這個**說，**這個**很晚才來到這裡，所以無法在此久待。希望村長能帶**這個**一起去巡視，一次就好。」

意外的是，村長竟然答應了他的請求，反而是原本理應要陪同前往的眾男丁顯得不太情願。

「如今回想，村長應該是已看出**這個**心中暗藏著疑問。想趁這個機會化解**這個**的疑問，這才會爽快地答應。」

最後，村長由門二郎和辰松隨行，一行三人出外展開巡視。當時是初夏，雖然狹間村不下雨，但此時人間已梅雨季結束，日照逐漸增強。

「**這個**們帶著兩餐份的飯糰和水筒，頭戴遮陽斗笠，手腳抹上藥味濃重的防毒蟲軟膏，穿上全新的草鞋，腰間又掛著一雙替換用的草鞋。」

村長告訴他，之所以比從事山林活兒準備得更周全，是因爲此行會遠離村莊。

「村長以前是老大的搭檔，老大是地基，村長

是天空，不過村長長得一點也不矮小，而是像竹竿般的大個子。」
門二郎心裡一直很納悶，不懂村長這樣要如何擔任天空。
「而一旦跟著村長走進森林後，就全明白了。他的每個動作該怎麼說好呢……就像羽毛一樣輕盈。」
正當門二郎吃驚時，辰松笑著道。
——不光是你。一開始大家都很吃驚。
「辰松也是天空，所以他說很希望日後有天能像村長一樣。村長則是面露微笑，像地藏王菩薩一樣。」
不久，走在門二郎前方的村長開始說道：
「接下來要去的地方，不光是『走失孩童』不知道，就連村裡大部分的人也都不知道有這個地方。因爲那裡很危險。」
——不論是風向，還是風吹的高度，都和村裡那一帶不一樣。有些地方會從山林的地底升起熱氣，所以或許會突然湧現烏雲，降下針雨。
「如果是針雨，阿菅姊曾經告訴過**這個**。」
門二郎說完後，村長點了點他的長下巴。
「你也差不多快要看到雨雲了。先有些了解總是好的。今天正是時候。」
狹間村位在御劍山山麓的西南邊。巡視是從村莊東側的木門出去後，繞山麓一圈。
「這座森林只占山麓的四分之一。剩下的四分之三，是凹凸不平的岩地，以及在以前因火山噴發而流出的熔岩以及飄落堆積的火山灰上，長滿雜草的地方。」

那裡無法住人。就連山渡也不會飛來這裡。只有森林環繞的狹間村是一處有生命的場所。

「儘管如此，還是必須巡視，所以得先做好防備，以防運氣不好，在途中遭遇針雨。」得在大岩石的縫隙間先架好木板，在可容人藏身的樹洞處立起當記號的旗子，在道路的各個要處先設好用厚實的木板作成的防雨處。

「沒離開過森林不會知道，在其他地方常出現雨雲，遠比村子那一帶還要頻繁。」門二郎大驚。「這麼說來，狹間村是託森林的福，才不受針雨侵害。要是沒有森林就麻煩了，對吧？」

「眞是一點就通。」村長嘴角的皺紋加深，露出笑容。而像在守護他們兩人般，默默走在他們身後的辰松，那張帥氣的臉龐也帶著笑意。

「不過，既然這樣，巡視也很危險吧？爲什麼還要做呢？」

「因爲得查看山林的心情。」

御劍山現在處於沉睡狀態，但過去曾多次火山爆發，是一座憤怒的火山。也許哪天又會再醒來。「不管再怎麼觀察它的情況，一旦火山爆發，還是束手無策。」

儘管如此，總比完全都沒事先防備來得強。

「就目前來說，**這個**像你這年紀時遇上的火山噴發，應該是最後一次。當時山上整個削去一大塊，山形也略微改變。」

因爲那個緣故，風向也跟著改變，山麓的森林和狹間村都受到影響。

「村裡建造小屋的地方，四周聚集了許多老偃松，對吧。在森林的其他地方看不到偃松，只有那裡才有。」

經這麼一提才發現，確實如此。

「偃松生長在風強的地方。也就是說，以前在森林的那一帶，曾經有一條風從山上往下吹會經過的通道。」

而因爲之前那次火山噴發，山形改變，風的流向隨之改變，所以那條風的通道也就此消失。因此那處偃松叢生的場所，便成了狹間村的村民合適的住處。

「以前村民都住在沼澤附近。那裡雲霧淤積不散，並不適合居住。」

雖然看起來汲水比較輕鬆——門二郎心想。在狹間村，汲水幾乎都是「走失孩童」負責的工作。這樣能很快學會與人合作，而且在還不會做其他工作時，可以輕鬆勝任汲水的工作。而試著讓孩子做這種粗重活，也能大致看出搭檔的合適性。

「通過森林後，就能看到山上被削去一大塊的地方了。」

辰松從後方喚道：

「如果沒跟來巡視，是看不到這種景色的。回去後就說給無名聽吧。」

經這麼一提才想到，門二郎他們出門時，無名還引發了一場風波。他大叫大嚷，說爲什麼只能帶哥哥去巡視，無名也要去，我們是搭檔，所以要一起去。門二郎與他約定好，等回來後，會將自己在村外的所見所聞毫無遺漏地說給他聽，這才讓無名勉強接受。

在村長那宛如羽毛般的步伐帶領下，門二郎的步伐也比平時來得輕盈。流了一身汗後，喝了口竹筒裡的水，已來到可以望見森林出口的地方了。

「喏，你看。」辰村指向一旁頭頂的高處。「山頂削去一大塊，岩壁的顏色都變了。」

邊走邊往那個方向仰望的門二郎，就像往前一個踉蹌般，停下腳步。那景色就是這麼怪異。如果從狹間村所在的那一側望向御劍山刀身的這一側，完全看不出來。山體被削去的那部分，正好位於刀身的背面。

也不知該說是被削去，還是被刨去。長度約占整體的一半。由於陽光在那處部位形成陰影，所以研判頗有深度。

「你豎耳細聽。可以聽出風在被削去的那個地方繞圈打轉，然後慢慢散去。」

就算不必刻意聽，也能聽到聲響。他清楚感覺到了。在上空的高處，風吹進山體被刨去的部位，高聲歌唱。

「託它的福，環繞村子的森林成了更安全的地方。之前雨多的時候，一年會降兩、三次針雨，後來減少爲兩、三年才一次，或是完全沒下。」

不過，也喚來了比以前更多的風，而像是把風全吸過來的御劍山這一側的山麓，降下針雨的頻率也隨之攀升。

「走出森林後，只有石頭和緊貼著地面生長的雜草。從這裡也看得到。」

果眞如村長所言。森林突然到來盡頭，再過去什麼也沒有，一大片廣闊又明亮的斜坡。辰松告訴門二郎「這一帶叫作石原」。

「順著右手邊往下走，在石原當中有個雜樹叢。**這個**和辰松去那裡看看，你在這裡等著。」

朝斜坡右下方望去，確實有一處紅褐色的乾枯雜樹叢從地面隆起。

「那是野生的根細。」

「野風」材料的雜樹，就是那種灌木嗎？

「如果是人工栽種的話，可以長得很好，跟辰松一樣高。不過，因爲這一帶風強，而且那裡的根細一再遭受針雨的侵襲，所以長不好。」

好，我們去吧。村長催辰松行動，就此踏向石原。他們環視四周，謹愼地走著每一步。被留在原地的門二郎，安分地留在森林與石原的交界處，抬頭仰望耀眼的太陽與御劍山，但這時他突然想到一件事。

——森林來到這裡就沒了，應該是因爲當初發生那場令山形爲之改變的火山噴發時，熔岩、碎石、滾燙的泥漿流落這裡的緣故。

他仔細觀察後發現，森林交界處的樹木，與森林深處的樹木相比，樹幹較細，也比較低矮。換句話說，樹齡較淺。是因爲過去一度全部燒光，後來才又新長出來嗎？

腦中浮現那幕光景，不禁感到背脊發涼。如果御劍山再度醒來，火山噴發，這次有可能換刀身這一側崩塌。到時候狹間村也許會被整個吞沒。

啊，眞是不吉利。門二郎搖了搖頭，望向走在石原上的村長與辰松的方向。

——他們在找什麼？

村長撥開紅褐色的根細，往樹葉間窺望。辰松也邊走邊往大石頭底下窺望，或是抬手擺在額頭上，往下方張望。

這時，村長從樹叢中拈出某個東西。辰松走近村長，兩人的臉湊在一起，似乎在檢視村長拈起的東西。

兩人繼續在那附近徘徊了一會兒後，終於回到門二郎身邊。

「你過來這邊。腳下很滑，走路要小心哦。」

門二郎正準備跑向他們兩人時，重重滑了一跤。跌倒時手撐向地面，觸感很粗糙，就像銼刀一樣。

「啊，眞不該說那句話的。」

村長邊笑邊查看門二郎有無受傷，接著將他拈在手裡的東西遞向門二郎面前。

「喏，知道這是什麼嗎？」

當然知道。是風舞。雖然是人的形狀，但正中央裂開。要是村長沒用手指按住的話，可能就會被風捲走，裂成兩半。

「它卡在樹叢裡嗎？」

「沒錯。乘著朝御劍山上吹來的風，一起送了

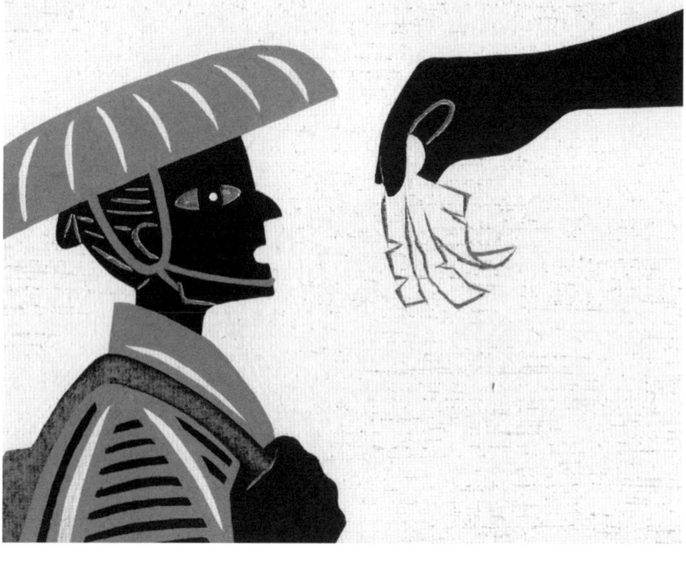

過來。」

讓風舞隨風飄走的解厄儀式，在豐之國的各個地方都會舉行。風舞飛向大海，飛越山嶺，越過許多鄉村，橫渡河川。最後飄落某個地方。不過，只要是在城下町及其周邊放飛的風舞，往往都會乘著被吸往御劍山的強風，而一路被送往這樣的高處。

「在先前因爲火山爆發而改變山形前，也曾有好幾片風舞飛到現在村民住的地方。」

因爲那裡原本有風的通道。

「如果落入森林，往往會平安地保有原本漂亮的形體。但要是落在石原或前面的岩地，則幾乎都殘破不堪。」

村長深感遺憾地低語，取出懷紙將撿來的風舞包好，放入懷中。

「爲了撿拾這些風舞，非展開巡視不可。因爲風舞帶有災厄，要回歸成山中的黃土，需要一段時間。如果一直散落各處，對山神很失禮，而且這樣對風舞也殘酷吧？」

那破破爛爛的人形，看在門二郎眼中，確實透著哀戚。

「狹間村的村民在失去生命時，會回歸爲這裡的黃土。由於這裡充滿了山神之氣，所以就算不仰賴神佛，大家也都能前往該去的地方，不會迷惘。」

村長如此說道，嘴角再度擠出皺紋，微微一笑。辰松頷首說道：

「門二郎，之前你不是問**這個**，村裡的寺院在哪裡嗎？其實就算沒寺院也無妨。這樣明白了嗎？」

嗯，明白了——門二郎話還沒說完，三人身後的森林交界處，傳來誇張的慘叫聲。

「哎喲！救命啊！」

門二郎馬上轉頭往後望，映入眼中的，是無名從森林交界處的一株大樹頂端，如同從屁股吐絲騰空飛行的蜘蛛般，以繫在腰間的繩索一邊在空中畫出圓弧，一邊墜落。

「哇！」

村長和辰松也跟著大叫。無名就這樣在他們三人面前，掉進紅褐色的根細樹叢中，而繩索也如同失去了變戲法的表演者，隨後掉落。

「無名！」

「這個傻蛋！」

原來無名最後偷偷跟在他們三人後頭。如果在地上行走，肯定跟不上他們三人的腳步，但因爲他是天空，所以才從森林的樹枝間一路擺蕩而來。

門二郎不顧一切地把手伸進樹叢裡，一把抱起無名。樹枝斷折，紅褐色的樹葉掉落。仔細一看，這些樹葉沒一片完好，不是缺損就是斷折，或者是有小孔。是針雨的關係。從天而降的針雨，甚至會取人性命，這就是它危害的證明。

幸好無名本人從那樣的高處墜落，卻一樣若無其事，甚至沒半點歉疚之色地說道：

「果然，沒有哥哥當地基在地上站穩撐住，就不能隨心所欲地飛。」

辰松背起無名，急忙跑回森林的樹陰下。

「無名，你應該是太陽曬多了，一時頭昏眼花吧。流了好多汗啊。」

村長一臉嚴肅，來回撫摸無名的臉和手腳。「雖然現在看起來沒事，但要是骨折的話，待會兒就會腫起來了。」

辰松也說要趕快折返回村裡。無名噘起嘴，大表不滿，門二郎心裡一半感到可惜，一半爲無名感到不安，一顆心懸在半空。

「要是受傷的話，在痊癒前都不能從事山林活兒。一旦你休息，這段時間門二郎會找其他搭檔哦。」

村長和辰松對無名一會兒訓斥，一會兒嚇唬，同時也很擔心門二郎。他第一次跟來巡視，對所見所聞已經夠驚訝了，現在又加上這場風波。會不會覺得不舒服？有沒有哪裡受傷？有沒有被樹叢的枯枝劃破手指或皮膚？那擔心的模樣，連門二郎看了都覺得太誇張了點。

在抵達狹間村前，遇到了走進森林找尋無名的村民，又引來一陣大笑和訓斥。抵達村莊，只見阿萱抓著她自己的雙臂，就像在用力擰扭般，擔心得不得了，一看到門二郎和無名，眼裡頓時噙滿淚水。

「對不起。」

「眞的很抱歉。」

門二郎並沒錯，但闖禍的是自己的搭檔，最後只得兩人一起拚命道歉。

在檢查過傷勢後，門二郎和無名前往沼澤邊的清洗場沖洗身體。洗衣和沖澡固定都在這裡，大人和「走失孩童」會分成幾組輪流使用。是一處很涼爽的地方。

清澈的水底有許多小石頭。無名蹲在水邊，攪動池水，找尋魚和螃蟹。

「無名，接住你的那處樹叢，聽說是野生的根細。今後你對根細和『野風』都得抱持敬意才行。」

門二郎對無名說出很像大哥會說的話，並替他擦背，這時，無名突然轉頭望向他。

「那東西是根細？」

「嗯，村長是這麼說的。」

「哦。」無名誇張地噘起嘴。

「這麼說來，所謂野生的根細根本就是『野風』吧。」

他說出這句奇怪的話來。

「哥，你沒發現嗎？那樹葉和樹枝，都是『野風』作成的。」

「……當時我並不覺得那句話有什麼特別的含意。」

現在是黑白之間座上賓的門二郎，露出凝望遠方的眼神低語道。富次郎試著想像此時映在他眼瞳深處，那昔日回憶的景象。就像他在畫圖的時候一樣。

——不行。沒必要想這個。

明明已決定不再畫了，我現在這又是在幹麼。他望向門二郎，恢復原本的心情。

「我當時就只是想，無名年紀還小，應該是不懂得分辨根細和『野風』的差異吧。」

「在狹間村平日的生活中，也會使用『野風』嗎？」

「因爲那是廉價又脆弱的紙。」不知爲何，門二郎的聲音卡在喉嚨，壓低了聲音。「在山村的生活中，根本派不上用場。雖然派不上用場……。」

但增造爺爺卻常會在貨車上載回整捆的「野風」。到底要用在什麼地方，有什麼用途，才會需要這麼大量的野風呢？

「這個謎，當時也沒浮現在**這個**單純的腦袋中。那是日後一切都結束後，慢慢思考，才想到這件事。」

一切都結束後。

富次郎悄悄做好心理準備。受御劍山的神明守護的狹間村生活，是如何結束的呢？門二郎的故事已即將邁入結局。

「他們再也沒帶**這個**一起去巡視。」

門二郎望向富次郎，接著說道，「這事**這個**倒也沒特別放在心上，仍繼續和無名一起認眞投入山林活兒中，要是能多掙點錢，就能獲得老大和村民的誇讚，而且那裡的飯很好吃，每天都過得很快樂。」

長大成人後，「走失孩童」都非得離開這個村子不可。如果這是村裡的規定，那也沒辦法，市町的生活也不錯。之前門二郎也曾經這麼想過，但他漸漸明白自己這樣的想法實在太天眞了。因爲不知不覺間，狹間村已成了他獨一無二的故鄉。

「從**這個**領悟這點後，只過了短短不到一年的時光。」

「……您是指最後離開狹間村嗎？」

門二郎直視著富次郎應道：

「不，最後是狹間村就此消失。那場結束的開始，是發生在夏天，當時**這個**再過半年就十七歲，而無名則是十三歲。」

在那之前，門二郎與無名都沒遭遇過針雨，甚至不曾在附近抬頭看過雨雲。

「你們眞是吉利的孩子。」

最早說這話的人是阿菅，而知道無名運氣過人的辰松，也贊同她的意見，所以村民都開始稱呼他們兩人是「神祐搭檔」。

來往於御劍山與山下的增造爺爺，應該知道不光只是山上少雨，這幾年豐之國常發生大旱，但他並未提到此事來掃村民的興。他同樣也將門二郎和無名當「神明庇佑」來對待。

當時已開始學走路的春市，長成了一個頑皮的孩子，而千三新帶回來的一對雙胞胎嬰兒，也深深吸引了村裡女性的關注。明明是出生在富裕的商家，卻因爲是罕見的龍鳳胎，所以人們認爲這是「殉情的男女轉世而成」，頗爲忌諱，千三就此收留了他們。另外也添了一個兩歲的女娃和四歲的男童，大家也都很關心，不知道誰會成爲春市的搭檔。

如今在「走失孩童」中已是最年長的門二郎，說起來算是大哥。小她一歲的阿靜，則是眾人的大姊，小四歲的無名也漸漸有了二哥的自覺，年紀小的孩子叫他「無名哥」，令他頗感得意。

某天，門二郎和無名被喚去村長住的小屋裡。兩人什麼也沒想就去了，結果發現老大和千三也在屋內，他們嚇了一跳。

門二郎馬上想到是怎麼回事。他心想，應該是針對他們未來的出路，有事交代。等下次過年他就十七歲了，所以這也不足爲奇。

「門二郎，用不著那麼緊張。」村長以安撫的口吻說道。千三那張娃娃臉也露出微笑。
「來，你們兩個都坐。肚子餓不餓？這裡有包子。」
老大遞出一個塞滿包子的多層飯盒。無名看了，高興地撲向前，一手拿起一個包子，塞得滿嘴都是。這不是村裡的婦女作的包子，純白的包子表皮上印有點心鋪的屋號。
「增造先生剛回來，對吧。」門二郎說，「這麼熱的天還出外奔波，眞的很感謝。增造先生的腰腿比**這個**強健多了。」
專注地大嚼包子的無名似乎完全沒察覺，但感覺得出村長、千三、老大三人之間有某個像繃緊的弓弦般的東西，因門二郎這句話而發出「叮」的一聲。
接著村長緩緩開口道：
「其事今天找你們兩個人來，就是爲了談增造的事。」
正確來說，是要談增造接班人的事。
「門二郎，這工作希望能交由你來承接。」
說這話的人是千三。老大在一旁盤起雙臂，眉頭緊蹙。
「一旦由門二郎負責駕貨車，就得重新挑選無名的搭檔……。」
因爲提到自己的名字，無名這才從包子上轉移注意。「唔？」他發出像是東西鯁在喉嚨般的聲音。
「這件事，**這個**會好好處理。」老大說，「失去地基門二郎，是一大損失，不過，爲了整個村子考量，增造爺爺的接班人更重要。」

「門二郎，你聰明又細心。而且體格健壯，人緣好。在來到這個村莊前，也曾待過城下的大商家。」千三接連說道，瞇起眼睛望向無名。

「不用擔心，無名。你大哥不是消失不見。門二郎將會成為村裡的一分子。」

門二郎一時答不出話來。因為一股幾欲堵住喉嚨的喜悅，從心底湧出。

他能成為村裡的一分子。不用離開這裡下山了。能在心裡認定是故鄉的這個村子，守護眾人的生活，和大家一起共度往後的人生。

接著，嘴邊都被包子餡弄髒的無名，一臉愣樣地問道：

「這樣的話，無名也可以永遠和哥哥在一起嗎？」

千三趨身向前，以溫柔的聲音說道，「等你到你哥哥這個年紀時，再來想這個問題吧。」

「這、這是真的嗎……？」

門二郎終於能以發顫的聲音反問，村裡的三位重要長老應道：

「千眞萬確。」

「如果你肯同意的話。」

「你願意接受這項請託嗎，門二郎？」

門二郎不發一語，猛然拜倒在地，額頭幾乎都快撞向地板了。無名也一邊打嗝，一邊說道「無名也接受這項請託」，三長老看了都笑了。

此事談妥後，門二郎便馬上在村長的陪同下，前去見增造。這位嚴重駝背的老爺爺，得知此事談妥，大為高興，執起門二郎的手流下淚來。經詢問後才知道，最早說要門二郎當接班人的，正是增造。

「這麼一來，老頭子我就能放心地走了。」

想到自己如此受到倚重和認同，門二郎高興得幾乎要像天空一樣爬上樹頂。

接下來的十天，都是由增造拉著貨車，門二郎在後面幫忙推，一再來往於城下町與村子之間，四處拜訪與增造有生意往來的商家。對於收購山渡這些寶貝的批發商，更是特地登門問候。

不管去哪兒，增造都不斷鞠躬哈腰，門二郎覺得很不自在。與增造一起同行後，見老爺子老態龍鍾的模樣，令他備感難受。他這才發現，過去大家都太仰賴增造了。

第十天的日暮時分，去了應該拜訪的最後一家店時，增造前往城池的不淨門方向。貨車裡空空如也，車身輕盈，所以車輪頻頻震動彈跳。

來到城池後方一座架在外濠上的石橋前，增造停下腳步。夕陽餘暉刺眼。裝飾天守閣的一對鳳凰像也折射著陽光。

「這是你的起點，就在此別過吧。**這個**要離開了。」

增造準備將貨車的車桿交給門二郎。這太教人意外了，門二郎非但沒出手接，還後退了幾步。

「商家都已一一問候過了。不論是哪個商家，還是批發商，你應該能和他們合作順利。」

說完後，增造便離開貨車。此時門二郎滿身大汗，但增造那布滿皺紋的臉和脖子卻連一滴汗也沒有。啊，他已老到連汗都乾涸了。

「可、可是，增造先生你打算怎麼做？你要去哪兒？」

「回家。」

門二郎因太過驚訝而說不出話來。增造的家，不是在狹間村嗎？
「我原本就是城下的人。我老家現在是由玄孫繼承。」
我要在那裡養老——增造說：
「因爲當初要進狹間村時，就已經約定好了。不過，我已沒多少時日可活。我的心臟已嚴重衰弱，想必會在入睡時停止呼吸吧。」
爲什麼這種事可以說得這麼輕描淡寫。
「你沒有老家，對吧？你繼承我的工作後，在與各個商家往來的過程中，要用心找個日後上了年紀離開村子後，可以棲身的地方。因爲待在村子裡，無法娶眞正的女人當媳婦。」
嗯？什麼？老爺子剛才是不是說了奇怪的話？
正當門二郎感到猶豫，不知該從何問起時，增造就像要封住他的猜疑般，接著道：
「狹間村需要像我和你這樣的人，爲大家奉獻力量。因爲對你來說，應該也是樂大於苦吧。」
「增造先生，您沒再多告訴**這個**一些，就這樣走了……。」
門二郎如果眞的想追上前，應該是追得上，但這貨車雖然是空的，也不能就這樣扔著不管。
「而且，背對我的增造先生，他的背影帶有一種……不容分說的嚴厲。」
最後，門二郎獨自一人返回狹間村。
「打從那天起，我終於開始自己一個人往來於村子與山下之間。」
他年輕有體力，而在買賣方面，只要按照增造多年來建立的門路接洽就行了。萬一有什麼糾紛，也不必自己一個人悶著，可以找村長商量。沒什麼難的。等到日後去城下町時，就有機會順道

去那家熟悉的紙店一趟。

「那位擔任女侍總管的阿姨，誇**這個**長大成材了。」

——當初你去狹間村，果然是去對了。

「以阿姨的身分，可能不方便說，但**這個**聽人說，那家紙店從那之後，老爺因病倒下，家中似乎變得經濟拮据。」

已沒有多餘的財力可以收留「走失孩童」，夥計的人數也減少許多。

「**這個**當初要是留在紙店裡，恐怕只會落得失去工作，無法糊口的窘境。」

世道艱難。只要有山渡的寶貝，就能過富裕生活的狹間村，果然是一處近乎極樂世界的特別場所。

「想到這裡，更加覺得自己很幸運，連作夢也沒想過要離村子。」

等到日後有一天，像增造一樣老到無法肩負這項工作時，就在森林裡靜靜地死去吧。再拜託某人幫忙埋葬吧。

「身爲地基的**這個**突然消失，對無名很抱歉，不過，在決定好新的搭檔前，老大代爲擔任地基的工作。」

門二郎的資歷終究沒老大來得久。無名成了一位幾乎都可以飛上天的天空，他自己也相當開心。

事後回頭看，在那段快樂又忙碌的夏日時光中，發生了幾件預告日後慘禍的凶兆。

「森林裡湧出清水的地點變了，有些日子甚至會覺得湧泉特別溫熱。還有一大群蚯蚓跑出地面外死了……。」

門二郎邊說邊瞇起眼睛，神情嚴峻。

「還有，阿靜突然說出像夢話般的話來。」

她對門二郎來說，就像妹妹一樣，同時也是「走失孩童」可倚賴的姊姊。

「她和嫁入流流亭的阿宮一樣，都沒從事山林活兒，而是負責照顧大家的生活起居。雖然感覺她每天都忙得團團轉，臉上總是都掛著笑容，然而……。」

——門哥，你已經可以不用離開村子，對吧。但這樣眞的好嗎？

替採購回來的貨物做分類，剩他們兩人獨處時，阿靜突然悄聲這樣問道，門二郎大吃一驚。

「**這個**回答她，這樣當然好啊，結果阿靜露出很失望的表情。」

——之前你明明說要回城下町的。所以**這個**才在心裡想，等日後門哥你下山時，**這個**也要跟你一起走，請你娶**這個**當媳婦，但你現在卻改了。

「**這個**當時只覺得她在說夢話，因爲**這個**從沒那樣看待過阿靜。」

當事人阿靜應該也明白門二郎對她沒半點意思吧。她像在痛罵般地說個不停。

——**這個**是不想和大家起糾紛，才都默不作聲，不過，**這個**和那些來路不明的走失孩童不一樣。身上流著城下一家古老神官家的血脈。因爲父親在繼承人爭奪中落敗，失去了住家和錢財，才會妻離子散。

——所以**這個**有智慧，所以隱約感覺得出來。這個村子不是人們該住的地方。此地不宜久留。拿到該得的東西後，就要馬上離開，忘了這裡。

她在胡說些什麼啊。當時門二郎的感覺不是憤怒，而是傻眼，整個人愣在原地，阿靜則是向他投以憐憫的眼神，並撂話道：

——因爲**這個**的月事已經來了，早就是汙穢之身。等他們替**這個**選定好出路後，**這個**就會頭也不會回地離開這裡。門哥，要是哪天你覺得後悔，要找**這個**幫忙，到時候**這個**可以聽你說。

「接著她做出像要朝腳下吐口水的動作。」

從那之後，阿靜便不想再和門二郎獨處，甚至避免與他目光交會。

「阿靜憑藉神官家的智慧，究竟看出了什麼呢？這事當然令人好奇，所以**這個**也一直在找機會，想要問個水落石出。」

在掌握這個機會前，狹間村結束的日子竟然早一步到來。

「您猜得出發生了什麼事嗎？」

經他詢問後，富次郎開始思考。心跳莫名變得又快又急。

「從您說的故事來推測的話……。」
御劍山被削去一大塊的山體。
「發生大家害怕的火山噴發嗎？」
門二郎定睛望著富次郎。接著回答道：
「並非只是火山噴發。」
而是嚴重的火山大爆發。

一開始看起來像是夏末的積雨雲。心想，一早就有這麼壯觀的雲啊。
但他錯了。那是雪白的灼熱蒸氣，一路噴發至御劍山宛如刀身般的山體頂端。無數的火粉飄進山體內側，旋即從底部揚起粗大的粉塵腰帶，逐漸將整座山染成深灰色。
森林爲之搖晃。最初的地鳴遠去，感覺就像根本沒發生過，是自己聽錯了一般。而第二次地鳴，則像在地底奔竄的閃電，耳朵還沒聽到，震動已先傳至腳底。
門二郎當時準備前往城下，正在保養貨車。

他聽到車軸發出卡啦卡啦的聲響，猛然一驚，急忙起身，接著聽到村民居住的地方傳來驚慌的叫喊聲，以及孩子害怕的哭聲。

御劍山就快要火山爆發了。待在這裡會有危險。總之，得穿過森林，先逃到遠一點的地方才行。

「雖然不知道熔岩會流向哪邊，但要是像以前那次噴發一樣，流向別的方向，我們就得救了。」

村長極力安慰大家，老大則是教導衣服該怎麼穿。有袖子的衣服要多穿幾件。草鞋要再搭上布質綁腿，套上緊身底褲。盡可能別露出肌膚。要用手巾纏住口鼻。看是鍋子還是什麼容器都好，戴在頭上保護頭部。

「就算熔岩沒流下來，也會有火山飛石飛來。要特別小心。」

他這句話還沒說完，便伴隨著一聲震耳欲聾的巨響，從御劍山的刀身底部噴出黑煙和熔岩。

「這下不妙」，原本就膚色白皙的千三，這下臉色變得更白了。「大家快逃吧。跟在後頭走。」門二郎一邊保護孩子，一邊目送村民穿過森林離去的背影，就只有他和老大留在原地。想盡可能多帶走一些往後生活可以用得到的東西。

老大拿起一個缺了提把的陶鍋，罩在門二郎頭上。「這可不是開玩笑的。就算死，也不能讓這陶鍋從頭上掉落哦。」

兩人分頭在村內巡視，抱起現有的食物和孩子替換的衣服，堆上貨車。這段時間，從御劍山飛來的大大小小岩石碎片，以及冒著煙，拖著長長尾巴的火山飛石，不斷朝村裡四處落下。簡陋的小屋屋頂被打穿一個洞，地面揚起煙塵。
要是被打中，肯定一命嗚呼。門二郎拚了命地東奔西跑。把想得到的東西都湊齊後，這才想起用來當水壺的竹筒就擱在沼澤的清洗場裡。因爲今天早上阿菅和阿靜清洗眾人用的水筒。
門二郎奔向清洗場。途中感覺到強烈地震，直接原地蹲下，這時，靠近村莊另一側出口處，發出東西崩塌的巨響。那一帶的樹木都斷折，一路往下滑動。
因爲地震，使得那一帶的地面崩塌。也可能是地底深處的地層破裂移位。啊，這下子已不是暫時逃離找地方藏身就能度過的危機。門二郎受恐懼燒炙全身，寒毛直豎。
颼——。某個巨大的東西從空中掠過，打穿門二郎此時前往的右手邊一座小屋的屋頂。那座小屋裡擺了好幾個甕。裡頭釀造了村裡的大人們在舉辦酒宴時喝的白色濁酒。
颼——。接著飛來的東西，從門二郎視野中掠過時，落下暗影。好大！他馬上避向一旁，趴在地上。眞想整個人鑽進戴在頭上的陶鍋裡——門二郎心裡這麼想，這時，在一個足以雙手環抱的巨大岩石撞擊下，那個釀酒小屋就此毀去一半。屋柱和壁板斷折碎裂，接著響起酒甕破裂的聲響。
火山飛石繼續落向那已快被整個壓垮的釀酒小屋。勉強立起的最後一根屋柱斷成兩半，乾燥的茅草屋頂殘骸開始冒煙。
著火可就糟了。門二郎掙扎著站起身，這時，他看到從壓垮的釀酒小屋流出幾道濁酒。看起來如同白色的淚痕般……。
這個氣味有點熟悉。
是把野風融進水中的氣味。

之前待紙店時，掌櫃的教過他這項生意知識。「野風」很脆弱，容易融入冷水或熱水中。它是廉價的東西，但因爲可用來作風舞，算是一種吉利的東西，所以對它不可怠慢。千萬不能靠近水。絕不能碰水。因爲它會馬上像這樣溶化。

——這不是酒嗎？大家原來都喝這種東西？

這到底是爲什麼？正當他因爲這個疑問而定住不動時，傳來老大叫喚門二郎的聲音，他馬上便看到老大的身影。老大雖然頭上套著一件老舊的棉襖，但邊緣已經燒焦。

「你在幹什麼？沒受傷吧？」

「老大，小屋冒煙了。」

「等一下就會冒出火舌。現在放下這一切，成功逃離這裡，就算贏了。」

「**這**、**這個**還想去多帶一點竹筒。」

「在清洗場，是吧。**這個**去就行了。你先回貨車那邊——」

颼——。那是災厄發出的箭矢聲。此刻從覆滿

灰色噴煙的天空某處，筆直飛來的火山飛石。

其中一顆擦過老大結實的右肩，從門二郎身旁掠過，落向某處。拉出一條帶有濃濃煙味的黑色尾巴，充滿不祥之氣。

老大瞬間全身著火。

就像這句話所形容的。在火山飛石碰觸他的部位，微微冒煙，出現燒焦痕跡，緊接著下個瞬間，燒焦處擴散開來，老大直接消失。接著只看到焦黑的殘渣飄飛，火粉一陣閃爍，然後一切結束。

老大所在的位置，只有老大穿的衣服掉落原地。老大套在頭上的老舊棉襖在最上頭。

怎麼可能！竟然有這種事！不可能啊。人不會像這樣起火燃燒，燒個精光。因為人不是只有頭髮和皮膚，還有血肉和骨頭。

但如果不是人的話，像這樣起火燒起來，則不足為奇。

舉例來說，如果是紙的話。

這時，有個答案浮現門二郎腦中。狹間村到底是什麼地方？從以前就住在那裡的大人，到底有幾位？對了，就門二郎他們所見，村裡的大人從來沒沖過澡。幾乎也沒一起吃過飯。他們總是說孩子先吃，大人之後再吃。門二郎他們對大人的這份好心只覺得開心，從來不曾感到納悶。

鼻孔好燙。竄出好幾道火舌。門二郎奔向沼澤，縱身跳進水流中，在水流中一路奔跑，逃離村莊。御劍山發怒了，覆滿天空的浮雲，變成微微泛黑的灰，顏色愈來愈深，帶有刺鼻惡臭的熱風在山體四周不斷旋繞，大聲咆哮。不久，長期保護村民住處的老偃松，陸續在大火的焚燒下逐漸焦黑

倒落，狹間村就此走向盡頭。

門二郎的故事也淡淡地接近終點。

「……**這個**怕離開水邊，先沿著水流下山，來到無法通行的地方後，又再回到森林裡，找尋有水的地方，先躲在那裡，自己一個人不斷徘徊。」

有半天以上的時間，都沒和先逃走的無名他們會合。

「天空因爲噴煙而被完全籠罩，看不到太陽，分不清晝夜。要不是無名一直叫**這個**的名字，恐就會就此和他們走失。」

事先逃離的村民，已完全離開御劍山刀身底部的森林，順著像石原般的斜坡往下走，一路逃到前方懸崖處的岩地。那個地方有層層交疊的大岩石，像屋簷一樣向外挺出，也有狹窄的洞窟。滿含飛灰的風仍不斷往山下吹，但火山飛石和岩石碎片飛不到這麼遠。

依偎在一起互相安慰鼓勵的村民和孩子，迎接滿身黑灰和傷痕的門二郎到來，慰勞他的辛勞，村長簡短地問了他一句，「老大呢？」

「走失了。」回了這句話後，阿菅緊摟著他。

千三和村長兩人一直聚在一起討論。要逃到哪兒去？要投靠哪裡？等候他們做出結論的人們，全都又害怕，又疲憊。年幼的「走失孩童」餓著肚子。那對龍鳳胎當中的男孩，正輕聲哭泣，女孩則是沉睡著。阿靜儘管自己也輕微燙傷，但還是努力照顧眾人。

門二郎仍舊無法說出他親目睹的老大死狀。藏在他心中的疑問，以及應該是答案的想法，還無法理出個頭緒。

「等度過眼前的難關後，再向千三先生和村長問個清楚。或是問阿菅姊也行。也進一步向阿靜問出詳情吧。當**這個**腦中思索著這些問題時，意識也逐漸遠去。」

當他再度醒來時，爲這場災厄收尾的最大災難，此刻從天而降。

「下起了大雨。」

火山噴發的黑煙與熱氣，招來了雨雲。

「下的不只是針雨，而是像長槍一樣粗的豪雨。還颳起大風，橫向猛吹而來，緊接著，大風緊貼著地面將雨水吹了過來。」

岩地的地面，在地層上有昔日火山爆發時的熔漿，以及大量落下的火山灰，斑駁地交疊在一起。也就是說，有些地方耐雨，有些地方不耐。就這樣形成窄細的涓流，雨愈下，涓流的數量也愈多。

「雖然覺得很可怕，但**這個**還是望向村民的腳下。」

他們腳下套了兩雙草鞋，移往比較沒被雨淋溼的地方，避開夾帶雨水，橫向吹來的風，但還是掩飾不了。

「大家都開始溶化。」

如果是人們緊挨在一起，忍受著驚恐，一定會聞到汗臭，但門二郎聞到的，卻是和那個濁酒同樣的氣味——融化的「野風」氣味。

「千三先生那張白皙的小圓臉一直注視著我。村長的薄唇也變得更薄了，而且不斷顫抖。」

阿萓緊貼在岩壁上。眞的就像這句話的意思一樣，緊貼在岩壁上。

——得快點逃才行。

「像在喝斥眾人般，大聲叫喊的，是阿靜。」

——不能再這樣下去了。大家得趕快逃。一路跑到下方的森林去！

這樣你明白了吧，門哥。阿靜一把握住呆立原地無法動彈的門二郎手臂，邊搖晃邊喊道。

——狹間村的村民，全是風舞的化身！

很久以前，在因爲先前的火山爆發而改變山形前，在城下及其周遭的地方被人們拋進風中的風舞，平安地飛到山神跟前的那座森林，長滿偃松的那一帶。

這些風舞注入了人們的意念。祈求消除災厄、招來福氣，簡樸又眞切的意念。

這個意念暫時賜予風舞人的形體，誕生出千三先生、村長、老大，以及被御劍山的山神選中的狹間村裡的大人。

雖然不是人，卻擁有人心的這些化身，不具有人的血肉，所以幾乎是不死之身。不會生病，也不會老。他們應該是放出風舞的那個人的樣貌，不過，當事人當然早已不在人世。

不論是好是壞，總會有一些關於狹間村的傳聞，從增造的去留來推測，在風舞的化身得到狹間村的「村民」身分，在此長住，而豐之國也因爲山渡所賜的寶藏而獲得財富之前——在建立起這樣一套機制之前，想必歷經很長的一段歲月，而掌管這方面的單位，想必也很明白這一切。可能是城裡的高層，或是城下商家的工會。不管是哪個單位，這創造出豐之國財富的祕密，沒被嚴密地封藏，而是一直靜靜地受人守護著。

這些化身討厭人的穢氣。但另一方面，要是失去它們身上所帶有的人氣，那暫時得來的人形將無法繼續保有。所以才要收養「走失孩童」。讓他們吃好吃飽，給他們負責的工作，用心調教，從逐漸成長的孩子身上吸取人氣，相對的，日後也會賜予孩子們財物，送他們離巢自力。

不能讓什麼都不知道的「走失孩童」看出眞相。雖然吃睡都在一起，但化身很細心留意，不讓孩子發現它們怕水的事。之所以讓年長的孩子陪村長出外巡視，讓他們見識石原的樹叢——野生根細的樹枝和葉子被針雨所傷的模樣，也是爲了讓他對根本就不存在的針雨，產生眞有其事的印象。當然了，那樹叢不過是事前就先安排好的冒牌貨。

當時無名天眞地說了一句話。

——那樹葉和樹枝，都是「野風」作成的。

無名沒誤會，也沒看錯，他說出的，是他親眼看到的眞相。

這一切全是謊言，是虛假，但並無惡意。

雖然覺得很不可思議，但沒對任何人帶來危害。沒有任何壞事。

這樣的祕密，正逐漸被火山爆發和大雨粉碎。

「雨滲進村長高大的身軀裡，他開始搖搖晃晃。」

門二郎低語似地說道，垂眼望向地面。

「身材矮小的千三先生，則是已看不出原本的身形。」

——門二郎，快帶所有走失孩童逃走。

「村長還對我說，要多保重。」門二郎抬起手覆在雙眼上。「說完後，他朝**這個**一笑，這時，就像猛然想起般，傳來一陣大地震，腳下的地面崩塌。」

他們被土砂吞沒，從山崖上被一路沖走。門二郎極力抵抗，找尋能緊緊抓住的突出物。無名就從他旁邊被沖走。門二郎伸出腳，無名緊緊抓住。

「死也別鬆開哦！」

聽到其他走失孩童的慘叫和哭聲，門二郎緊緊咬牙。也斷斷續續傳來大人的聲音。狹間村的眾人將孩童拉出土石流，往上送往安全的地方，自己則是陸續被沖走——不，是逐漸融入雨水和土石流中。

曾是阿菅的形體殘骸，從門二郎和無名身旁掠過。剩下四分之一的臉龐和一隻眼睛，就像要安慰他們兩人般，還掛著微笑。

這時，阿靜從他們頭頂上方沖了過來。手裡緊緊抱著那對龍鳳胎當中的女娃。

「阿靜，騎到**這個**頭上來！」

門二郎在土石流中大喊，接著阿靜連同那個女娃都被人一把提了起來。

是辰松。他救了阿靜和嬰兒！但就在他救人的這段時間，他那帥氣的臉龐和身體都被降下的大雨給穿出無數個透明窟窿。

雨並不是針。

是因爲村民是紙人。

辰松變得渾身滿是空洞，從中間斷成兩半，接著從邊緣開始融化，只有原本身上穿的工作服和緊身底褲被土石流吞沒。

門二郎和無名兩人勉強爬上岩地後一看，門二郎的右臂有個宛如被刨去一大塊肉的傷口。這就是日後令他失去右臂的可恨傷勢，然而……。

「當時我並不覺得痛。」

門二郎說到這裡停頓了一會兒，朝富次郎窺望。

「……您沒事吧？」

富次郎抬手掩面。他盈滿熱淚的眼皮裡，浮現各種情景。雖然不是人，但擁有人心的化身。它們眼中的歡笑和淚水。它們擁有的尊貴和善良。那是貨眞價實的「生命」。

——好想畫。

我果然還是想畫。想畫這類的畫面。富次郎此時雖然坐在黑白之間，卻被源源不絕湧出的思緒吞沒。

當一條溼手巾碰觸臉龐時，顯露出自己的眞面目，比手巾還要脆弱的阿菅。親切又勤奮，深受孩子愛戴的人偶化身。好想畫下她燦爛的笑臉。還有喝著「野風」融化作成的白色濁酒，驕傲地談

論從山渡那裡取得的寶藏，與搭檔互相慰勞彼此辛勞，從事山林活兒的男人。眞想畫下那歡樂的時刻。

我想畫，不想就此捨棄畫筆。

「呃，三島屋的富次郎先生。請您不要哭得這麼難過。」

因爲聽到門二郎那不知如何是好的聲音，富次郎這才抬起頭來。淚水依舊止不住。但這時他覺原本壓在他背後的一顆肉眼看不見的重石，已被他拋向腦後。而且確實聽到它飛向某處，發出滑稽又輕快的聲響。

解說——出前一廷

萬物有靈，由人寄情

在宮部美幸的「三島屋奇異百物語」系列裡，除了一則則時而感人，時而駭人的故事外，整體則以百物語聆聽者的心境變化，作爲貫串系列的情節主線。

在系列前五集構成的第一部中，描繪了阿近如何在聆聽這些故事的同時，讓自己逐漸自過往的憾事裡走出，從覺得自己不值得擁有幸福，再到願意接納他人與整個世界的過程。

至於在後續集數中接手成爲聆聽者的富次郎，雖說沒有阿近那種過往的傷痛需要癒合，但也同樣有自己的問題得要跨越。而且相對於阿近來說，富次郎所面對的問題恐怕則更爲普遍，也就是面對未來，自己究竟該挑選哪一條路的迷惘與不安。

在系列第九作的《青瓜不動》裡，這樣的問題，隨著他的兄長伊一郎開始準備接手家業，並認爲富次郎應當將心力集中在家裡的生意上頭，並結束收集百物語一事之故，使先前大多數時刻，還算是潛伏在富次郎內心的這些不安，在本作裡完全浮上水面，迫使富次郎陷入了得在夢想與現實之間，儘快做出抉擇的焦急狀態。

有趣的是，宮部在《青瓜不動》中，用來讓富次郎經歷這場內心之旅的四則故事，全都是與「物」有關的事件。

全書首篇的〈青瓜不動〉，是一則非常適合改編成NHK晨間劇的故事，描繪了一個類似女性中途之家的團體，是怎樣在江戶時代的背景下，如何從無到有，逐漸建立起來的過程。

在這則故事裡，宮部細膩描繪出女性可能由於生育這件事，所會遭遇到的種種困境。不管是想要孩子卻未能如願、不幸失去孩子，或是明明有了孩子卻又遇人不淑，被迫親手結束孩子性命等情形，全都導致她們無論是生是死，彷彿都被視爲失去了人的資格一般。

因此，在〈青瓜不動〉中，雖然無法食用，但卻可以讓貧瘠土地變得肥沃的青瓜，則變成這些女性的象徵，描繪她們吸取了社會偏見的惡念，並將其轉化爲幫助他人的善行，成爲如同青瓜捨身解救他人的慈悲化身，透過這種彼此互助的方式，既拯救了對方，也爲自己帶來救贖。

相對於此，故事中的大蜈蚣，則是那些偏見與惡意的化身，而宮部甚至透過對於大蜈蚣的細節描述，指出在這種傳統偏見的積累下，就連女性自己也可能成爲父權幫兇的問題，使富次郎在故事最後所做的夢，也正像是男性是否願意了解女性困境的一種同理心測驗。

至於故事最後才出現的「瓜坊大人」佛像，則正是種種善行總算開花結果，可說是那些女性最終成功庇護了自己的實體化象徵，藉由這種無形善念化爲實體之物的安排，變成同時針對僅說得一口虔誠信仰，但卻缺乏實際作爲的僞善，一種再鮮明不過的諷刺對比。

第二話〈噹噹人偶〉，則延續了〈青瓜不動〉的結構，將重點放在人如何在被壓迫的情況下努力求生。至於超自然的奇異元素則比較接近點綴作用，甚至是事件本身的後果，而非如同先前的大多數故事，在情節中佔據核心位置。

相對於〈青瓜不動〉由社會偏見帶來的惡，在〈噹噹人偶〉中，宮部則是藉由一連串驚險無比的逃亡過程，反映出惡政帶來的深遠傷害，得花費多久的善行才能被加以撫平；同時更藉由角色內心的困惑，折射出人性中的平庸之惡，並藉由「不論惡再怎麼拓展其勢力，善永遠不滅」這樣的觀點，試圖爲讀者帶來一絲慰藉，因而也使故事中的「物」，成爲一種思念與感恩的象徵，代表了在惡行之中，善依舊有機會被延續下去的寄望所在。

接下來的〈自在筆〉與〈針雨村〉，雖然故事各自獨立，但如果從富次郎心境變化的主線角度切入，則明顯如同上、下篇般的存在。

基本上，〈自在筆〉算是一則十分典型的「浮士德」式寓言，藉由自在筆這項遭受詛咒之物，使人對技藝的追求因而蒙蔽了雙眼，就此出賣靈魂，導致家破人亡的下場。

至於〈針雨村〉這則故事，則是讓寄託人心的「物」直接幻化成人，並如同〈青瓜不動〉裡的角色，直接對眞正的人類伸出援手。縱使它們這麼做的核心動機，是藉由那些孩子的人氣使自己得以存活，但到了最後，他們將要灰飛煙滅的一刻，卻也還是寧可犧牲自己也要拯救那些孩子，最後也讓物與人之間的關係，變得更加幽微難解。

回到富次郎身上。在《青瓜不動》的全書開端，故事便藉由富次郎被伊一郎叫去擔任服裝人偶一事，作爲富次郎當下處境的隱喻，象徵他自由自在的生活恐怕即將結束，未來只能成爲被家庭關係操弄的人偶，表現出符合傳統觀點的樣貌。

此外，他對行然坊的看法變化，也展現出他對聆聽百物語一事的日益渴求。就連他所醉心的繪畫這件事，亦在此處成爲了一種如同樹洞的存在，讓他得透過作畫這項傾訴般的行爲，達成黑白之間對百物語得要「聽過就忘」這項規定，好讓他將自己從故事中感受到的濃烈情感及共鳴，藉由畫筆給稍微卸下。

於是，《青瓜不動》這四則與「物」有關的故事，也就紛紛與富次郎透過作畫，將感受化爲實物的這項行爲，陸續產生了對應關係。

〈青瓜不動〉裡的佛像，是無形信念化爲實物以後，所能爲一切帶來的確切幫助。而在〈噹噹人偶〉裡，阿敏一角爲了追求陶偶技藝而不願順從傳統價值觀的決定，乃至於到了生命最後，依舊選擇以打造陶偶，將自己的感恩之情灌入其中的舉動，除了反映以物寄情這件事以外，也強調出被創造出的物品，得以延續創作者本人思維與生命的可能性。

然而，接下來的〈自在筆〉則是負面範例，透過被詛咒的物品，提出我們未必能客觀看待自我，進而在盲目執著之下，所可能導致而成的悲慘下場。因此，這則故事也更進一步地燃起了富次郎的不安，化身爲毫不留情的狠狠一擊。

而在最後的〈針雨村〉裡，富次郎則藉由故事內容，深深確認了自己對於繪畫的渴望。至於故事本身，則再度告訴我們被寄予了人類之情的「物」，將可能如何擁有自己的生命，並對其他人帶來正面意義。

於是，雖然〈針雨村〉的結局看似戛然而止，但那個瞬間，卻也正如宮部描述的一樣，使富次郎就此拋開心頭大石，甚至讓他明瞭，自己聽完百物語後，將其繪製成畫的行爲，其實也不只是爲了要「聽過就忘」的宣洩之舉，而是他將自己被這些故事激起的情感，全數灌注到畫作之中，因而使他與聆聽百物語一事，總算眞正產生了密不可分的連結。

當然，在《青瓜不動》的最後，我們只知道富次郎確定自己仍要繼續畫下去。但他究竟是要完全投身於繪畫當中，或是要在兼顧現實考量之餘，依舊持續作畫，恐怕也得等到「三島屋奇異百物語」的後續故事，才會爲我們眞正揭曉。

但此刻，先讓我們將此事置到一旁，僅針對《青瓜不動》來做個收尾。

萬物有靈，由人寄情。無論是人所創造的物，或是人所賦予詮釋的物，盡皆如此。而有時，在比較好的狀況下，像是這樣的物，也確實能提供我們繼續走下去的撫慰之力。

於是，人和物，因與果，在《青瓜不動》之中，也就變得難以分辨，又或者無需分辨了。

本文作者簡介

出前一廷

本名劉韋廷，曾獲某文學獎，譯有某些小說，曾爲某流行媒體總編輯，過去也曾以「Waiting」之名發表一些文章。

個人FB粉絲頁：史蒂芬金銀銅鐵席格。

宮部美幸

作品集 / 80
Miyabe Miyuki

青瓜不動——三島屋奇異百物語九

國家圖書館出版品預行編目資料

青瓜不動：三島屋奇異百物語．九 / 宮部美幸著；高詹燦譯．-
初版．- 臺北市：獨步文化，城邦文化事業股份有限公司出版：
英屬蓋曼群島商家庭傳媒股份有限公司城邦分公司發行，
2024.11
面；　公分．--（宮部美幸作品集；80）
譯自：青瓜不動 三島屋変調百物語九之続
ISBN 978-626-7415-83-2（平裝）

861.57　　113013544

原著書名 / 青瓜不動 三島屋変調百物語九之続・作者 / 宮部美幸・內頁插畫 / 千海博美・翻譯 / 高詹燦・責任編輯 / 張麗嫺・編輯總監 / 劉麗真・榮譽社長 / 詹宏志・事業群總經理 / 謝至平・發行人 / 何飛鵬・出版 / 獨步文化　城邦文化事業股份有限公司　115台北市南港區昆陽街16號4樓　電話 / (02) 2500-7696　傳真 / (02) 2500-1951・發行 / 英屬蓋曼群島商家庭傳媒股份有限公司城邦分公司　115台北市南港區昆陽街16號8樓・網址 / www.cite.com.tw・客服專線 / (02) 2500-7718; 2500-7719・24小時傳真專線 / (02) 2500-1990; 2500-1991・服務時間 / 週一至週五：09:30-12:00、13:30-17:00・讀者服務信箱 / service@readingclub.com.tw・劃撥帳號 / 19863813 戶名 / 書虫股份有限公司・香港發行所 / 城邦（香港）出版集團有限公司　香港九龍土瓜灣土瓜灣道86號順聯工業大廈6樓A室　電話 / (852) 25086231　傳真 / (852) 25789337　e-mail / hkcite@biznetvigator.com・馬新發行所 / 城邦（馬新）出版集團　Cite (M) Sdn. Bhd. (458372U) 41, Jalan Radin Anum, Bandar Baru Seri Petaling, 57000 Kuala Lumpur, Malaysia.　電話 / +6(03) 90563833　傳真 / +6(03) 90576622　e-mail / services@cite.my・封面設計 / 蕭旭芳・排版 / 陳瑜安・印刷 / 中原造像股份有限公司・2024 年 11 月初版・定價 / 520 元
Printed in Taiwan　ISBN 978-626-7415-83-2・978-626-7415-81-8（EPUB）

宮部みゆき